UNE SOIRÉE

Anny Duperey est comédienne de théâtre et de cinéma. Elle est également l'auteur de romans aux éditions du Seuil, notamment de *Les Chats de hasard* (1999) et *Allons voir plus loin, veux-tu?* (2002).

DU MÊME AUTEUR

L'Admiroir
roman
Seuil, 1976
et « Points », n°P438

Le Nez de Mazarin
roman
Seuil, 1986
et « Points », n° P86

Le Voile noir
récit
Seuil, 1992
et « Points », n° P146

Je vous écris…
récit
Seuil, 1993
et « Points », n° P147

Lucien Legras, photographe inconnu
présentation de Patricia Legras
et Anny Duperey
Seuil, 1993

Les Chats de hasard
roman
Seuil, 1999
et « Points », n°P853

Allons voir plus loin, veux-tu ?
roman
Seuil, 2002
et « Points », n°P1136

Les Chats mots
textes choisis
Ramsay, 2003
et « Points », n°P1264

Essences et Parfums
textes choisis
Ramsay, 2004

Anny Duperey

UNE SOIRÉE

ROMAN

Éditions du Seuil

TEXTE INTÉGRAL

ISBN 2-02-084950-X
(ISBN 2-02-062853-8, 1re publication)

© Éditions du Seuil, février 2005

www.seuil.com

À mes enfants.
Pour qu'ils choisissent leur vie
Aillent leur chemin en gardant d'un cœur fidèle
Leurs plus beaux rêves.

I

— Ce sera une belle soirée !

— Samedi ?

— Samedi, oui. Vous êtes libres, j'espère ?

— Oui, je pense…

La sonnerie du téléphone avait surpris Florence au moment où elle allait sortir, sa serviette de médecin à la main. La porte de l'appartement était déjà ouverte, elle allait en passer le seuil, elle était en retard pour sa première consultation. Un petit râle d'impatience lui avait échappé, mais elle n'avait pu s'empêcher de revenir sur ses pas pour décrocher le téléphone, posé sur une console dans l'entrée. Elle était ainsi, trop scrupuleuse. On l'appelait, elle répondait, même si elle n'avait pas le temps.

— … À moins que Denis n'ait prévu quelque chose pour le week-end, je n'ai pas son planning.

— Je le lui demanderai tout à l'heure. Je dois passer à la clinique. Denis y sera, je sais qu'il a un lifting en début d'après-midi. Je le choperai avant qu'il ne rentre en salle d'opération, ne t'inquiète pas.

Florence n'était pas inquiète. Elle savait Estelle capable de remuer ciel et terre pour organiser une de ses soirées. La preuve, elle connaissait l'agenda de son mari mieux qu'elle !

Denis, chirurgien expert en chirurgie réparatrice, en complément de son austère travail dans un hôpital

11

public, officiait deux à trois jours par semaine dans cette clinique privée, spécialisée dans la chirurgie esthétique, dont Pierre, le mari d'Estelle, était le patron. Lui et Estelle connaissaient un nombre incroyable de personnalités dans les domaines scientifiques, financiers et artistiques. Le couple recevait beaucoup, et fastueusement. Florence se demandait comment on pouvait travailler et trouver le temps d'entretenir des rapports, même mondains, avec autant de gens. Mais il était vrai qu'Estelle, devenue psychothérapeute à la suite d'une thérapie personnelle, avait un emploi du temps beaucoup moins rempli que celui de son mari, occupé du matin au soir à diriger sa clinique. Entre ses rares patients, elle avait le loisir d'organiser ses soirées dans leur belle maison de Saint-Cloud.

Florence n'aimait guère ces gros pâtés bourgeois à perrons, colonnades et tourelles, posés au milieu d'un jardin rempli de conifères, mais il fallait avouer que l'endroit était agréable, surtout en ce début d'été, et qu'Estelle connaissait de fort bons traiteurs.

Celle-ci commençait à énumérer la liste des invités et Florence tentait de l'interrompre, agacée de se laisser retarder par une conversation aussi futile. Sa journée de pédiatre aurait dû déjà démarrer. Trois consultations matinales, les visites à domicile, un passage à l'hôpital où elle suivait deux enfants en soins, puis retour à son cabinet pour toute la fin de l'après-midi. Pas de raison de perdre du temps à écouter les noms des gens qui seraient présents à cette soirée et que, pour la plupart, elle ne connaissait pas.

– Écoute, Estelle, je suis en retard, je dois…

– Non, attends ! J'ai une nouvelle importante pour toi !

Florence soupira nerveusement, piaffant sur le tapis, l'écouteur à l'oreille, l'imperméable sur le dos, son car-

table à la main… La prochaine fois, elle ne décroche-
rait pas ce putain de téléphone ! Et l'autre, au bout du
fil, qui laissait planer un silence censément plein de
suspense, avant de lâcher :

– ROMAIN SERA LÀ !

– Quel Romain ?

– Romain, voyons. TON Romain ! Il est de retour.

– Comment ?

Estelle eut un petit rire aigu, contente de son effet.

– Il est revenu d'Asie, il y a quelques jours. Il est en
transit, je crois. J'ai cru comprendre qu'il se lançait
dans un nouveau projet, sur un autre continent…

En l'écoutant, Florence avait doucement fléchi les
genoux pour s'asseoir sur le siège à côté de la console.
Sa serviette, qui pendait toujours au bout de son bras,
reposait au sol à présent. Il serait exagéré de dire que la
nouvelle lui coupait les jambes, non, c'était une sorte
de mollesse qui la prenait. Un bond de dix-huit ans en
arrière, un fantôme de jeunesse, ça secoue un peu…
Estelle continuait de pépier au bout de la ligne.

– … Enfin, je ne sais pas trop de quoi il s'agit, car
c'est surtout de toi qu'il m'a parlé.

– De moi ?

– C'est ça, fais l'innocente ! Il n'osait pas te joindre
directement, alors j'ai pensé qu'au cours de ma soirée…

Romain voulait la voir ? Quelle chose étrange, après
dix-huit ans d'absence. Et de silence. Elle l'avait croisé
depuis, tout à fait par hasard, pendant l'un de ses pas-
sages à Paris, il y avait onze ans de cela. Un petit choc
dans la poitrine, le cœur qui cognait et ce feu aux joues
qui lui était venu… Elle s'était alors agacée de ce
trouble. Elle qui croyait son cœur tout à fait calmé !

Elle avait eu des nouvelles, de loin en loin, par des
personnes qui étaient en contact avec lui. Elle savait
que Romain avait monté des laboratoires de recherche

au Laos et en Indonésie, formé des équipes médicales. Son travail était considérable, il était respecté.

Après son départ de France, elle avait reçu quelques lettres de lui. Elle les avait montrées à Denis, d'ailleurs. Des lettres d'une neutralité un peu distante, les lettres d'un homme qui est parti pour ne plus revenir. Et puis, plus rien… Florence et Denis parlaient rarement de lui, le sujet était toujours sensible. Ils avaient appris, il y a quelques années de cela, que Romain avait deux enfants d'une femme de là-bas.

– Je pense qu'il faut que je te laisse… Tu étais pressée, me semble-t-il ?

Estelle se moquait. Rappelée à la réalité de sa journée à venir, Florence se leva soudainement.

– Oui, oui, je…

– Alors, à samedi ! J'en parle à Denis. Enfin, de la soirée, je veux dire… Fais-toi belle !

Ce dernier mot exaspéra brusquement Florence. Estelle était une femme charmante, intelligente sans doute, mais cette manière de se tortiller et de faire des mines en face de n'importe quel homme était puérile. Une vraie manie. Le genre de femme à mettre des talons hauts et une jupe serrée, même pour se rendre chez son crémier. Alors, si elle devait rencontrer un ancien amour, que ferait-elle ?

En claquant la porte de son appartement, Florence se disait que si, d'aventure, elle avait eu un problème psychologique, ce ne serait certainement pas chez Estelle qu'elle songerait à se faire soigner. Pour elle, un psychothérapeute se devait d'être rassurant, posé, une sorte de sage. Or, ce simple mot, « sage », devenait cocasse si on voulait l'attribuer à cette virevoltante coquette mondaine. Pourtant, en dévalant l'escalier, Florence reconnaissait à Estelle un don extraordinaire pour susciter les confidences. Quelques questions posées légèrement, un mot d'encouragement, une qualité d'écoute discrètement chaleureuse, et l'on se retrouvait, surpris soi-même, à raconter souvenirs, problèmes et états d'âme. Ainsi, Estelle savait tout de la vie de Florence, tout! Et, en premier lieu, sa grande histoire, celle de Romain et de Denis, les deux hommes de sa vie…

Quelques rues séparaient l'appartement du cabinet de consultation de Florence. Un trajet à pied d'un petit quart d'heure, en se pressant. Pas la peine d'attendre l'autobus qui la déposerait non loin de sa porte. Elle marchait vite, silhouette élégante un peu sévère dans sa minceur et son maintien très droit. Son beau visage triangulaire, aux pommettes hautes, encadré de courts cheveux bruns, semblait soucieux. Elle fixait machinalement le trottoir devant elle, le regard absent, et une petite ride au milieu de son front trahissait des pensées agitées. Quelques mots, «Romain sera là», et tant de choses lui revenaient en mémoire! Des gestes tendres, une bribe de conversation, une petite scène, les complicités, la souffrance, aussi, et son déchirement à elle. Tout se bousculait dans sa tête. Il était si loin, ce passé, ce temps révolu, et si près pourtant…

C'est peu après ses dix-huit ans qu'elle avait rencontré, ensemble, les deux hommes de sa vie: Romain et Denis. Ils se connaissaient depuis le lycée. Ils étaient très amis.

Pour Florence, qui s'était débarrassé du bac comme d'une ennuyeuse formalité, l'entrée en faculté de médecine était la concrétisation d'un rêve datant de ses quatorze ans. Une vraie vocation: elle serait médecin – et médecin pour les enfants, elle l'avait su tout de suite. Mon Dieu, comme ce nom, «terminale», convenait bien à cette dernière année d'études générales! Elle ressentit ce passage d'une manière aiguë, libératoire et grisante. Elle laissait derrière elle l'enfance, l'adolescence qui lui avait paru si longue avec son rêve en tête. Enfin, c'en était fini des atermoiements, elle entrait en médecine, elle se consacrait à son but, la vraie vie commençait !

La jeune fille plutôt réservée qu'elle était auparavant se transforma en quelques mois. Elle coupa ses cheveux, qu'elle portait longs jusque-là, jeta ses vieilles jupes plissées, ses posters de gamine, repeignit sa chambre – elle vivait toujours chez ses parents – changea la disposition des meubles, découvrit les jeans, les bars étudiants le soir, les sorties et les séances de «planche» en commun. Tout s'ouvrait devant elle, elle était radieuse.

Transfigurée par ce sentiment de libération, elle plaisait beaucoup. Un an auparavant, elle avait perdu sa virginité, à l'issue d'une boum, d'une manière un peu déprimante. Ce n'était donc que cela, cette chose dont on faisait tout un plat ? Elle découvrit, quelques mois plus tard, que l'amour physique pouvait être gai, et en ce début d'année de faculté, elle eut deux ou trois aventures, saines et désinvoltes.

C'est peu après Noël, sortant d'un café où elle allait rarement, qu'elle fut joyeusement apostrophée par deux jeunes hommes attablés non loin de la porte. Sur le point de pousser celle-ci pour sortir, Florence avait entendu : «Ah ! Vous tombez bien !» Se retournant, surprise, elle avait constaté que l'exclamation s'adressait à elle. «Oui, vous ! Nous ne sommes pas d'accord et nous voulons votre avis.»

Aussi dissemblables que possible, les deux compères la regardaient en souriant – l'un, blond, aux traits fins et racés, un corps que l'on devinait élancé, presque trop mince, avec une attitude nonchalante sur sa chaise, et l'autre, brun, plutôt trapu, l'œil aussi noir que les cheveux longs tirés en catogan sur la nuque, le corps porté

vers l'avant, planté comme un paysan sur son siège
– mais leurs visages ouverts et intelligents affichaient
le même sourire franc.

Florence s'était arrêtée, amusée d'être interpellée
ainsi, rétorquant qu'ils parviendraient bien à s'entendre
sans elle.

Le jeune homme blond avait quitté alors son attitude
réservée pour préciser avec conviction : «C'est un sujet
qui nous importe et il nous faut absolument un point de
vue féminin, sinon nous n'en sortirons pas.» Et le brun
avait ajouté avec force : «Nous avons besoin d'une
femme, et c'est vous.»

Aucun des trois ne pouvait se douter que cette petite
phrase, lancée légèrement, presque une boutade, prendrait plus tard un sens aussi grave, définirait leur histoire aussi profondément. Une histoire de vingt ans…
L'histoire de toute une vie ?

Deux heures plus tard, ce jour-là, Florence était toujours assise dans ce café face aux deux hommes. Sur le
point de se quitter, l'un ou l'autre émettait une nouvelle
idée et c'était reparti pour une discussion acharnée. Eux
aussi étaient étudiants en médecine, mais en troisième
année. Ils préféraient ce bistrot plus calme, un peu éloigné de la faculté. Florence y venait rarement, c'était
pour ça sans doute qu'ils ne s'étaient pas rencontrés
plus tôt.

Entre deux échanges d'idées, les garçons contemplaient Florence, quelque chose de rêveur, de vaguement étonné dans le regard. Un petit temps suspendu
planait sur le trio. Parfois, une bulle de gravité soudaine, alors qu'il considérait la jeune femme, empêchait l'un des deux hommes de reprendre la discussion.
Il restait absent un instant.

Florence se laissait regarder. Elle ne considérait pas
que ses interventions étaient à la mesure de l'intérêt

qu'elles semblaient susciter, mais, après tout, elle était peut-être plus intelligente qu'elle ne le croyait ? Pour sa part, elle trouvait ses nouveaux amis brillants, rapides, à la fois malins et sincères, et surtout infiniment sympathiques.

Ils se séparèrent à regret. Cette rencontre enchantait les uns et les autres. Ils convinrent d'un rendez-vous hebdomadaire, à la même heure, au même café. Les garçons s'en furent ensemble d'un côté, Florence de l'autre, et ils échangèrent un joyeux signe de la main avant de se perdre de vue.

Tout au long de la semaine, Florence se surprit à penser aux deux hommes. Comment auraient-ils réagi à ceci, qu'auraient-ils pensé de cela ? Ils étaient si différents des autres… En quoi, elle n'aurait su le dire, mais c'était une impression forte. En tout cas, ni l'un ni l'autre ne lui avait fait la cour, et c'était bien reposant ! La deuxième rencontre les mena jusqu'à deux heures du matin. Il fallut changer de café à minuit, celui-là fermait. Ils rirent beaucoup, en cette fin de soirée. Peut-être parce que Florence les avait accusés d'être «furieusement intellectuels». Ils lui prouvaient qu'ils pouvaient aussi être drôles.

Ils se dirent qu'une rencontre par semaine ne suffisait pas, il leur fallait au moins deux soirées hebdomadaires. Puis, bientôt trois… Quelques semaines après, le trio ne se quittait quasiment plus. Galvanisée par la paire d'amis, Florence commençait ses études plus que brillamment. Elle avait toutes les forces, tous les courages pour travailler, avec de telles soirées, de si bons et riches moments avec eux.

Il faut dire que leurs convictions, leur philosophie de la vie, avaient tout pour plaire à une jeune femme. Ils se disaient féministes, véritablement, profondément révoltés que les hommes aient maintenu si longtemps la moitié de l'humanité sous leur joug. Toutes les tares, toutes les difficultés du monde découlaient de ce pouvoir masculin maladif, de la non-reconnaissance de ce que peut apporter l'autre, de la négation de l'égalité des sexes. Les sociétés qui refusaient encore à la femme sa place légitime pouvaient être qualifiées d'archaïques. Une nouvelle civilisation, un nouvel équilibre étaient en train de naître, avec un partage des rôles équitable, une ère nouvelle. Cette mutation profonde et nécessaire, sans précédent depuis des millénaires, c'était à eux, à leur génération, de la mener à bien. Les hommes devaient apprendre à écouter les femmes, à renoncer à cet esprit de domination qui était soi-disant leur lot naturel jusqu'à présent. Non seulement les rapports sociaux, mais les rapports privés allaient s'en trouver changés – devaient s'en trouver changés ! Les sentiments de possession, d'excessive jalousie seraient mis au rancart... En entendant ce credo, en les voyant si sincères, quelle femme n'eût pas été séduite ?

Elle le fut.

Intellectuellement et amicalement, d'abord.

Puis elle s'avoua qu'elle aimait ces hommes. Les deux. Il y avait de quoi troubler un jeune esprit porté vers la simplicité...

Les deux hommes, quant à eux, reconnurent leur sentiment amoureux envers Florence un peu plus tard, peut-être en percevant un subtil changement d'attitude chez elle. Le trouble fut grand, là aussi, pour chacun, avant que la chose, l'effarante situation ne soit devinée, reconnue, puis, enfin, dite.

S'il n'est souvent pas facile de démarrer une vie amoureuse à deux, à trois, c'est horriblement compliqué. Ils le découvrirent au fil des semaines qui suivirent. Si Florence était bouleversée, surprise et un peu honteuse de ce double sentiment amoureux – elle les

19

aimait « en parallèle » avec une égale intensité – il faut dire que la partie la plus délicate à assumer revenait aux garçons. Ils avaient prôné la non-possession de l'autre, déclaré la jalousie obsolète, soit, c'était très joli, mais leurs principes se trouvaient mis à rude épreuve !

De plus, il n'était ni dissimulation, ni mensonge, ni dérobade possible devant la réalité de la situation. Ils se connaissaient si bien... D'ordinaire, les gens se rencontrent, se plaisent, découvrent ensuite leurs caractères et tentent tant bien que mal de s'entendre. Eux, ils avaient d'abord été amis. Les deux hommes étaient comme des frères. Encouragée par leur ouverture d'esprit, Florence leur avait tout dit d'elle. Chacun des trois s'était livré de la manière la plus intime. Et voilà que l'amour s'en était mêlé... Ils avaient tout fait à l'envers.

Après les premières semaines de désarroi, ils prirent la situation à bras-le-corps. Leur aventure était difficile à vivre, soit, mais aussi exceptionnelle, à la mesure de leurs exigences morales. Il y avait là un magnifique défi à relever. La désuète image du couple traditionnel allait en prendre un coup ! Ils prouveraient au monde qu'en matière de vie amoureuse tout était à inventer – le plus incertain étant de se le prouver à soi-même... Mais ils s'y employèrent bravement.

Ils se baladèrent dans le Quartier latin, les deux garçons tenant chacun une main de la jeune femme, lui prenant tour à tour les épaules ou la taille. Ces innocentes bravades, l'impression de défier l'ordre établi, les aidaient à supporter leur secrète souffrance d'avoir à partager Florence. Un soir, ils allèrent romantiquement revoir *Jules et Jim* ensemble dans un petit cinéma d'art et d'essai. À la sortie, ils dessinèrent sur le visage de Florence, à l'aide d'un bouchon brûlé avec un briquet, l'ombre des moustaches que portait Jeanne Moreau dans une scène du film. Romain et Denis déclarèrent que cela lui allait aussi bien. Ils burent la bouteille de rosé privée de son bouchon et une étrange mélancolie s'empara d'eux. Après un grand silence, chacun plongé dans ses pensées, l'un des hommes dit que, finalement, ce film était triste... Le silence retomba et Florence essuya discrètement ses moustaches avec un coin de son mouchoir.

Un autre soir, enfin, ils s'armèrent de courage et tentèrent l'amour à trois. L'expérience eut lieu chez Denis, qui tenait de ses parents un studio assez spacieux, avec un grand lit confortable.

Ce fut une catastrophe.

Il y eut d'abord une sorte de cafouillage général qui tenait lieu de préliminaires. Ne sachant plus très bien, dans la pénombre artistiquement créée pour la circonstance, qui touchait qui, Denis embrassa par mégarde, et passionnément, l'épaule de Romain. Sur le point de passer à l'acte – ou du moins de tenter de le faire – celui-ci, révulsé par la présence d'un autre homme à côté de Florence, s'enfuit sur le balcon et resta là, grelottant à demi nu, à se débrouiller tant bien que mal pour juguler son mâle instinct de possession. Florence, traumatisée par la dérobade de Romain, se tortillait entre les bras de Denis en bredouillant : « Je suis désolée, pardon, je suis désolée... » Il ne pouvait plus la toucher, une simple caresse lui faisait mal. Quittant le lit à son tour, il s'en fut s'enfermer dans la salle de bains, traînant un oreiller après lui. Demeurée seule au milieu des draps en bataille, séparée de ses deux hommes par deux murs, derrière lesquels ils restèrent obstinément planqués jusqu'au matin, elle passa le reste de la nuit à sangloter, recroquevillée, la tête dans les genoux.

Après ce fiasco, l'on décida, la mort dans l'âme, de prendre quelque distance. Ils ne se verraient plus pendant un moment, l'éloignement calmerait peut-être les esprits. Ils étaient victimes d'une sorte de phénomène inflammatoire qu'on devait laisser reposer. En prenant cette résolution, les deux hommes avaient l'espoir qu'une préférence naturelle pour l'un deux naîtrait chez Florence – chacun souhaitant secrètement, bien sûr, être l'élu...

Au bout d'une semaine, n'y tenant plus, Florence fondit dans les bras de Romain. Ce fut un grand bonheur. Jamais elle n'avait éprouvé autant de plaisir dans l'amour.

Trois jours après, elle se jeta dans ceux de Denis, il lui manquait trop. Ce fut une égale révélation : elle était tout aussi heureuse dans les bras de cet homme-là, d'une sensualité plus douce et, en quelque sorte, complémentaire de la fougue de Romain.

Déchirée, elle vit les deux hommes s'assombrir, leur amitié mise à mal. Pourtant, aucun mot acerbe ne fut échangé. Ils essayaient de part et d'autre d'être tolérants, patients, magnanimes... C'était dur. Les silences se faisaient pesants, les échanges d'idées, qui les passionnaient tant auparavant, rares et laborieux.

Florence se sentait terriblement coupable. Mais elle aimait ces deux-là, elle les aimait autant l'un que l'autre. Que faire ? Quitter l'un eût été un sacrifice mortel pour l'amour envers l'autre. Elle en eût trop souffert. Et auquel renoncer ? Phèdre, brûlant d'une passion unique, lui paraissait un personnage bien simple ! Ni Racine, ni aucun auteur au monde, ne semblait avoir traité son cas – était-il si rare ? Vivant une sorte de tragédie inconnue, sans aucune référence, aucun exemple auquel elle eût pu se référer pour comprendre ce qui lui arrivait, elle maigrissait, devenait nerveuse et faillit louper sa fin d'année d'études. Elle la sauva de justesse au prix d'un terrible effort de concentration.

Les deux hommes lui trouvaient une mine épouvantable, il lui fallait des vacances. Ils passèrent une soirée ensemble, pour en débattre loyalement. La première fois depuis un bon moment que le trio était réuni. Des vacances, oui. Mais où ? Et surtout, avec qui ? L'ambiance était tendue, douloureuse. Florence se rétrécissait, jetait à l'un et à l'autre des regards navrés. Parfois, elle ouvrait la bouche comme un pauvre poisson qui étouffe, mais aucun son n'en sortait. Le dilemme, affreux et total... Ils la considérèrent un moment en silence, et c'est Romain qui dit enfin d'une voix ferme :

– Je pensais à la Corse. Une randonnée sur le GR 20.

– Moi, idem, randonnée, mais en Irlande.

Il y eut un instant suspendu. Florence avait des yeux pitoyables.

– Je l'emmène en Corse, et toi en Irlande.

– Quinze jours ?

– Non, moi, trois semaines.

– Alors, ce sera trois semaines pour moi aussi.

C'était tranché. Les traits de Florence se détendirent. Un tel soulagement se peignit sur son visage qu'elle semblait sur le point de défaillir.

La voyant si pâle, l'un des hommes murmura :

– Il lui faudra bien ça...

L'autre daigna sourire.

Cet été-là, Florence usa cinq paires de baskets. Elle n'avait jamais autant marché de sa vie. Soignant ses pieds tuméfiés, d'abord en Corse, puis en Irlande, elle songea à quelque vengeance de la part de ses compagnons... Mais cette méchante pensée la quitta aussi rapidement qu'elle lui était venue. Florence n'avait pas mauvais esprit. Elle revint dégoûtée des randonnées mais amoureusement épanouie. Pour elle, manifestement, l'équilibre était là, entre Romain et Denis.

Alors, les deux garçons ne luttèrent plus, même d'une manière sourde et invisible. Il se mit en place entre eux, tacitement, un partage assez équitable du temps passé avec Florence, et elle veillait, plus ou moins consciemment – et jugeant tout au fond d'elle cette comptabilité un peu monstrueuse – à ne pas avantager l'un au détriment de l'autre. C'est à ce prix qu'elle sauvait l'équilibre hasardeux de cet amour triangulaire.

La chose devint quasi officielle dans leur milieu universitaire. Cette situation originale provoquait des réactions diverses, pas toujours bienveillantes. Certains jugeaient, d'autres se moquaient. Romain et Denis, pour leur part, avaient à supporter des railleries ou des regards de pitié. Florence, quant à elle, suscitait plutôt une certaine considération, mais aussi souvent de la jalousie. Comment une fille, jolie et fine, certes, mais tout de même assez ordinaire, parvenait-elle à garder deux hommes à ses pieds? Plusieurs de ses camarades l'enviaient. L'une d'entre elles, à l'issue d'un cours, lança un jour à la cantonade, en désignant Florence: «C'est pas juste la vie. Moi, j'arrive pas à trouver un mec, et elle, elle en a deux!»

Curieusement, ni les garçons ni Florence ne se laissaient déstabiliser par ces réactions souvent peu sympathiques. Leur sincérité était plus forte, bien sûr, mais il ne faudrait pas compter pour rien l'orgueil de vivre une situation hors normes. Une fierté d'oser braver les conventions les soutenait. Ils étaient au-dessus des sentiments ordinaires, ils avaient le courage de dominer leurs mesquines pulsions, de développer en eux des qualités supérieures de tolérance, de respect du désir de l'autre… En somme, vivre une grande histoire non conformiste les grandissait à leurs propres yeux. Ils étaient les héros d'une aventure exceptionnelle. Personne, à leur connaissance, n'aurait supporté longtemps une chose pareille.

Il y eut des hauts et des bas, bien sûr. Les hommes,

tour à tour, pris d'une révolte – peut-être naturelle – voulurent fuir cette situation, tentèrent une échappée vers une vie sentimentale plus simple. Pour Romain, ce ne furent que deux courtes incartades qui le ramenèrent quasi illico dans les bras de Florence, encore plus amoureux qu'avant. Denis tint deux mois entiers avec une petite blonde nerveuse et rigolote, qui se pendait à son cou avec des regards triomphants dès qu'elle apercevait Florence. Celle-ci pleurait sur l'épaule de Romain… Puis Denis envoya promener la petite blonde et consola lui-même Florence de son infidélité.

Mais un événement politique, apparemment sans rapport avec leurs problèmes privés, raviva leur complicité à trois et les affermit dans l'acceptation intime de leur curieuse situation amoureuse. En mai 1981, la gauche arriva au pouvoir. Obscurément, ils associèrent l'événement à leur propre histoire. Il les confortait dans leur sens du partage, leur non-conformisme. Oui, ils l'avaient bien senti, la vieille société devait changer et ils étaient véritablement les acteurs d'une ère nouvelle, précurseurs de sentiments plus libres. À bas les vieux paternalismes ! Le soir de l'élection de François Mitterrand, dans un état d'enthousiasme extraordinaire, ils se retrouvèrent tous les trois dans le café où ils s'étaient rencontrés et s'en furent danser place de la Bastille jusqu'au petit matin. L'avenir était à inventer ! Ce soir-là, ils décidèrent d'assumer totalement leur situation.

Florence vivait avec eux des moments très différents. En compagnie de Denis, qui était fou de musique, elle allait au concert, ou au théâtre, qu'elle se prit à aimer autant que lui. Ils traînaient aux Puces le dimanche, y déjeunaient parfois d'une saucisse-frites, puis flânaient sur les quais de Paris. Elle apprit aussi à apprécier l'art contemporain, qui la rebutait auparavant. Avec Romain, elle grimpait des rochers à Fontainebleau, faisait des kilomètres sur sa moto pour découvrir une auberge de campagne, ou pour le plaisir d'un coucher de soleil sur les falaises normandes. Avec lui, c'était toujours l'improvisation du moment. Il la bousculait, la surprenait. Elle épousait aussi bien les goûts de l'un que les envies de l'autre, sans se forcer. Des parts différentes de sa propre nature se trouvaient ainsi révélées. Eût-elle apprécié un jour l'architecture moderne sans Denis ? Eût-elle campé au sommet d'une montagne sans Romain ?

Dans leur entourage, chacun attendait, avec plus ou moins de mauvaise jubilation anticipée, que l'aventure se termine en catastrophe. Le drame était certain, une chose pareille ne pouvait pas durer ! La famille de Florence, plutôt bien-pensante, faisait la grimace. Son père ne lui parlait presque plus, outré que sa fille vive une situation aussi scabreuse. Mais tôt ou tard, cette aberration allait cesser…

Un an passa.

Puis deux.

À la troisième année, les esprits les plus chagrins en prirent leur parti. Le trio allait son chemin, sans crises apparentes. L'erreur de la nature persistait : il y avait Florence, Romain et Denis.

Les trois protagonistes, qui semblaient toujours bravement assumer la situation, s'étonnaient eux-mêmes, s'angoissaient aussi parfois en secret, en constatant que leur attachement – ni celui de Florence pour les deux hommes, ni le leur pour elle – ne faiblissait pas. Se pouvait-il que cet étrange partage dure toute la vie ? Sans doute pas…

Aucun d'eux n'avait assez de recul, assez d'expérience pour comprendre quelque chose d'important, qui expliquait peut-être que cette liaison à trois perdure : la grande préoccupation de leur vie, qui requérait les trois quarts de leur énergie et de leur attention, était leurs études. Tous trois étaient animés d'une véritable passion pour la médecine, absorbés, profondément concentrés sur leur travail, ce long travail qui devait les mener à leur but. La vocation de soigner les enfants, chez Florence, ne faiblissait en rien, au contraire, à mesure qu'elle avançait. Être chirurgien, pour Denis, était devenu une évidence en troisième année, l'année même de sa rencontre avec Florence. Son habileté, la précision de son esprit et de ses gestes, l'extrême maîtrise de ses nerfs, tout le portait vers cette spécialité. Romain, lui, hésitait encore. Son tempérament bouillonnant le poussait à s'enflammer pour ceci, se passionner pour cela. Il n'avait pas trouvé le domaine où il s'exprimerait le mieux. Il aspirait à des horizons encore inconnus de lui – inconnus tout court, il le saurait bientôt en choisissant la recherche.

Ils étaient jeunes, travailleurs, occupés à construire leur vie future. Car, contrairement à ce qu'avait pensé Florence, après son bac la « vraie vie » n'avait pas commencé. Oh, non ! Pas encore… Si sincères qu'étaient leurs amours, là n'était pas l'investissement primordial de leur être. Aucun des trois, encore, n'avait songé à fonder un foyer, à avoir une maison. Ces longues, si longues études, les maintenaient dans un état adolescent au niveau sentimental. Avant de commencer leur carrière, ils pouvaient tenter des expériences, hésiter. Rien ne les poussait à se déterminer, à faire des choix. Ni leur intelligence ni leur sensibilité n'étaient en cause, et l'amour qu'ils ressentaient était réel, mais en quelque sorte assimilé au domaine des loisirs et de la détente, pour quelque temps encore… Celui des responsabilités, des engagements véritables, n'était pas venu.

Et ce furent les études, encore, qui décidèrent de leur destin amoureux. Il s'offrit à Romain de partir trois mois en Asie, pour faire un stage dans un laboratoire de

Singapour. Il en parla à Florence, qui trouvait l'expérience intéressante pour lui. Jamais elle n'aurait été tentée de freiner professionnellement ses deux amis. La médecine était sacrée ! Et puis, trois mois, ce n'était pas si long...

Romain accepta donc en se disant qu'un travail de laboratoire serait sans doute morne et peu à son goût. Or, il découvrit un univers passionnant. Il lui arriva même de suivre des herboristes dans la jungle indonésienne, pour rechercher des plantes rares utilisées par les chamans locaux, afin d'en étudier les propriétés. Il revint enthousiasmé. Un monde s'ouvrait à lui.

Pendant son absence, bien sûr, Florence et Denis se rapprochèrent à plein temps. Leurs rapports se firent alors plus graves, empreints d'une sorte de nostalgie – peut-être, à l'avance, celle d'un temps qu'ils devinaient révolu. Ce départ, même pour peu de mois, marquait la fin d'une part de leur jeunesse, ils le sentaient confusément. Bientôt, pour les deux hommes du moins, il allait falloir s'établir, commencer à pratiquer. TOUT changerait.

Le retour de Romain fit naître chez Florence une ultime flambée d'insouciance. Denis resta sombre...

Puis, passé la joie et l'émotion des retrouvailles, un malaise flou, un poids retomba sur eux. Et Romain, à son tour, devint grave...

La fin de leur cursus approchait. Tout état d'âme fut noyé dans le surcroît de travail, la fièvre des derniers examens. Ils n'avaient plus guère le temps de se voir, les uns et les autres. Ainsi, Florence gardait pour elle son trouble, qu'elle ne savait trop définir, cette vague appréhension, cette presque peur. Quant aux deux hommes, ils allaient chacun pour soi. Cela faisait longtemps, déjà, qu'ils trouvaient plus ou moins consciemment tous les moyens de s'éviter.

Tout alla très vite, sans que rien ne fût dit de ce qu'ils ressentaient. Dès avant le résultat des examens, il fut proposé à Romain de repartir en Asie. Son stage avait été remarquable, on lui demandait d'être là-bas, pour un remplacement, dans les semaines suivantes. Il partait pour un an. Peut-être plus…

Florence le regarda s'en aller, la moitié du cœur vidé de son sang. Elle tint pourtant à l'aider à faire ses valises. Le silence entre eux était terrible, alors qu'ils débarrassaient les placards. Florence avait la bouche pincée, le souffle court et se mit à gémir soudainement alors qu'elle tentait, les doigts tremblants, de plier une chemise qu'elle lui avait offerte. Il la lui retira des mains, la laissa pleurer un moment sur son épaule et l'assit doucement sur le bord du lit. Elle reçut alors un magnifique et déchirant regard de Romain, l'un de ces regards que l'on échange lorsque plus aucun mot ne peut être dit. Puis il s'arracha à elle et termina ses valises.

Le reste, elle ne s'en souvenait plus.

Les derniers jours, l'aéroport, elle les avait rayés de sa mémoire.

Elle avait vidé quelques boîtes de somnifères, ensuite. Cela, elle s'en rappelait. Mais son histoire avec Romain, tout un pan de sa jeunesse, s'était achevée là, dans cette chambre d'étudiant qui serait louée à un autre dès le lendemain. Il y avait eu ce regard, et puis c'était fini.

Dix-huit ans après, Florence ressentait encore le malaise qui avait entouré ce départ. Elle en gardait un vague écœurement, une incrédulité aussi : est-ce bien moi qui ai vécu cela ? Ainsi se sent-on en décalage quelquefois, dans une sensation d'irréalité en songeant à certaines périodes de sa vie. Et voilà que Romain revenait…

Elle eut beau s'en défendre, cette pensée l'accompagna tout au long de sa journée. Elle avait assez de métier, de concentration pour ne pas se laisser perturber par ces réminiscences pendant son travail, mais entre chaque consultation les souvenirs affluaient et elle gardait un petit temps pour elle, assise à son bureau.

Pourtant, elle avait l'impression que la nouvelle la laissait plutôt froide… Quelle importance, ce retour, après dix-huit ans d'absence, et surtout quinze ans de mariage heureux avec Denis ? Elle n'avait pas de regrets. Comment pourrait-elle en avoir, avec un si merveilleux mari ? Non, elle n'était ni vraiment troublée, ni émue. C'était juste ces souvenirs qui revenaient en vrac, qui se pressaient dans sa tête dès que son attention professionnelle se relâchait. C'était agaçant à la fin !

Pour son tout dernier rendez-vous, elle avait reçu un jeune couple avec un enfant de trois ans. Ils venaient d'arriver dans le quartier. Un nouvel enfant à suivre… Mais pour combien de temps ? C'est fou ce qu'on déménage à Paris ! À moins que cette mouvance ne soit une spécialité du sixième arrondissement ? Rares étaient les bambins qu'elle avait pu soigner pendant cinq à six ans d'affilée. On changeait généralement de médecin en même temps que de quartier. Elle le déplorait.

Au début de sa carrière, elle avait rêvé de s'occuper de la santé d'enfants depuis leur naissance jusqu'à leurs quinze ou seize ans. Et aussi de connaître la famille, les antécédents médicaux, psychologiques des proches. De là découlaient souvent les risques de faiblesse, des prédispositions à certaines maladies. L'entourage était déterminant dans le développement d'une jeune vie. Le prendre en compte semblait indispensable à Florence pour une bonne pratique de son métier de pédiatre. Ce n'était pas seulement pour le contact avec les petits, c'est pour ce travail de fond qu'elle avait choisi cette spécialité. Combien de temps allait-elle pouvoir surveiller l'évolution de ce dernier enfant qu'on lui avait amené ? Deux ans ? Quatre ans ? Il n'y avait guère qu'en province, dans de toutes petites villes, peut-être, qu'on pouvait pratiquer son métier comme elle l'avait souhaité au départ. Mais c'est à Paris qu'elle vivait, dans cette grande ville où tout le monde avait la bougeotte. Elle s'y était faite. Bien obligée. Mais, après tout, Paris avait aussi des avantages et la vie y était bien agréable. En dehors de leurs longues journées de travail, à Denis et à elle, il y avait tant de choses différentes à faire, à voir ! Denis était toujours aussi féru d'art, ils avaient visité ensemble, la semaine précédente, une exposition magnifique.

Elle rangea ce nouveau dossier, le classa parmi les autres, mit en ordre son bureau, comme chaque soir.

Romain était à Paris... Elle le verrait samedi.

Denis serait sans doute déjà au courant. Florence savait Estelle incapable de tenir sa langue. Celle-ci aurait certainement été curieuse, aussi, de la mine de Denis à l'annonce de la nouvelle.

Florence pouvait fort bien deviner la tête qu'il allait faire – la tête qu'il avait déjà faite si Estelle lui avait annoncé le retour de Romain : la même que d'habitude ! Aucune réaction, pas un cillement de paupière. Seulement un très fin sourire. « Ah oui ? » Un sourire parfaitement énigmatique, et aucune émotion n'aurait été décelable dans sa voix. Ce n'était pas une Estelle qui pouvait déstabiliser un homme comme Denis !

Tout cela était bien loin pour lui aussi. Avait-il le même sentiment d'irréalité en songeant à ce curieux ménage à trois qu'ils avaient formé ?

Ils n'avaient jamais reparlé de cela... À vrai dire, aucune raison d'en parler ! Pourquoi seraient-ils revenus sur cette période de leur jeunesse pour se poser des questions inutiles, raviver ce qui n'était plus ? Tout ce qu'il y avait à en dire l'avait été, à l'époque, après le départ de Romain.

Il était déjà tard. Les boutiques étaient toutes fermées alors que Florence faisait, pour rentrer chez elle, le même chemin que le matin, mais dans le sens opposé. Un nouvel enfant qu'on lui amenait pour la première fois prenait toujours double temps de consultation. C'est pourquoi elle s'arrangeait pour donner ces rendez-vous en fin de journée. Florence détestait ces médecins avares de leurs minutes, qui alignaient les clients de quart d'heure en quart d'heure, rédigeant leur ordonnance tout en tendant une oreille distraite à ce que le patient continuait de leur raconter. Elle aimait écouter les gens, observer. Quelques parents lui avaient dit : « C'est agréable, chez vous, on a tout son temps. »

Il faisait doux. Elle retira l'imperméable qu'elle avait mis ce matin, par prudence. La semaine dernière, elle s'était habillée légèrement, croyant que le beau temps était installé et elle était rentrée trempée. Aujourd'hui, c'était curieux, elle avait chaud…

En traversant le boulevard qui marquait la frontière entre le sixième et le septième arrondissement, elle repéra un banc, sur le terre-plein central, sous les arbres de l'avenue, et décida de s'y asseoir un moment. Rien ne la pressait, Denis rentrerait sans doute tard, comme tous les jours où il officiait en chirurgie esthétique dans la clinique de Pierre. Un lifting, un jour, lui avait demandé neuf heures ! Sa renommée dans ce domaine allant grandissant, il avait de plus en plus de clients et de plus en plus de travail.

C'était d'ailleurs ce qui avait amené Florence à prendre ce cabinet indépendant de leur logement. Auparavant, elle travaillait dans leur grand appartement. Les parents de Denis, en cadeau de mariage, leur avaient offert la jouissance de ce splendide six pièces qu'ils possédaient dans un immeuble cossu de la rue de Varenne. Au début, les moulures, les parquets précieux, l'entrée de service et la hauteur des plafonds avaient un peu intimidé Florence. Ses parents, modestes employés, l'avaient habituée à des logements plus simples.

Denis, qui avait professionnellement deux ans d'avance sur Florence, y avait son bureau où il accueillait occasionnellement des patients. Mais, à l'époque, la majeure partie de son travail se passait à l'hôpital. Lorsque Florence avait commencé à pratiquer, elle s'était aussi installée chez eux, dans un petit salon qui donnait sur la rue, les deux lieux de travail étant séparés par une spacieuse salle d'attente.

Pendant presque dix ans, ils avaient ainsi travaillé côte à côte, et c'était bien agréable. Quoique Florence se sentît troublée, au début, par une vie domestique trop proche. Les problèmes d'intendance – cuisine, lavage, etc. – étaient juste de l'autre côté du couloir. Difficile d'en faire totalement abstraction ! Denis rétorquait, lorsqu'elle s'en plaignait, que lui « il oubliait tout, absolument tout dès qu'il se penchait sur le cas d'un patient ». Florence avouait qu'elle avait du mal, bien qu'elle soit animée de la même passion que lui pour son métier, à ignorer qu'elle avait un rôti à glisser dans le four pour le soir. Ne pas savoir se dégager des contingences ménagères était, sans doute, un défaut féminin...

Puis, lorsque Denis, sur les instances de leur ami Pierre, avait élargi son champ d'activité à l'esthétique, sa clientèle privée s'était rapidement multipliée. Le travail préopératoire était plus important, plusieurs visites, de longs entretiens étaient nécessaires. On se bousculait beaucoup, à certaines heures, dans la salle d'attente commune devenue exiguë. Les dames d'âge mûr qui venaient se faire refaire une jeunesse par Denis enjambaient les bambins que l'on amenait à Florence. Les jeux de Lego qu'on mettait à leur disposition se mêlaient aux visons, un biberon s'ouvrit un jour par mégarde au-dessus d'un escarpin fragile…

Florence saisit alors cette occasion pour s'éloigner du champ domestique : elle prendrait un cabinet indépendant.

Denis tenta de l'en dissuader. C'était lui qui amenait ce surcroît de patients, c'était donc à lui de prendre un nouveau local.

Non ! Florence n'en démordit pas : c'est Denis qui resterait là. Le style même de l'immeuble, le quartier s'accordaient parfaitement avec la chirurgie de luxe. Elle trouverait un endroit simple, convivial, plus à la mesure des petits, qu'elle peindrait de couleurs vives, qu'elle meublerait de façon chaleureuse et bon enfant.

– Du bois, du bois, rien que du bois !

Elle décrivait son futur cabinet en riant, plaisantant sur la passion de Denis pour le design et les créations avant-gardistes du mobilier contemporain. Ah ça ! Elle le jurait bien, aucun génie suédois ou new-yorkais n'aurait un bout d'acier ou de verre dans son nouveau lieu de travail ! Elle y apporterait même la vieille commode en noyer qu'elle tenait de sa grand-mère et qui jurait horriblement, comme une insulte aux lignes épurées, avec l'ameublement ultramoderne de leur chambre à coucher.

Florence mit quelques mois à trouver l'endroit idéal, non loin de la place Saint-Germain-des-Prés. Denis l'aida à emménager. Ils plaisantèrent encore sur leur divergence de goûts en matière de décoration. Denis se fit faussement sérieux. Voulait-elle qu'ils se débarrassent de ces créations rares, de ces pièces de collection qu'il avait réunies à grands frais chez eux ? Ce n'était pas un problème, ils bazarderaient tout ça et iraient bras dessus, bras dessous, en amoureux, se remeubler chez Ikea… Florence riait. Mais non ! Elle avait appris à apprécier le contemporain. Grâce à lui. Certaines chaises ne semblaient pas réellement faites pour s'asseoir, bon… Mais quelques tapis de haute laine, de belles lumières réchauffaient tout cela, en adoucissaient l'austérité. C'était finalement reposant à vivre, elle en convenait. La seule exigence qu'elle avait – et elle ne transigerait pas sur ce point ! – était de mettre une nappe sur la table en verre, dont le froid lui gelait les avant-bras.

Ils transformèrent l'ancien cabinet de Florence en salon. Ainsi pourraient-ils recevoir plus aisément… s'ils en avaient le temps !

– Mais les jours où nous aurons des invités, promets-moi d'enlever la nappe de la table, supplia Denis.

– Pas question, répliqua Florence, intraitable.

– Une vulgaire nappe sur une œuvre d'art à cinq briques : un crime… pleurnicha Denis en réponse.

Ils adoraient faire les enfants, de temps en temps. Ils avaient si peu l'occasion d'être légers, avec la rigueur de leurs métiers. C'était bon de plaisanter, de se chahuter. Ils savaient faire cela – encore…

Le soleil avait disparu derrière les immeubles du boulevard. Florence sortit de sa rêverie. Décidément, l'annonce de ce retour ramenait ses pensées en arrière. Mais voilà au moins un quart d'heure qu'elle n'avait pas pensé à Romain, omniprésent dans son esprit depuis le coup de fil d'Estelle ce matin. C'était un progrès !

Elle se remit en route, marchant doucement dans la lumière du soir qui tombait. Denis, occupé comme il l'était, n'avait certainement pas eu le loisir de songer à ce retour, même s'il avait appris la nouvelle. Quelle serait sa réaction ? Florence, qui croyait habituellement si bien connaître son mari, s'interrogeait. Oh ! Il serait, comme toujours, d'une pudeur et d'une discrétion parfaites ! Mais, dans le secret de son cœur, que ressentirait-il ? Il est probable qu'il n'en montrerait rien, même à elle. Cette faculté de se mettre en retrait, de contrôler ses humeurs et ses réactions était excessive parfois. Pour la première fois, Florence se dit que ce merveilleux mari était aussi très mystérieux…

Elle ne savait trop de quoi ils pourraient dîner. Elle avait tendance, maintenant qu'elle travaillait à l'extérieur de la maison, à oublier tout à fait les contingences ménagères ! Restait-il même quelque chose dans le frigo ? Aucune importance, après tout. Ils iraient au restaurant, comme ils le faisaient souvent, au débotté. Certes, il fallait ressortir, mais c'était agréable de se mettre les pieds sous la table et de se laisser servir. C'est une habitude que l'on prend facilement ! Et la femme de ménage qui venait à présent tous les jours ôtait à Florence presque tous les autres soucis domestiques. Denis s'étant mis à gagner beaucoup plus d'argent, ils ne se privaient de rien. À cela aussi, on s'habitue.

Elle entra dans l'antique ascenseur de leur immeuble, qui l'amènerait, par une montée chaotique et grinçante dont elle ne s'inquiétait plus, jusqu'au quatrième étage. L'imperméable qu'elle portait toujours sur le bras se coinça, comme d'habitude, entre les deux battants à ressort qui fermaient la cabine, et la porte palière en fer forgé claqua horriblement derrière elle, résonnant dans toute la cage d'escalier. Quand quelqu'un s'arrêtait à leur étage, ils entendaient cette foutue porte jusque dans la chambre à coucher. Impossible, paraît-il, d'en adoucir le mécanisme…

Florence, en tournant la clé dans la serrure, s'aperçut que la porte n'était pas verrouillée. Denis était-il donc déjà rentré ?

Dans l'entrée, elle se débarrassa de sa mallette, de son imper. Aucun bruit dans l'appartement. Denis s'était peut-être enfermé dans son bureau pour une consultation tardive. Elle traversa la salle d'attente pour aller écouter discrètement à la porte quand elle l'aperçut, assis, presque dos à elle, tout à fait immobile, dans l'un des fauteuils du salon.

Elle s'arrêta, surprise, et le regarda un moment avant de manifester sa présence. Il n'avait apparemment entendu ni la serrure ni la porte de l'ascenseur. Le bruit des affaires posées par Florence dans l'entrée, à trois pas de lui, ne l'avait pas non plus tiré de ses pensées… Elle voyait sa main gauche, sa belle main longue et nerveuse, posée sur l'accoudoir en cuir blanc du fauteuil. Il avait allongé ses jambes devant lui, les talons sur le tapis – une œuvre unique acquise depuis peu – et, la tête légèrement penchée, il semblait regarder fixement la fenêtre, à moins que ce ne soit le tableau sur le mur, juste à côté. Florence voyait sa nuque inclinée, sa tempe où quelques fils blancs se mêlaient aux cheveux cendrés qu'il portait un peu longs, et elle crut deviner dans ce profil fuyant une expression grave, un pli un peu triste au coin de la bouche… À quoi pouvait-il donc songer pour ne rien entendre, ne pas même sentir la présence de sa femme derrière lui ?

– Denis ?

Instantanément, il déplia sa longue silhouette, se tourna vers elle et sourit. Un sourire qui sembla à Florence trop immédiat, un peu forcé.

– Ah, tu es là !

– Oui. Tu ne m'as pas entendue rentrer… Tu as l'air fatigué.

– Un petit coup de pompe, oui…

Il avait mis une main dans la poche de son pantalon, légèrement déhanché. Cet homme actif avait gardé la dégaine nonchalante de sa jeunesse – une dégaine longiligne d'aristo, de danseur de salon, d'escrimeur…

Qu'il était beau, dans le contre-jour, avec son visage fin aux lèvres fermes, ses rides verticales qui lui creusaient les joues, ses cheveux clairs toujours un peu en désordre. Un bel homme, infiniment élégant, qui devait plaire beaucoup aux infirmières, aux patientes, enfin, à bien des femmes avec lesquelles il passait ses journées.

Florence n'avait jamais été jalouse. Elle aurait pu, pourtant. Elle aurait dû, peut-être ? Une amie lui avait dit un jour : «Je serais vous, je le surveillerais… » Quelle idée ridicule ! Aurait-elle donc pu dire qu'elle avait totalement confiance en son mari, qu'elle était certaine de sa fidélité ? Ce n'était pas tout à fait cela… Elle croyait en sa loyauté, en sa franchise. Elle ne sentait pas chez lui d'envies perverses, de tentations de dissimuler, de chercher une vie amoureuse parallèle. Non. Et il avait par rapport à elle la même attitude tranquille.

Ils n'étaient pas à l'abri, bien sûr, d'une incartade, d'un coup de folie – comme tout le monde peut se faire renverser par une voiture – mais ils savaient que ni l'un ni l'autre n'était porté sur l'attrait de «l'aventure», ni mentalement, ni sexuellement. Ils se connaissaient si bien sur ce plan… Ils avaient expérimenté leur capacité de complexité amoureuse dans cette extraordinaire histoire à trois de leur jeunesse. Ils avaient été bouleversés, surpris par eux-mêmes, emportés par des désirs violents, incapables de résister, profondément amoureux en même temps qu'amis, surmontant la jalousie, tour à tour généreux, déchirés, intelligents, égoïstes, tolérants. Ils avaient supporté d'être regardés comme des «anormaux». Florence avait fait l'amour avec deux hommes pendant des années, Denis l'avait sue dans les bras d'un autre pendant tout ce temps… Quelle broutille d'aventure de passage aurait-elle bien pu leur faire peur ensuite ?

Parfois, lorsqu'ils voyaient certaines personnes naïvement engagées dans une vie à deux sans rien connaître des antécédents sexuels de l'autre, à la merci de toutes les surprises, les faux pas, les déceptions qui pouvaient découler de cette ignorance, ils sentaient leur couple incomparablement plus solide et mature. Cette expérience étrange d'amour à trois les avait laissés lucides, complices, tendres et sans crainte, comme s'ils avaient dépensé tout leur capital de folie avant de se retrouver simplement à deux.

Et voilà que Romain serait là samedi...

Il faudrait bien en parler, à un moment ou à un autre. Qui citerait son nom en premier?

Denis avait pris Florence dans ses bras, la berçant doucement sur place. Il passa un doigt sous ses yeux.

— Toi aussi, tu as l'air un peu fatigué.

— Non, ça va.

— Moi, je t'avoue que je me coucherais tôt avec plaisir. Qu'est-ce qu'on a pour le dîner?

— J'ai bien peur qu'il n'y ait plus rien... Restaurant?

— Ah non, je t'en supplie! Demain matin, à l'hôpital, j'ai un travail de chien qui m'attend à la première heure...

Ils allèrent tous deux dans la cuisine. Tandis que Florence fouillait dans les placards à la recherche de leur hypothétique dîner, Denis lui racontait l'affreuse matinée qui l'attendait.

— ...Un gosse de dix-neuf ans qui s'est planté à moto. Son casque a sauté. Ce petit con l'avait mal attaché sans doute. Il a raclé le bitume sur trente mètres et les gravillons lui ont arraché toute la joue, l'arcade sourcilière et la moitié du front en prime. Il n'a presque plus de paupière sur l'œil droit et un caillou incrusté dans l'os de la pommette...

Florence, à genoux sur le marbre blond de la cuisine, avait déniché un paquet de pâtes au fond d'un placard. En écoutant Denis, elle pensait: «Il ne me donne pas tant de détails, d'habitude...» Puis, pendant qu'il continuait à lui décrire le travail à faire sur le «petit con», elle trouva un pot de sauce provençale.

– Des pâtes?

– Des pâtes, très bien.

– Sauce tomate?

– Sauce tomate, oui.

Elle mit de l'eau à bouillir. Denis s'était tu et regardait, pensif, le dallage de marbre… Il sentit le regard de Florence sur lui et se secoua, l'air de sortir d'une petite absence.

– Je vais mettre un peu de musique, ça va me détendre… Ça ne te gêne pas?

– Pas du tout. Ça me fera du bien aussi…

Il choisit un concerto et s'allongea sur la méridienne – une chose qui, selon Florence, tenait plus de la gondole que de la méridienne, mais on y était juste assez peu confortable pour ne pas s'endormir avec la musique.

Elle resta dans la cuisine, installa leurs deux couverts et s'assit. Elle attendait. Que les pâtes cuisent. Que Vivaldi en finisse avec son crescendo. Que Denis vienne enfin s'asseoir en face d'elle. Et que lui ou elle crache le morceau, nom de Dieu, puisque Romain était là et qu'ils allaient le voir.

Le crescendo s'éternisait…

Les pâtes n'en finissaient pas de bouillir avec des petits «bloub-bloub» qui ne gênaient pas Vivaldi…

Quand ils furent enfin installés devant leur assiette de pâtes fades – elle avait oublié le sel – Florence attendit encore que Denis avale cinq ou six bouchées en silence, puis elle se décida à parler.

– Estelle t'a dit pour la soirée de samedi?

– Oui. Je l'ai vue à midi.

– On va y aller?

– Bien sûr… Je prendrais bien un peu de vin. Pas toi?

Elle ne répondit pas, touillant les pâtes dans son assiette pendant que Denis ouvrait une bouteille. C'était pénible, à la longue, ces silences collants. Des silences comme il n'y en avait jamais entre eux, qui se disaient tout avec aisance. À moins que ce ne soit une impression subjective et qu'elle soit la seule à ressentir ce poids diffus… Après tout, Estelle n'avait peut-être rien dit au sujet de la présence de Romain.

– Est-ce qu'elle t'a dit, aussi, que Romain sera là ?

– Je sais, oui.

Il savait, donc.

Est-ce qu'il aurait ouvert la bouche pour prononcer le nom de Romain si elle ne l'avait pas fait ? Il ne semblait pas davantage présentement décidé à l'ouvrir pour commenter l'événement. Il se servait un verre de vin, remplissait son verre à elle et reprenait des pâtes, le visage impénétrable. Décidément, il semblait que ce soit à elle de parler.

– Il est de passage à Paris, paraît-il. Il a un grand projet, je ne sais où…

– En Afrique.

Il savait sans doute beaucoup plus de choses qu'elle à propos de ce retour, et peut-être aussi que Romain désirait la voir… Pourquoi n'en parlait-il pas ? Que cachait ce silence, cette apparente indifférence ?

– Si ça t'ennuie de le revoir, on peut ne pas aller à cette soirée.

– Ça ne m'ennuie pas. Et toi ?

Le regard de Denis d'un coup sur elle, précis, braqué sur son visage. Un regard chirurgical.

– Moi non plus… Mais ça fera tout de même un peu bizarre de se revoir après tout ce temps.

– Bien sûr, c'est normal.

– Sans doute, oui…

Denis arrêta enfin de scruter les yeux de Florence. Il

termina son verre de vin et, le posant sur la table, il dit d'une voix soudain affermie :

– De toute façon, il faut que j'aille à cette soirée. Pierre veut me montrer des papiers, des plans qu'il a chez lui.

– Des plans ?

– Oui. Si je prends des parts dans la clinique et que je travaille à plein temps là-bas, il faudra agrandir. Il y a une opportunité, l'immeuble d'à côté va se vendre, il faudrait sauter dessus.

– Ah ! Tu vas vraiment le faire, alors ? T'associer avec lui ?

– Je pense. Ça te semble une erreur ?

– Je ne sais pas…

Ils en avaient déjà discuté, elle n'allait pas lui redire ses réticences. De quel droit interviendrait-elle de façon négative dans un projet de Denis ? Il était responsable de sa carrière et assez intelligent pour prendre les décisions qui lui convenaient. Maintenant qu'elle lui avait clairement dit qu'elle trouvait dommage qu'il abandonne l'hôpital public et la chirurgie réparatrice pour se consacrer entièrement à l'esthétique, c'était à lui de savoir ce qui était le mieux.

Le soir où elle s'était exprimée sur ce sujet, il avait fait un grand discours, exposant toutes ses raisons, les justifiant abondamment. L'hôpital, merci bien, il y avait passé quinze ans et beaucoup appris, ça suffisait. Il fallait laisser la place aux chirurgiens plus jeunes, qui prendraient du métier en rapetassant tous les éclopés qui atterrissaient là… C'était normal, à quarante-quatre ans, d'évoluer, d'entreprendre. Il avait envie d'essayer autre chose, une autre manière de pratiquer. Il n'y avait pas de chirurgie « noble » et de chirurgie « de rapport », il y avait des bons et des mauvais chirurgiens, c'est tout ! Et surtout, il trouverait l'occasion d'exprimer, à travers son savoir-faire médical, une vocation artistique qu'il sentait en lui depuis toujours. Elle savait comme il était sensible à l'art, à tous les arts. Lui, il ne sculpterait pas de la pierre, il sculpterait des corps, des visages, de la vraie chair qui marche, qui exprime. Des œuvres vivantes... Il n'hésitait pas, au terme de la diatribe enflammée de ce soir-là, à rebaptiser la chirurgie esthétique «chirurgie artistique».

Florence était restée coite, écoutant.

Elle avait ensuite émis l'hypothèse que l'appât du gain pouvait peut-être le tenter... Pourquoi pas ? Avait-il, AUSSI, envie de gagner beaucoup d'argent ?

Il s'était récrié : Ce n'était absolument pas pour ça qu'il le ferait ! Mais, tout de même... Après avoir déclaré hautement son désintérêt pour l'aspect mercantile de cette spécialité, il avoua que, après tout, et ceci n'étant pas ce à quoi il pensait en premier, avoir plus d'argent lui permettrait, AUSSI, de réaliser un rêve : devenir un véritable collectionneur. Ah ! Pouvoir réunir un nombre respectable d'œuvres d'art et les avoir chez lui ! Il en avait envie depuis toujours.

Voilà que le projet se précisait...

Ils laissèrent tout en plan dans la cuisine – la femme de ménage se chargerait de débarrasser demain matin – et s'en furent dans la chambre, puisque Denis voulait se coucher tôt.

Florence avait toujours cette impression de vague pesanteur dans l'atmosphère et cherchait à la dissiper. Elle parlait, évoquant Romain et son passage à Paris, d'une manière qui se voulait légère. Elle s'étonnait de sa venue chez Estelle et Pierre, des gens qui n'étaient pas son style. Or, apparemment, il les connaissait bien... Elle se déshabillait, sans vouloir tenir compte du silence de Denis, mais, relevant la tête, alors qu'elle avait fait tomber sa jupe à terre, elle vit qu'il la regardait fixement. Un regard à la fois intense et fragile, qui la fit arrêter de bouger, de dire des mots.

Après quelques secondes, ses yeux rivés à ceux de Florence, Denis dit, d'une voix très basse, qui tremblait un peu :

– Il est venu pour te reprendre.

Elle restait là, les bras ballants, les deux pieds au milieu de l'échancrure de sa jupe au sol, désarçonnée.

– C'est idiot, voyons. C'est idiot. Qu'est-ce qui te fait dire une chose pareille ?

– Je le sais. Je le sens…

Calmement, alors, il la quitta du regard et ôta ses vêtements pour se coucher.

Florence, troublée, termina de se préparer pour la nuit et le rejoignit au lit avec un peu de retard. Denis avait profondément enfoncé sa tête dans l'oreiller à côté du sien, les yeux fermés.

Elle avait envie de prendre dans ses bras cet homme secret et sincère, ce mari qu'elle aimait, le rassurer. Mon Dieu, que s'était-il mis en tête ! C'était idiot, idiot… Mais elle n'osa pas le toucher, elle ne savait pourquoi. L'immobilité de Denis la tenait subtilement à distance. Pourtant, Florence était certaine qu'il ne dormait pas, qu'il ne pouvait pas dormir après avoir dit une chose pareille.

Elle éteignit la lumière et resta un moment assise sur le lit, yeux ouverts dans l'obscurité, puis elle s'allongea à son tour.

On était mercredi soir.

Encore trois jours avant samedi…

Elle songea qu'à partir de maintenant, quoi qu'ils fassent, quoi qu'ils disent ou ne disent pas, ils attendraient cette soirée.

Denis avait mis son costume de lin couleur châtaigne, une chemise bleue très pâle au col ouvert. C'était bientôt l'été, pas de cravate ! Les réceptions de Pierre et d'Estelle étaient plutôt informelles. On pouvait y amener les gosses, qui trouvaient là des tas de bonbons et de gâteaux, et on réservait aux ados, vite lassés de la conversation des adultes, une pièce spécialement aménagée pour la vidéo – une chose énorme avec un écran qui occupait tout un mur. Chacun devait se sentir à l'aise, tel était le credo des hôtes.

En attendant que Florence soit prête à partir, Denis s'était assis dans le petit salon, sur le fauteuil de cuir blanc face à la fenêtre, qui était devenu son fauteuil de prédilection en certaines occasions. Le fauteuil de la réflexion, de la patience… Il s'y était posé bien droit, les jambes à demi allongées. Cette saloperie de lin se chiffonnerait assez vite, le trajet en voiture suffirait à lui donner l'allure d'un clochard. Finalement, il n'aimait pas le lin. Mais Florence trouvait que ce style élégamment négligé lui allait bien.

Il contemplait le ciel qu'on voyait au-dessus de l'immeuble d'en face, un ciel encore bleu à huit heures du soir, un bleu sans nuages, qui avait tenu toute la journée et perdurait le soir. Dans l'un des derniers carreaux supérieurs de la croisée se découpait une lune toute ronde et transparente, précoce, incongrue dans le bleu immuable. « La lune froide et fatidique… » pensa Denis. Il se demanda un moment dans quelle vieille chanson française il y avait ces paroles que la fantaisie de sa mémoire lui restituait en cette minute. « Froide et fatidique » ou « blanche et fatidique » ? Il renonça vite à trouver, ses pensées allaient dans tous les sens, sans pouvoir se fixer.

Il soupira.

Il trouvait que Florence mettait un temps fou à se préparer.

La seconde d'après, il se dit que non, il était injuste, elle ne prenait pas plus de temps que d'habitude quand ils sortaient. Et elle était rentrée tard…

Comment se sentait-il, sur le point de partir à cette soirée où ils reverraient Romain ? Il ne se sentait ni triste, ni gai, ni content, ni inquiet, ni fatigué, ni vraiment calme. Plutôt vide et légèrement impatient.

« En fait, je ne me sens pas… », se disait-il.

Dans la salle de bains, Florence fulminait. Elle s'était débarbouillée à l'eau et au savon pour retirer entièrement le maquillage qu'elle venait d'achever, le jugeant excessif. La petite phrase d'Estelle : « Fais-toi belle ! » lui était revenue en tête, et tout à coup, se regardant dans la glace, elle n'avait pas supporté le rose à joue, le fond de teint trop opaque, le Rimmel chargé qui lui assombrissait le regard. C'était trop. Ridicule ! Un peu de poudre et une ombre à paupières légère suffiraient bien.

Tout en terminant ce nouveau maquillage minimaliste, elle cherchait mentalement quelle tenue elle mettrait. Quelque chose de simple, surtout pas apprêté, l'idée qu'on puisse penser qu'elle s'était « mise sur son trente et un » pour revoir Romain lui était insupportable. Elle voyait déjà l'œil de Denis sur elle. Denis qui devait piaffer, depuis le moment qu'il était sorti de la chambre fin prêt, en se disant qu'elle passait bien du temps à sa toilette pour la circonstance… Tiens ! Elle mettrait cette robe prune à manches trois quarts, presque droite, sans fioritures. Avec les bijoux d'argent poli que lui avait offerts Denis l'année dernière, ce serait parfait. On ne pourrait pas l'accuser de s'être parée de fanfreluches et de dentelles comme une débutante à son premier bal ! Et elle ne se coifferait pas, voilà. Un coup de séchoir rapide et c'était tout.

Elle ne songea pas – ou alors ce fut totalement inconscient – que ce visage naturel, les yeux nus, les cheveux courts brossés à la diable qui lui mangeaient un peu les joues, la robe qui l'amincissait, allongeant encore sa silhouette, la rendaient presque semblable à la toute jeune femme qu'elle était lorsqu'elle vivait ses deux amours…

Comment une aventure pareille avait-elle été possible ?

Pourquoi cette chose étrange, si compliquée et évidente à la fois, cette histoire folle, hardie et pourtant presque naturelle, lui était-elle advenue à elle, qui aspirait à la simplicité depuis l'enfance ?

Elle se secoua, chassa ces pensées fugitives et, jetant un dernier regard à son image dans le miroir, nota, avec une pointe d'autodérision, qu'elle n'avait pas eu besoin de se faire belle pour être très en beauté.

Dans l'entrée, elle rencontra le regard de Denis, qui s'était levé en l'entendant sortir de la chambre – exactement le regard qu'elle avait redouté, plein d'acuité, à la fois impitoyable et tendre. Il pencha légèrement la tête pour la contempler, un fin sourire au coin des lèvres.

– Te voilà presque rajeunie de vingt ans ce soir…

– Tu es bête !

– Ça m'arrive…

Elle s'en fut prendre un châle de pashmina léger, au cas où la soirée deviendrait fraîche. Avant de sortir de l'appartement, Denis retint Florence par le bras et la serra contre lui un moment.

– Tu m'aimes ?

– Oui.

Ils s'embrassèrent – un court baiser à la fois amoureux et amical – se sourirent.

– Alors, on y va ?

– On y va.

Arrivés à Saint-Cloud, ils entrèrent d'un même pas ferme dans la maison. Il y avait déjà pas mal de monde au rez-de-chaussée et ils aperçurent un petit groupe qui montait à l'étage.

Lorsque Pierre et Estelle recevaient, la maison entière était pour les invités. Le rez-de-chaussée était plus animé, en général. Pierre y mettait de la musique et l'on y dansait parfois. Le premier étage restait plus calme, avec un merveilleux salon plein de canapés, savamment disposés pour créer des coins intimes. Il ouvrait sur une terrasse dominant le jardin. Estelle installait des petits buffets partout, et elle les plaçait de préférence dans les lieux de passage, couloirs, paliers, pour favoriser les rencontres entre une pièce et une autre. Un vrai travail de pro.

Denis et Florence étaient restés plantés d'une manière un peu raide au milieu du vaste hall d'entrée quand Estelle leur fit de loin un grand signe de la main. Remontant les trois marches qui menaient au jardin, elle vint gaiement vers eux.

– Eh bien, vous en faites une tête… ! Entrez, mes amis.

Elle rayonnait. Avec ce beau temps, la soirée promettait d'être réussie. Elle regarda rapidement Florence, avec cet œil inimitable des femmes qui jugent-jaugent en une seconde le pouvoir de séduction d'une autre femme.

– Tu es superbe ce soir, toi…

Puis elle s'adressa à Denis, volubile.

– Mon pauvre Denis, Pierre t'attend, vous allez avoir du boulot ! Il faut finaliser le projet d'extension de la clinique, revoir les plans ou je ne sais quoi… Tu ne vas pas t'amuser, ce soir !

– On a le temps de voir tout ça plus tard…

– Non ! On a réussi à coincer Meyer !

– Meyer ?

– Le financier. Tu sais bien, voyons ! Il faut qu'il investisse dans le projet, sinon c'est presque irréalisable. Il est de passage à Paris, c'est miraculeux, et… IL VIENT !

La tête d'Estelle, ses yeux écarquillés quand elle prononça «il vient» avaient quelque chose de réjouissant. La venue du Père Noël ne l'aurait pas rendue plus joyeusement excitée.

– Ah, Dieu merci, te voilà !

Pierre déboulait sur eux à son tour, venant du premier étage. Il embrassa distraitement Florence. Un bisou de pure formalité, tandis que son regard en coin ne quittait pas Denis, le futur associé, objet de toute son attention.

– Estelle t'a dit ? Il est là, mon vieux ! Il vient après le théâtre, un concert ou je ne sais quoi…

L'urgence était dans l'air. Il fallait présenter à ce Meyer un projet cohérent ce soir, sinon il se passerait peut-être des mois avant de pouvoir remettre la main sur lui.

Florence écouta à peine la suite. Elle trouvait bizarre que, précisément ce soir, il y ait ce vent de folie affairiste. On aurait dit un coup monté, une machination aux ressorts grossiers, annoncée d'entrée de jeu. Mais Estelle ne la regardait pas avec cet air complice que Florence détestait, elle restait braquée sur Denis, et pendue aux lèvres de son mari, approuvant machinalement chacun de ses mots.

– Tu sais, ce Meyer, c'est le genre à avoir été au

Canada hier, être aujourd'hui ici et demain à Hong-Kong, on a intérêt à lui sauter dessus…

Avec le cou tendu en avant, l'œil légèrement exorbité dans l'attention, Estelle ressemblait à une poule devant un tas de grains frais. Il y avait quelque chose du gallinacé chez elle – le caquetage, l'œil rond, cette manière brusque de se mouvoir, la tête haute, feignant une éternelle surprise.

Non, ce n'était pas une machination pour occuper Denis pendant cette soirée, le couple était entièrement concentré sur le projet à faire aboutir. Ils ne voyaient rien d'autre, attelés au soin de leur intérêt. Ils avaient probablement oublié que Romain devait venir et qu'il souhaitait la rencontrer…

Florence détourna les yeux. Cette façon qu'avaient certaines personnes de perdre toute retenue quand il était question de leurs affaires, d'afficher leur appétit, leur convoitise devant un gain possible, la gênait toujours. Ils perdaient soudain toute élégance, à l'affût, pleins d'une impudique voracité. Chez un individu, c'était pénible à voir. En couple, c'était insupportable.

Florence regardait les gens qui étaient déjà là, presque tous inconnus. Elle en fut soulagée. Certains soirs, dans cette maison, ils s'étaient retrouvés à quinze ou vingt de la même génération, du même milieu, à s'être plus ou moins côtoyés pendant leurs études. Évidemment, on reparlait de la faculté, des fêtes de ce temps-là. Des gens à présent très sérieux pouffaient comme des potaches en évoquant une anecdote… Mais, très vite, l'ambiance retombait, les rires s'éteignaient et chacun réintégrait son âge, la réalité présente, leurs soucis d'adultes au fond des yeux.

Florence sortait de ces réunions lasse et un peu triste. Elle trouvait que nombre de ses anciens compagnons d'études avaient perdu leur fraîcheur d'esprit, leurs illusions… Et elle ? Qu'en était-il de sa fraîcheur ? Elle ne savait pas trop. Elle avait le sentiment de ne pas avoir changé. Une impression subjective et trompeuse, sans doute. Tout le monde changeait, c'était inévitable. En vertu de quoi aurait-elle échappé à cette règle ?

Denis subissait l'assaut du couple, le corps un peu rejeté en arrière, les lèvres closes, ses yeux gris-vert rétrécis sous l'attaque. Il croisa une ou deux fois le regard de Florence qui ne cachait pas un léger agacement. Mais il ne dit rien. Il était embarqué. On avait tout prévu pour lui… Tandis que Pierre et Estelle piaillaient tour à tour, il baissa les yeux un moment, comme un homme qui entre en lui-même, qui s'absente du contexte. Puis il releva sur Florence un regard curieusement doux, avec un demi-sourire empreint de fatalisme. Il redonna enfin son attention à ses hôtes, approuva distraitement à ce qu'on lui disait. Oui, bien sûr, en une heure, deux heures à tout casser, ils pouvaient vérifier les plans, préparer un topo détaillé que Meyer emmènerait, on ne pouvait pas laisser passer une occasion pareille…

Florence s'était éloignée de quelques pas pour poser son sac et le châle qui l'encombraient dans une petite pièce attenante au hall.

Romain ne semblait pas être encore arrivé.

Elle allait retourner vers Denis, Pierre et Estelle restés sur place à discuter, quand elle le vit dans l'encadrement de la porte d'entrée.

Romain…

Le choc du premier regard. Une bouffée d'émotion soudaine et son regard à lui sur elle.

Les autres ne s'étaient pas encore aperçus de sa présence, absorbés par leur projet. Romain resta un moment sur le seuil, légèrement chancelant, hésitant à entrer tout à fait. À contre-jour, sa silhouette paraissait plus massive qu'avant. Il fit deux pas et Florence vit mieux son visage, son beau visage aux pommettes d'Indien, ses yeux noirs et brillants – elle n'avait jamais vu des yeux aussi brillants que les siens, quelque chose d'incandescent dans les pupilles – sous des arcades sourcilières fortes, taillées comme sur certaines statues, avec deux facettes nettes pour les tempes, un front haut et plat. Les cheveux, qu'il avait coupés depuis longtemps, auréolaient sa tête, drus, indisciplinables. Autrefois, lorsqu'il les portait longs, seul le catogan noué d'un ferme lacet avait pu contenir leur vigueur. Maintenant qu'il les avait laissés en liberté, c'était une chevelure de musicien fou, une vraie crinière de Beethoven. Il y avait beaucoup de blanc, à présent, dans les mèches noires, un blanchiment précoce, contrastant fortement avec le hâle du visage, qui étonna Florence.

Il avait mis un costume, une cravate. Son cou puissant avait peine à tenir dans le col serré. Il était mal là-dedans, cela se voyait tout de suite. Son corps entier, sa morphologie refusaient le port du costume. Il n'avait pas changé. C'était peut-être même pire qu'avant… Planté à deux pas de la porte, les jambes écartées, les bras décollés du corps, il ressemblait à un boxeur qu'on aurait voulu déguiser en homme du monde, un boxeur pataud et émouvant dans son malaise.

Florence s'attarda un moment à côté de la petite pièce pour que se dissipe la chaleur subite qui lui était montée aux joues. Elle qui ne rougissait plus jamais, c'était trop fort !

Romain l'avait quittée du regard et se dirigeait franchement vers le petit groupe en discussion au milieu du hall. Estelle fit un grand « Aaah » et les hommes se retournèrent vers l'arrivant. Florence les rejoignit juste au moment où Denis et Romain échangeaient une forte et cordiale poignée de main, se regardant bien en face. Denis souriait, prononçait des mots aimables.

– Je suis heureux de te revoir. On dit que tu as fait un beau boulot, là-bas…

Romain eut un petit commentaire modeste. Pierre ajouta quelque chose. Romain avait déjà salué Estelle et se tournait vers Florence, arrivée près d'eux. Après une seconde d'hésitation, il tendit les bras vers elle et glissa à Denis, léger :

– Elle, je l'embrasse. Tu permets ?

Denis acquiesça, avec une petite moue mi-figue mi–raisin.

Son odeur, le toucher de sa peau, les lèvres douces, si familières autrefois, sur sa joue… Cette bouche aux lèvres pleines, aux courbes suaves – une vraie bouche de femme. C'est ça qui l'avait fascinée chez cet homme-là, le mélange de puissance et de douceur. C'est ça qu'elle avait tant aimé.

Florence essayait de contrôler son émotion pour ne surtout pas rougir à nouveau, tandis que Pierre continuait à parler du travail de Romain en Asie. « Un travail considérable, si, si… » Denis demandait des détails. Romain répondait, charmant, à l'aise, donnant des précisions. Pendant quelques minutes, on parla métier. À peine un petit silence de temps en temps, des regards croisés, incertains, pleins de pensées intimes. Mais les mots rassurants : « laboratoire », « progrès de la recherche », « analyses », venaient dissiper une gêne possible.

Florence était incapable de prononcer une parole, elle se sentait déjà assez ridicule à faire semblant de participer à la conversation, se tournant vers l'un, puis vers celui qui répondait, avec un œil qu'elle espérait assez convaincant dans l'attention. Elle n'avait pas rougi de nouveau, c'était déjà bien.

Elle écoutait la voix de Romain…

Elle se disait, stupéfaite, qu'elle avait totalement oublié sa voix, rocailleuse et caressante à la fois. Est-ce que la voix, particulièrement, est une chose qui s'oublie à ce point ? Elle reconnaissait tout de lui, son visage, sa stature, rien ne la surprenait, elle n'avait rien oublié. Mais la voix… La voix du passé, de sa jeunesse, enfouie tout au fond de sa mémoire, reléguée, loin, très loin, et qui faisait ressurgir tout un pan de sa vie. Elle trouvait curieux qu'une voix évoque plus de souvenirs qu'un regard.

Ils auraient pu rester là à discuter médecine encore longtemps, mais Romain s'esquiva pour aller saluer les autres invités, découvrir la maison. Florence le regarda se diriger vers le jardin, avec sa démarche de paysan endimanché.

– Tu es chez toi ! cria Estelle dans son dos, et il leva juste le bras en réponse, sans se retourner.

Pierre ne perdit pas une seconde pour revenir à sa préoccupation principale : les plans à montrer à Denis.

– C'est pas le tout, mon p'tit vieux, faut passer aux choses sérieuses.

S'ils restaient là, d'autres arrivants allaient accaparer leur attention. Denis se laissa prendre par le bras, emmener vers l'escalier pour aller dans le bureau de Pierre, au premier étage. Là, ils pourraient s'isoler pour travailler au projet.

Florence, restée sur place, les regarda s'éloigner. Son mari avait l'air d'être carrément enlevé par le couple, chacun le tenant par un coude, c'était presque drôle. Avant de poser le pied sur la première marche, Denis tourna la tête vers elle.

– Et toi, mon chéri, que fais-tu ?

– Je vais vous accompagner jusqu'à la porte, tiens… Et puis je traînerai là-haut. Vous n'en avez pas pour toute la soirée, je suppose ?

Pas de réponse franche.

Elle suivit, après avoir jeté un regard vers le jardin.

Romain y avait disparu. De toute façon, elle ne voulait pas rester au rez-de-chaussée, elle n'y voyait personne de sa connaissance, et non plus aller dans le jardin, elle aurait l'air d'attendre Romain, ou de lui courir après…

Tout en gravissant l'escalier derrière eux, elle se morigénait moralement. Elle n'était pas contente d'elle-même, jugeant que la bouffée d'émotion qui l'avait saisie en le revoyant était hors de saison. Et puis cette incapacité, après, de prononcer un mot, de paraître à l'aise… Ah non ! Vraiment, c'était puéril !

Denis la regarda encore avant de disparaître dans le bureau de Pierre. Il avait l'air plutôt contrarié. Florence pensa : « Eh bien, il n'a qu'à se rebiffer ! » Mais il entra docilement, sans résistance, après un « à tout de suite » qui se voulait surtout rassurant pour lui-même. Et la porte fut close.

Florence soupira, fit quelques pas au hasard. Elle songea à aller s'asseoir dans l'un de ces canapés profonds – celui qui était là-bas, tiens, vers la porte-fenêtre de la terrasse. Elle s'y reposerait un moment en contemplant la cime du très beau catalpa planté au fond du jardin. Un coup de pompe étrange l'avait prise. Elle se sentait presque au bord du malaise, avec les jambes tremblantes, l'envie de fermer les yeux, de se laisser aller… Peut-être devrait-elle manger un peu pour lutter contre cette faiblesse subite ?

Elle hésitait entre les toasts au saumon et un petit ramequin d'œufs brouillés, quand la voix de Romain résonna, chaude et basse, à son oreille.

– Toi. Enfin.

Elle ne l'avait pas du tout entendu venir. Elle prenait sa présence de plein fouet, tout près. Elle répondit un peu bêtement :

– Oui. Moi.

Ils se contemplèrent un moment sans qu'aucun mot ne soit dit. Puis, Romain ouvrit enfin la bouche.

– Je te préviens, pendant au moins dix minutes, je ne vais dire que des banalités… Je commence : tu n'as pas changé.

Elle rit, tenta, sans coquetterie, de minimiser cette affirmation. Il précisa, sérieux :

– Je parle de tes yeux.

Elle le regardait sans répondre. Lui, il avait changé. Il était encore plus beau qu'avant, avec ses tempes blanchies. Mais le regard était plus grave, la bouche un peu douloureuse. Elle sourit en regardant cette crinière léonine qu'il arborait à présent.

– C'est drôle, tu avais les cheveux plutôt raides et tu frises, maintenant.

– Le climat tropical, sans doute.

Puis Romain la questionna sur sa vie. Elle dit où elle habitait, le bel appartement, son cabinet un peu plus loin, l'entente sans nuage avec Denis. Tout cela tenait en peu de mots, finalement. Elle sembla le découvrir, en écartant les mains après avoir résumé son existence.

– Voilà. C'est tout.

– Tu es bien, alors ?

– Oui.

Après un petit temps, pour appuyer cette affirmation, ou comme si elle avait oublié l'avoir faite, elle répéta :

– Oui.

– Vous n'avez pas d'enfants ?

Et voilà. Quelques minutes à peine après leurs retrouvailles, il mettait le doigt sur la grande douleur de sa vie… Il avait toujours été doué pour ça : l'essentiel, tout de suite.

– Non, je ne peux pas en avoir. Je l'ai appris assez tardivement. C'était dur.

– Il n'y avait rien à faire ?

– Non, rien.

Le renoncement était douloureux, encore. Elle eut une petite crispation du menton et cacha son émotion à parler de cela en tentant de plaisanter.

– Quand je pense à toutes ces pilules contraceptives qui me rendaient malade et que j'ai prises pour rien !

La voix de Florence se cassa sur le « rien » et elle renonça à donner le change. Elle raconta l'immense déception, leur projet, à elle et à Denis, d'adopter un enfant. Puis comment, de difficultés administratives en tests psychologiques et autres, ils s'étaient découragés, ayant finalement reconnu leur manque de réelle détermination.

– C'est fait exprès, tu sais. Ils testent ta motivation, c'est long. Tu as le temps de te rendre compte qu'on n'adopte pas un enfant uniquement pour soigner une déception.

Elle dit aussi à quel point elle avait été frappée, en y repensant à cette occasion, par sa vocation précoce de soigner les enfants. Les enfants ! Elle ne voulait s'occuper que d'eux, leur dédier sa vie, dès ses quatorze ans, l'âge, à peu près, où elle était devenue femme, avec ses premières règles. Elle se demandait toujours si elle n'avait pas été instinctivement, mystérieusement avertie qu'il lui faudrait s'occuper des enfants des autres… C'était curieux, non ? Vouloir le contact avec les petits, si tôt, et ne pouvoir en faire soi-même ?

Romain la regardait se confier à lui, sans compassion ostentatoire mais avec une tendre attention. Elle lui disait à présent combien Denis avait été merveilleux en cette circonstance, comme il l'avait soutenue, consolée, avait tenté avec elle tout ce qui avait été possible, et l'avait finalement aidée à l'accepter, comme il acceptait lui-même de ne pas avoir d'enfant, puisque tel était le sort de leur couple. Florence disait la délicatesse et l'abnégation de Denis, et Romain l'écoutait avec la même attention. Puis elle se tut, un peu essoufflée, l'air surpris de s'être laissée aller ainsi.

– Ça m'a fait du bien d'en parler, c'est curieux. C'est passé, tu vois, ce n'est plus un problème pour moi, mais on n'en parle jamais… Et toi ? Tu as de la chance, tu as deux enfants, je crois ?

Romain acquiesça doucement, sans commentaire. On aurait dit qu'il pensait à autre chose, soudain, que ses enfants étaient loin, à l'arrière-plan d'une rêverie qui l'avait saisi.

– Tu n'es pas venu avec ta femme ?

– Ce n'est pas ma femme.

Romain de nouveau présent, dans la réponse nette qui avait jailli tout de suite, sans brutalité, mais ferme.

– C'est un être charmant, une compagne délicieuse qui m'a fait deux beaux enfants, mais ce n'est pas ma femme.

Alors, il se raconta à son tour. Comment Hanaé, fille d'une famille de paysans comptant treize autres enfants, sans instruction, s'occupait de sa maison. Un jour, elle avait demandé à vivre là pour ne plus dormir chez elle avec six de ses frères et sœurs, sur une natte à même le sol. Un autre jour, elle était venue dans son lit, femme–fleur, femme-fruit, se blottissant contre lui comme une bête douce, avec des abandons de chatte, un parfum de mangue, des roucoulements d'oiseau…

– Le matin, elle gazouillait à mon oreille avec sa jolie voix aiguë, dans son patois indonésien que je ne comprenais pas, et c'était tout à fait comme un chant d'oiseau, je t'assure…

Romain ne s'était aperçu qu'elle était enceinte que lorsqu'il avait vu son corps s'arrondir. Il croyait avoir « fait attention » pourtant. Elle n'avait rien dit. Elle pouvait pourtant se faire comprendre de lui, dans un anglais approximatif, mais sur cela, elle s'était tue. Et, allez donc savoir, elle l'avait peut-être caché, pour garder l'enfant à tout prix – l'enfant, si le père ne la jetait pas dehors, qui pouvait lui assurer une place chez lui, une position sociale, une sécurité enviable par rapport à ses frères et sœurs. C'était un risque à prendre, une chance à courir. Il était possible qu'elle ait fait cela, oui. Ce n'était pas méprisable pour autant, car il fallait voir la misère, là-bas, le sort des filles. Elle s'était bien débrouillée, elle l'avait gagnée, sa sécurité. Et cela n'empêchait pas que la tendresse entre eux, en gestes, en frôlements, en silences, soit réelle.

Le deuxième enfant avait suivi, presque inéluctable. La joie d'Hanaé était si jolie à voir… Mais, en la regardant caresser, cajoler ces enfants, il se sentait curieusement distant. Les deux petits étaient si empreints du type asiatique de leur mère qu'il avait peine à imaginer que c'étaient les siens. Qu'y avait-il de lui dans ces deux bambins aux yeux bridés ? Mais ils étaient beaux, adorables, et Hanaé gazouillait de concert avec eux…

Romain marqua un temps et regarda Florence droit dans les yeux.

– Seulement, ce ne sont pas des enfants que j'aurais voulu avoir…

Le visage de Florence se contracta légèrement. Romain nota ce recul intérieur chez elle, et poursuivit :

– Je sais que c'est à toi que je parle, Florence, à toi qui as tellement souffert du manque d'enfant. Tu dois trouver que j'ai de la chance d'avoir ces petits. Je ne la renie pas. Je ne renie rien. Mais moi, vois-tu, c'est d'une épouse dont j'aurais eu besoin… Une véritable épouse. Un être égal à moi, que j'aurais pu prendre par les épaules, sur lequel m'appuyer au besoin et à qui confesser mes faiblesses, mes problèmes, qui m'écouterait et que j'écouterais aussi. Une femme pour prendre des décisions ensemble, partager tout, qui marcherait du même pas que moi, mais qui irait son chemin personnel aussi. Une épouse. MA FEMME...

– Et... tu ne l'as pas rencontrée ?

Florence n'avait pu empêcher la question de lui venir aux lèvres. Pourtant, elle avait noté une certaine pâleur sous le hâle du visage de Romain, le tremblement léger qui vibrait sous sa voix. Elle aurait presque pu se douter de ce qui allait suivre et se l'épargner. À moins qu'elle n'ait eu besoin de l'entendre ?

– Bien sûr que je l'aie rencontrée. Il y a longtemps que je l'aie rencontrée. Je la connais... Pourquoi crois-tu donc qu'on se résolve à vivre avec une femme-fleur, sinon parce qu'on a trouvé sa femme un jour et qu'elle n'est pas avec vous ? Et que se satisfaire de la simple chaleur animale qu'elle vous offre, c'est le meilleur moyen de ne pas trahir son véritable amour, de le conserver intact. Garder au fond de soi la femme de sa vie, l'unique, pour laquelle on ne veut pas de rivale... Et d'ailleurs, le veut-on ? On ne peut pas faire autrement. Elle est là, au plus profond du cœur, présente. Au début, on ne le sait pas. On croit qu'elle va s'évanouir comme les ombres du passé, les illusions de jeunesse. Mais non. Elle est là... Et, un jour, il faut bien admettre que sa présence, au lieu de s'estomper, grandit dans l'absence. Elle remplit tout. Son image interdit toutes les possibles épouses, vaincues d'avance. Elle est là, c'est ELLE...

Il s'arrêta, plein d'émotion. Ses lèvres remuèrent pour un mot qu'il ne prononça pas, qui resta en suspens dans le silence, et que, pourtant, Florence entendit : « C'est toi. »

Elle n'était pas vraiment bouleversée, mais profondément surprise. Elle écoutait Romain se livrer à elle, avec sympathie et attention. Pas une seconde elle n'eut la tentation d'être flattée de cette déclaration. Pour le moment, à cueillir ces mots d'amour sur les lèvres de Romain, elle ressentait sa sincérité, les années de souffrance et de solitude perceptibles dans sa voix, dans ses traits, dans le léger pli d'amertume au coin de la bouche – une bouche fatiguée de s'être tue trop longtemps. Elle ne savait que répondre.

Elle était émue et désolée de cette souffrance qu'elle entendait, qu'elle voyait.

Après ce dernier mot d'amour non prononcé, Romain avait baissé les yeux. Il semblait abattu, tout à coup, abasourdi de ce qu'il venait d'avouer, en proie à une sorte de honte qui le faisait se rétracter en lui-même. Puis il secoua doucement la tête de droite et de gauche, les lèvres serrées. Florence ne sut interpréter cette expression de désolation. Déplorait-il les années gâchées, l'amour perdu ? Ou regrettait-il simplement de s'être laissé aller à dire son malheur ? Il y eut une bulle de silence, lourd, remplie de sentiments incertains, que Florence rompit.

– On m'a dit que tu allais quitter Djakarta ?

Romain se redressa soudain et répondit d'une voix affermie :

– Oui. C'est fini pour moi, là-bas. J'ai accompli tout ce que j'avais à y faire. Je laisse une excellente équipe, que j'ai formée, ils pourront continuer le travail. Moi, je dois construire autre chose, ailleurs…

– En Afrique, c'est ça ?

– Oui.

– Et tu ne vas pas emmener Hanaé et les enfants…

Florence était si certaine de la réponse que sa phrase était presque affirmative.

– Bien sûr que non. Je ne peux pas les éloigner de leur pays, de leur culture. Je m'occuperai d'eux à distance, j'irai les voir. Quand ils seront plus grands, les enfants pourront venir en Europe, s'ils le souhaitent. Plus tard…

Romain eut un geste de la main qui résumait toute l'incertitude de cet avenir.

– Et… qu'est-ce que tu vas faire en Afrique ?

– Peu importe les détails, ce que je vais concrètement réaliser. Je dois entamer un autre pan de ma vie, c'est ça qui est important. Il est temps.

Romain regarda Florence intensément, hésita, puis il prit une grande inspiration, comme un homme qui va se jeter à l'eau, et dit sourdement :

– Florence…

Il n'eut pas le loisir d'aller plus loin, la voix haut perchée d'Estelle s'exclamait, à quelques mètres d'eux :

– Ahhh ! Les voilà ! On vous croyait cachés dans le jardin.

Elle eut un rire perlé, un bref regard en dessous à Florence.

– Je plaisante… Je viens faire un petit plateau aux hommes, il faut qu'ils prennent des forces. Concentrés comme ils sont, ils vont tomber d'inanition.

Pierre arriva derrière elle, sortant du bureau en se frottant les mains, l'air réjoui. Denis suivait, en retrait, avec une mine un peu chiffonnée contrastant avec l'entrain de son futur associé. Pierre s'adressa à Romain, sur un ton de fausse confidence :

– Nous sommes en phase terminale… Florence t'a dit le projet ?

– Non.

– Ah bon ?

Il était évident que pour Pierre LE projet était la seule chose intéressante dont on pouvait parler ce soir-là. Il expliqua à Romain, excité, la nouvelle extension de la clinique, dont Denis prendrait la direction.

– Il va avoir une salle d'op rien que pour lui. Un bijou, je ne te dis pas. Même à Mondor, ils n'en ont pas une comme ça. Vous verriez la tête de Denis en train de peaufiner les plans : un vrai gosse devant un arbre de Noël !

Pour le moment, ça n'avait pas l'air d'être vraiment Noël pour Denis, ou alors il le cachait bien. Il regardait sa femme. Et Romain. Il souriait, un peu lointain. Il dit doucement à Florence :

— Tout va bien ?

— Tout va bien. On se raconte.

— Évidemment… Dix-huit ans, c'est long.

— Très long.

Romain avait approuvé avec une conviction, une gravité dont le sens n'échappa pas à Denis.

— Vous ne vous ennuyez pas de moi, donc… Heureusement, car notre ami Pierre va encore m'enlever, je le crains.

Pierre acquiesça bruyamment, tout en attrapant une bouteille de champagne et deux coupes.

— Et comment !… Je prends la boisson, Estelle nous laisserait mourir de soif. Une vraie négrière, cette femme-là !

Elle était déjà repartie vers le bureau, la démarche chaloupée dans sa robe collante, un plateau chargé de petits sandwichs dans les mains. Elle fit un commentaire rieur que personne n'entendit. Après une petite hésitation, Denis se résolut à les suivre.

— À tout à l'heure. Je vais finir mes devoirs.

Florence et Romain le regardèrent s'éloigner, disparaître dans le bureau qui donnait sur le palier, de l'autre côté du salon. Quand la porte fut fermée, Romain murmura :

— Est-ce une bonne idée, cette association ?

— Denis le pense.

— Et toi ?

Florence hésita. Ils regardaient toujours la porte der-

rière laquelle Denis avait disparu, regards et pensées
parallèles.

– Je ne sais pas. Je lui ai dit mes doutes. Mais nous
avons pour habitude de respecter les décisions de
l'autre, de ne pas interférer dans nos choix. Pierre a
énormément insisté pour qu'il soit son associé et qu'il
travaille à plein temps là-bas. Si Denis accepte, c'est
qu'il pense que c'est bon pour lui.

– C'est surtout bon pour Pierre…

Florence se tourna vers Romain, surprise.

– Avec un chirurgien comme Denis, il est certain que
ça va marcher. La clinique va faire un fric fou. C'est
pour ça qu'il s'accroche à lui et pas à un autre.

Florence se sentit flattée pour son mari. Elle rosit de
plaisir – celui, aussi, d'entendre Romain lui rendre hom-
mage. Et cela, après lui avoir avoué son amour. Pouvait-
on être plus droit, plus loyal ? Elle sourit et ajouta :

– Il y a peut-être une question d'amitié, aussi…

– Il n'est jamais question d'amitié avec Pierre.

C'était net, sans brutalité, une pure constatation.

Florence le regardait, désarçonnée.

– Je croyais que tu avais de bonnes relations avec
Pierre et Estelle ?

– As-tu vu quiconque avoir de mauvaises relations
avec eux ? Surtout lorsqu'ils pensent que tu peux leur
être utile un jour ?

Quel homme étrange, ce Romain, prêt à tous les
romantismes comme aux plus dures lucidités…

Mais il avait un visage farouche, tout à coup, l'air
sombre et les sourcils froncés, les traits gonflés d'une
colère sourde. Il attrapa le bras de Florence avec une
certaine brusquerie.

– Viens dehors, on étouffe ici.

Interloquée, elle le suivit. Bien forcée, il ne lui lâcha
le bras que parvenu à l'escalier, qu'il dévala sans l'at-

tendre. En bas, il attendit, sans se tourner vers elle, qu'elle arrivât au bas des marches à son tour. Cette fois, il lui prit la main d'autorité, l'emmena dans le jardin, tout au fond, sous le grand catalpa où il n'y avait personne. Alors, il s'y adossa, une main sur le front, pâle.

Florence le regardait avec inquiétude. Il semblait au bord du malaise.

– Qu'est-ce qui te prend, Romain ?

Il laissa tomber sa main et offrit à Florence un visage désemparé, aux yeux remplis de larmes. Presque effrayée par des changements d'humeur aussi brusques, elle répéta :

– Qu'est-ce que tu as ?

Alors, il parla. D'une façon si émue que Florence, si peu de temps après avoir retrouvé la voix de Romain, la reconnut à peine. Une voix sans timbre, fragile et tremblante, une voix de douleur et d'espoir à la fois – la voix d'un homme qui joue son va-tout.

– Je ne voulais pas te parler ce soir, Florence. Ce n'est ni le lieu ni l'heure. Mais tu es près de moi et je n'en peux plus. Alors ici ou ailleurs, qu'importe… Oui, je vais partir. Oui, je vais tout recommencer. Alors, je veux te proposer de partir avec moi. De tout recommencer, aussi, avec moi.

Florence allait ouvrir la bouche, stupéfaite, sous le choc de cette proposition.

– Non, ne parle pas ! Écoute-moi, je t'en prie. Écoute-moi jusqu'au bout… Je sais que tout va bien avec Denis, que vous êtes heureux. Mais je sais que tu pourrais m'aimer encore. Je le sens. Je le vois. Rien n'a changé. Nous avons eu le courage, étant jeunes, de vivre cette histoire particulière. Pourquoi n'irions-nous pas jusqu'au bout ? Accepter d'avoir un destin amoureux hors des conventions et de l'assumer jusqu'au bout ? En vertu de quoi t'amputerais-tu d'une de tes chances d'être heureuse, d'un de tes amours, d'une de tes vies, puisque tel était ton chemin : être la femme de deux hommes ? Tu es au mitan de ton existence. Moi aussi. Tu as fait la moitié de la route avec Denis, viens faire l'autre avec moi. Nous sommes jeunes encore. Tout est à inventer. On peut le faire. Il y a juste à être aussi courageux, aussi honnêtes et aussi libres que nous l'avons été il y a vingt ans.

Florence écoutait Romain lui faire cette déclaration extraordinaire, toute droite, le regardant bien en face. Elle ne se taisait pas parce qu'il lui avait demandé de se taire, elle aurait été bien incapable de parler. Elle ne savait même pas ce qu'elle ressentait. Elle pensait simplement : « Denis avait raison… Denis avait raison… » L'instinct animal, toujours vivace en lui sous ses dehors d'homme policé, avait bien senti. Romain la voulait, il était venu pour la reprendre…

– Je sais que cette proposition que je te fais peut paraître folle. Elle l'est. Nous l'avons été, fous. Nous pouvons l'être encore, je crois. Si on ne laisse pas la vie ordinaire tuer cette précieuse folie. Pour qu'on n'arrive pas à la vieillesse en se disant qu'on n'a pas osé, qu'on a baissé les bras devant la normalité, qu'on n'a pas vécu la moitié de ce qu'on avait à vivre. Nous, par exemple… Il faut être à la hauteur de l'histoire exceptionnelle qui a été la nôtre, ne pas avoir peur. Oh, Florence ! Mon amie, mon premier et mon seul amour, mon dernier espoir, ma petite sœur, ma femme… Je n'ai jamais eu d'autre femme que toi. Je n'en aurai pas d'autre.

Florence frémit. Quelque chose céda en elle, se mit à trembler au creux de son ventre. Chagrin ou joie, elle ne savait. Quelque chose de doux et de déchirant à la fois, une palpitation. Le passé qui se remettait à vivre, ravivé par les mots de Romain, ou le regret de ce qui était perdu à jamais ? Une tendresse désolée pour ce qui n'avait pas été vécu ? Un frémissement de renouveau possible, l'amour pour Romain qu'elle croyait tué par les années d'absence et qu'elle sentait prêt à renaître ? Non, elle ne savait pas. C'était tout cela à la fois qui la rendait si faible, qui faisait rouler deux larmes sur ses joues, deux larmes d'une émotion sans nom.

Qu'il était beau, cet homme qu'elle avait tant aimé ! Qu'elle pourrait aimer encore, il avait raison. Il aurait suffi de raviver la flamme. Elle se l'avouait confusément, entraînée par son émotion à lui, sa totale sincérité. À voir sa peau, sa bouche, redevenues si rapidement familières, elle se sentait ramenée vingt ans en arrière. Il suffirait de poser sa tête sur sa poitrine, de se laisser emporter par sa fougue, et tout serait comme avant, exactement comme avant. Quelle terrible et magnifique folie il lui proposait… !

Romain, sentant qu'elle s'ouvrait à ses paroles, se faisait plus calmement, plus raisonnablement convaincant. Sa voix s'était affermie, chaude et enveloppante, pour évoquer cette nouvelle vie possible. Car si elle venait avec lui, il n'y aurait pas seulement l'amour à réinventer, ce serait également sa carrière de médecin qui prendrait un nouvel essor. N'en avait-elle pas assez de soigner les rhumes des petits nantis du sixième arrondissement ? N'avait-elle pas rêvé d'être plus utile, de faire du bien aux enfants qui en ont vraiment besoin ? Il savait à quel point sa vocation était forte, combien elle aspirait à se consacrer à eux. Pensait-elle être arrivée à la hauteur de cette aspiration, donner le meilleur d'elle-même, là où elle était ? Dans le vieux continent africain, il était des contrées reculées où des petits souffraient et n'auraient jamais la chance de voir un médecin. Sauf s'il venait à eux…

Romain, enthousiaste, se mit à parler de son nouveau projet : créer une unité hospitalière mobile pour aller soigner, opérer dans les brousses les plus médicalement démunies, les plus isolées. Rester un mois sur place,

parfois plus, suivant les besoins de la population locale.
Suivrait une véritable caravane, un camion réfrigéré
pour les vaccins, un autre pour les vivres, un dispen-
saire plus léger pour sillonner la contrée et s'occuper
plus particulièrement des enfants des villages, tandis
que le bloc de soins, plus lourd, resterait au centre de la
région visitée. Suivraient également un camion pour les
tentes, d'autres pour le personnel soignant, une citerne
pour le ravitaillement en fuel, introuvable dans certaines régions. Parallèlement, Romain développerait un
centre de recherche à Dakar, mais il partirait avec l'hôpital itinérant. Il voulait être sur le terrain et poursuivre
ses travaux, commencés en Asie, sur les médecines
indigènes et les plantes. Bien sûr, il existait déjà des
unités de soin ambulantes, mais celle-ci serait perma-
nente, pas seulement pour les cas d'urgences. Un vrai
projet africain, avec quatre pays en partenariat. Il com-
mencerait sa tournée par le nord du Sénégal, le Mali,
puis le Burkina... Si elle le voulait, elle prendrait la
direction de l'antenne pédiatrique. Elle, avec lui, à donner enfin la pleine mesure de son métier. Quelle force
ils auraient, ensemble ! Comme ce serait beau de
construire tout cela à ses côtés, de la voir se déployer,
et de se retrouver le soir, à deux...

Florence avait la tête qui lui tournait. Au fur et à
mesure que Romain parlait, décrivait cette nouvelle
existence possible, les images affluaient sans peine, se
succédaient. Elle avait fait avec Denis trois ou quatre
voyages en Afrique – voyages touristiques, mais pendant lesquels ils avaient assez «bougé» pour avoir un
aperçu de la vie sur ce continent. Pendant que Romain
racontait, elle voyait les cases, les contrées désertiques,
les arbres à palabre au centre des places. Elle savait
déjà que la première personne à rencontrer serait le
chef de village, éventuellement le sorcier, pour obtenir

d'eux de pouvoir s'installer sans problème. Romain parlait et elle voyait la terre craquelée, les étendues d'herbes sèches, les baobabs, les enfants grouillant en troupe, nus ou vêtus d'un simple tee-shirt troué, le nez perpétuellement souillé, qui les suivraient dans les chemins, leur prendraient la main, tourneraient autour d'eux en nuées criantes, tandis qu'ils monteraient les tentes. Elle se voyait accueillir ces petits et la file d'attente des mères avec leurs bambins dans le dos, qu'il faudrait à l'occasion rassurer ou convaincre de revenir, avec l'aide d'un interprète local. Elle imaginait sans peine la lutte contre la chaleur, les insectes, la fatigue, les pluies parfois si diluviennes qu'elles pouvaient détruire des installations précaires. Mais l'enthousiasme les porterait, la joie de donner la pleine mesure de leur savoir-faire, parfois d'inventer, de soulager avec peu de chose, d'être enfin véritablement utiles, comme l'avait dit Romain.

Ah, comme il avait frappé juste en parlant de sa vocation ! Certains soirs de découragement, elle s'était demandé ce qu'elle faisait entre les quatre murs de son cabinet parisien, à surveiller la croissance d'enfants parfaitement nourris, gâtés. Elle étouffait, parfois. Et les plus mauvais jours, une amère déception s'emparait d'elle. Avait-elle vraiment imaginé son métier de cette façon ? Tant de passion, de volonté, de travail pour en arriver là ?

Alors, bien sûr qu'elle pourrait partir ! Elle épouserait sans peine l'Afrique, la tente, les chaudes soirées et les ciels de feu, les enfants de là-bas, la fournaise des pistes… Aussi aisément qu'elle avait épousé le design des créateurs suédois et la voile l'été, à la mer, elle qui n'aimait que les meubles en bois et la montagne ! Elle adaptait tellement bien ! Elle s'arrangeait de tout, à partir du moment où elle était avec un homme qu'elle aimait.

Sans se forcer, sans sacrifice, elle épousait ses goûts, ses passions. Elle s'était demandée, parfois, si elle manquait de personnalité, ou si cette faculté d'adaptation était due à une extrême malléabilité de son caractère…

Romain s'était rapproché d'elle. Il chuchotait presque à son oreille, à présent. Alors, elle ferma les yeux et s'avoua qu'elle se voyait bien, aussi, poser sa tête sur son épaule, retrouver son odeur, sa peau et s'abandonner dans ses bras, redevenir sa femme, comme elle l'avait été autrefois. Tout recommencer, vivre l'autre moitié de sa vie avec son amour retrouvé. Pourquoi pas, si c'était là son destin ?

Elle n'en put plus, tout à coup, de se sentir si faible, si prête à partir en pensée. Elle prit son front dans ses mains, avec une crispation de douleur, et dit à Romain, d'une voix basse et précipitée :

– Tais-toi. Tais-toi, je t'en prie… Attends…

Elle s'écarta un peu de lui pour que, surtout, il ne la touche pas, qu'il n'ait pas la tentation de la prendre dans ses bras, elle se serait effondrée en sanglots. Heureusement, il n'y avait personne dans le fond du jardin. Les invités étaient tous agglutinés aux abords du salon, près des buffets. On les entendait rire et discuter de loin. Les gens n'étaient pas venus pour s'isoler, mais au contraire se frotter les uns aux autres, parader, plaisanter, parler affaires au besoin. La preuve, Denis était bien coincé dans ce foutu bureau depuis au moins deux heures. Denis, qui aurait dû être là, avec sa femme, à parler légèrement. Denis qui, par sa seule présence, aurait empêché qu'elle se retrouve au bord des larmes, complètement chamboulée, à imaginer une autre vie, à s'y voir aussi aisément. C'était insupportable. Quelle femme était-elle donc pour partager si vite le rêve d'un autre, fût-ce celui de son deuxième grand amour ? Trois mots et toutes les certitudes vacillaient. Dix-huit ans de vie commune pesaient-ils donc si peu pour que Florence puisse s'envoler ainsi, prête à une autre vie, même en rêve ?

Mais voilà, Denis ne réapparaissait pas. Il discutait affaires, là-haut, avec ces gens qui n'étaient même pas des amis. Il travaillait sur des plans, des topos, enfin, des choses absolument dérisoires en regard du fait qu'on était en train de lui piquer sa femme ! Il le savait pourtant, c'est lui qui l'avait prévenue : « Il est venu pour te reprendre. » Alors, qu'est-ce qu'il faisait, à rester planqué dans ce bureau ? Était-il si sûr de lui, de la solidité de leur couple, pour ne pas envisager une seconde qu'elle puisse avoir une faiblesse, se laisser séduire ? Avait-il le sentiment qu'elle était aussi inamovible qu'une commode dans le salon ? La femme comme un meuble familier, lourde et sans états d'âme, si fidèlement à sa place qu'on ne songe même pas qu'elle pourrait bouger, rêver d'horizons différents. Croyait-il donc si bien la connaître, sage, peu encline à l'aventure, qu'il n'imaginait pas qu'elle puisse être tentée de vivre, ou revivre, un autre amour ?

À moins que ce mari, si intelligent et délicat, mais si étrange parfois dans sa retenue, ne lui laisse le champ libre, sa liberté de détermination... Qui sait ? Et si c'était lui qui prolongeait la séance de travail avec Pierre, pour la laisser responsable d'elle-même, pour ne pas se sentir, justement, pesamment présent, comme un empêchement vivant posé là entre sa femme et l'autre ? Florence savait bien son dégoût des rôles convenus, et celui du mari surveillant son épouse ne devait pas lui plaire ! Ne serait-ce qu'avoir l'air du mâle revendiquant son bien légitime devait réveiller en lui toutes les pudeurs, son sens aigu du ridicule. Tel qu'elle le connaissait, Denis aurait été capable d'être sorti du bureau, de les avoir vus discuter de loin – voire de les avoir observés un moment – et d'être reparti discrètement pour ne pas s'imposer, ne surtout pas endosser ce rôle ingrat. Discrétion, orgueil, délicatesse et retenue dans l'expression de ses sentiments, tel était le caractère de Denis. Florence l'aimait ainsi, mais à cette heure, troublée, elle lui en voulait de la laisser livrée à elle-même si longtemps. Elle se demandait si cette extrême pudeur ne confinait pas à l'indifférence…

Florence s'était assise sur un banc tout au fond du jardin, contre le mur qui le séparait de la propriété voisine. La nuit de juin, tardive, commençait à tomber et les enveloppait peu à peu, les séparait davantage des gens qui discutaient dans la lumière, près de la maison, rendant cette entrevue de plus en plus intime et secrète. En proie à son bouleversement, auquel venait s'ajouter ce vague ressentiment envers l'absence de Denis, Florence écoutait plus distraitement les paroles de Romain.

À voir Florence ainsi bouleversée, Romain pouvait croire qu'elle était presque consentante, prête à accepter sa folle proposition – ou du moins sur la voie d'une future acceptation. Il s'était assis sur le banc à quelque distance d'elle, qui restait muette et comme traumatisée, les yeux perdus. Il n'osait pas la toucher encore. Une prudence, une peur le retenaient. Il avait son bonheur à portée, tout se jouait ce soir, il en était conscient. Il devait faire attention à ses mots, à ses gestes, la convaincre sans la brusquer – surtout sans la brusquer. Une parole maladroite et la femme qu'il aimait, qu'il voulait, ne l'écouterait plus, prendrait la fuite. Tout serait raté, irrémédiablement. Il n'aurait plus qu'à vivre le reste de sa vie en solitaire. Pourtant, il fallait bien tout dire, prendre le risque d'aborder les sujets les plus sensibles. Voilà qu'il parlait de Denis, précisément, choisissant ses mots avec précaution.

– Je parlerai à Denis, bien sûr. Il faudra que je lui

parle. Rien ne doit être trouble, ou caché. Rien de sale entre nous trois, ça ne nous ressemblerait pas... Je ne dis pas qu'il te laisserait partir de gaieté de cœur. Certainement pas, il t'aime. Mais je sais quel homme extraordinaire il est. Va-t'en savoir s'il ne serait pas capable de comprendre, précisément parce qu'il t'aime, et peut-être aussi parce que j'étais son ami...

Emporté par son espoir, Romain se laissait aller à parler comme si Florence avait déjà dit «oui» à cette vie nouvelle. Il s'en était aperçu et avait abandonné le futur pour revenir à un conditionnel plus prudent. Toutefois, déconcerté par le mutisme de Florence, son expression hagarde, il se tut lui aussi un moment. Mais il la sentait si fragile, si profondément troublée, qu'il ne fallait pas qu'il laisse le silence gagner, le malaise, qu'il devinait chez elle, prendre le dessus. Il fallait continuer à la convaincre, abattre ses doutes un à un et la rassurer, jusqu'à ce qu'elle ait fait son choix.

Il dit: «Quand tu auras fait ton choix», ou peut-être «ce sera ton choix».

Enfin, il prononça ce mot: CHOIX.

Il eut le malheur de le prononcer...

Il vit soudain Florence changer de visage, pâlir, les traits durcis, et le regarder fixement, le regarder comme si elle découvrait un étranger, avant d'articuler:

– Comment dis-tu? Mon... «choix»?

Le mot avait heurté, choqué Florence. À l'entendre, une colère soudaine l'avait saisie. Une vraie colère, brutale, qui balayait d'un coup le trouble, l'amorce du rêve d'une autre vie, la faiblesse, sans doute due à l'émotion de retrouver cet ancien amour. Le mot l'avait réveillée, lui avait fait recouvrer d'un coup la raison, la réalité de ce qu'elle vivait tous les jours. L'incongruité, le presque ridicule de la situation la frappaient. Un mauvais feuilleton, vraiment!

– Tu as bien dit «choix»?!

Une voix froide, sèche, se mit à sortir d'elle. Une voix qui étonna Florence elle-même, qui s'entendait parler comme si une autre femme prononçait les mots, hachés, bas, avec une syllabe qui claquait parfois comme une gifle.

– Comment oses-tu me parler de choix? Quelle girouette crois-tu donc que je sois pour me proposer de changer de vie comme on change de chemise? Tu es fou! Fou et ridicule. Tout simplement parce que ça t'arrange. Tu viens me proposer ça au moment où ça t'arrange! On change de continent, on a un nouveau grand projet, alors hop! On balance la bonne femme à qui on a fait deux mômes – celle-là, elle n'a qu'à rester dans son pays, elle a fait son temps – et on va en prendre une nouvelle, plus adaptée aux circonstances. Mais c'est honteux! Honteux! C'est…

Florence en perdait les mots, étouffée par la révolte. Puis, la colère la poussait de nouveau et la méchante voix reprenait, plus rauque, précipitée, revenant toujours à ce mot: «choix», prononcé avec une blessante dérision.

Romain était devenu peu à peu livide. D'abord stupéfait par un revirement si brusque de l'humeur de Florence, une attaque aussi violente, il avait semblé se rétrécir, le visage figé, le regard encore incrédule. Puis ses épaules s'étaient voûtées et il avait balbutié douloureusement:

– C'est ridicule, c'est vrai, c'est vrai… Je ne voulais pas te parler ce soir. Je ne sais pas ce qui m'a pris, je n'ai pas pu m'en empêcher. Comme ça, à cette soirée, c'était idiot…

Et elle de repartir, cinglante, qu'ici ou ailleurs, cela aurait été pareil. Croyait-il donc que cette proposition aurait été moins ridicule à la terrasse d'un café? Ou à l'hôtel ? Dans un hôtel, tiens, ç'aurait été mieux ! On aurait pu sauter au lit ensuite, histoire de voir si ça collait encore, on ne sait jamais… Et si c'était un bide, il aurait eu le temps de changer d'avis et de partir tout seul. Hein ? Hein ?

Romain se défendait comme il pouvait, tentait d'apaiser cette fureur qui avait pris Florence. Il jetait son amour et sa sincérité sur les méchancetés qu'elle disait pour essayer de les étouffer, de faire taire cette voix affreuse qui sortait d'elle, cette voix étrangère qui inventait des choses si laides, qu'elle ne pensait pas, qu'elle ne pouvait pas penser, des choses indignes d'eux. Il l'aimait ! Au début, il ne savait pas qu'il l'aimait tant ! Son amour avait grandi avec les années et il avait si longtemps rêvé d'elle en secret que le jour où elle était enfin en face de lui, bien sûr, il était maladroit…

Mais Florence continuait, d'un ton à présent déchiré, animée d'une révolte plus douloureuse. Romain avait réveillé les anciennes blessures, l'impardonnable. Elle rappelait les trois ou quatre lettres qu'elle avait reçues après son départ, des lettres presque impersonnelles, pire que le silence.

– T'es-tu demandé quel effet avait eu sur moi ton absence ? T'es-tu soucié de savoir à quoi je rêvais, moi, pendant toutes ces années ? Et dix-huit ans après, il faudrait que je balaye tout ce que j'ai construit sans toi pour épouser ton rêve, docile, à tes ordres ?

Et puis qu'est-ce que c'était que ce rêve, ce prétendu amour ? Elle n'y croyait pas ! Un sentiment non dit, non partagé, n'est qu'une baudruche, rien ! Un grand amour gardé pour soi n'est qu'un fantasme imbécile.

L'envie de faire mal la poussa à dire cela.

Alors, Romain ne se défendit plus. Sa belle bouche s'était affaissée. Il serrait les lèvres, l'œil infiniment triste.

Florence, le feu aux joues, le considéra un moment sans parler. Puis elle s'approcha de lui, très près, le regardant bien en face, et elle dit :

— Tu es l'être le plus égoïste que j'aie jamais vu. Tu as toujours été comme ça. Va-t'en. Je ne veux plus jamais te voir.

Le visage de Romain se contracta, une véritable grimace de douleur qui l'enlaidit. Il écarta les bras, impuissant à se défendre, à trouver un dernier argument. Son regard resta un instant plongé dans celui de Florence, puis il baissa les yeux, tourna les talons et s'en fut, tête baissée, silhouette vieillie. Florence le vit traverser le jardin, contourner les groupes d'invités, disparaître dans le hall…

Romain était parti.

Florence resta longtemps sur place, regardant fixement la maison, le hall éclairé où Romain avait disparu. Elle l'avait suivi du regard jusqu'au bout et, depuis, elle demeurait là, immobile, enveloppée par l'ombre épaisse, maintenant que la nuit était tout à fait tombée.

La colère qu'elle avait ressentie tout à l'heure face à lui s'était évanouie aussi brusquement qu'elle l'avait saisie, dès que Romain avait tourné le dos. En le regardant partir, déjà, elle avait ressenti une fatigue un peu dégoûtée, un découragement qui l'avaient laissée sans force, sans pensée, incapable de bouger. Romain avait gardé le dos courbé jusqu'à ce que cette triste silhouette de vaincu disparaisse, là-bas, derrière une femme qui faisait de grands gestes.

Plus de révolte. Une amère lassitude. Juste laisser passer ce moment vide et désolé…

Puis la lumière, autour de la maison, lui parut plus vive, les discussions et les rires plus proches, plus forts. Elle eut l'impression de se réveiller, de reprendre contact avec la réalité. Romain l'avait-il entraînée si loin ? Elle avait froid, soudain, sous ce catalpa. Une humidité de petit matin montait de l'herbe fraîchement tondue. Elle se souvint avoir déposé un châle quelque part. Il lui semblait qu'il y avait un siècle de cela… Elle frissonna et se sentit seule et bête, au fond de ce jardin. Denis ! Où était donc Denis ? Elle avait besoin de le voir, de retrouver sa voix familière, de poser un moment sa tête lourde sur son épaule.

Elle traversa la pelouse, revint vers la maison, vers son mari, comme une enfant marche vers sa sécurité après avoir échappé à un danger. Elle laissait dans l'ombre les troubles pervers capables de tuer un bonheur patiemment affermi, les rêves tentateurs, les amours bien mortes. Elle réintégrait le présent, sa vie à elle.

Mais pas de soulagement, pourtant.

Fatigue, vague dégoût, tête lourde…

Arrivée dans la maison, elle vit qu'il y avait beaucoup plus de monde que tout à l'heure et que des groupes d'invités arrivaient encore. Quelle heure était-il donc ? Avec sa manie de quitter sa montre dès sa journée de travail terminée, elle se retrouvait sans repères. Avait-elle passé si peu de temps avec Romain ?

Elle eut l'impression que les gens hurlaient presque autour d'elle, que les femmes riaient d'une façon un peu hystérique. Tout lui semblait faux. Décidément, la réalité retrouvée sonnait mal à ses oreilles. La fatigue, sans doute…

Mais où était donc Denis ?

Elle se résolut à monter à l'étage, elle échapperait à la cohue bruyante du rez-de-chaussée et le trouverait là-haut sans doute. Il était impensable qu'il travaille encore, quelle que soit l'heure.

Arrivée au premier étage, elle erra un moment, vit les buffets à demi pillés, la mayonnaise fondue sur les canapés de mie de pain. Elle n'avait rien mangé et se sentait faible, mais tout cela l'écœurait. Au moins, il y avait peu de monde dans ce salon. Quelques conversations calmes dans les fauteuils, une fille vautrée sur un type dans un coin. Florence les observa un instant. Il était rare que des gens se tiennent mal chez Pierre et Estelle.

La porte du bureau était encore fermée. Elle allait se résoudre à frapper lorsqu'elle entendit à son oreille, tout près, la voix de Denis. Il était arrivé dans son dos, sans qu'elle l'ait vu. La suivait-il depuis un moment ?

— Je suis là, ma chérie.

— Ah, je te cherchais… Romain est parti.

— Je sais. Il est venu prendre congé.

Il l'observait, attentif. Il n'avait pas tendu les bras vers elle. Pouvait-on être un mari simple, qui prend son épouse par la taille ou par le cou, quand on sait qu'elle a vu réapparaître l'autre grand amour de sa vie ? Leur histoire, à tous trois, était si étrange…

— Tu es toute pâle… Il avait des choses importantes à te dire ?

— Oui. Mais il est parti.

— Très importantes ?

Florence le regarda un moment, vacillant légèrement sur place, et répéta, à voix basse :

— Il est parti.

Denis allait peut-être la prendre dans ses bras, l'emmener dans un coin calme où elle pourrait, enfin, poser sa tête pesante sur son épaule, respirer calmement, parler ou ne pas parler, mais se reposer contre lui, se réchauffer un peu à sa chaleur. Le froid qui l'avait pénétrée sous le catalpa ne la quittait pas, un petit froid dans les os qui la faisait trembler, malgré le châle en pashmina qu'elle avait récupéré et mis sur ses épaules. Elle serrait ses mains glacées l'une contre l'autre.

Denis allait amorcer un mouvement vers elle, l'œil toujours gravement attentif, lorsque Estelle surgit, volubile.

— Coucou, les amoureux ! Tout va ? Vous avez des mines de conspirateurs !

Denis se fendit à peine d'un sourire, recula d'un pas.

— J'allais chercher quelque chose à boire pour Florence.

– Je n'ai pas soif.

– Si, tu as besoin d'un verre, ça te fera du bien.

Estelle prit immédiatement un ton de sollicitude, trop forcé pour être honnête.

– Tu ne te sens pas bien ?

– Si, si. J'ai pris un peu froid, dans le jardin.

S'ensuivit un commentaire de la maîtresse de maison sur la fraîcheur traîtresse des soirées d'été. C'est vrai, on croirait le beau temps installé et on se retrouve avec une bronchite !

Tandis qu'Estelle enchaînait avec aisance ces petites phrases convenues à propos de la saison, elle suivait du regard Denis qui s'éloignait vers l'un des buffets pour chercher un verre. Lorsqu'elle fut certaine qu'il ne l'entendait plus, elle se retourna vers Florence et chuchota, complice :

– Alors ? Romain est venu nous dire au revoir tout à l'heure. Qu'est-ce qui s'est passé ?

– Rien. Nous avons discuté, c'est tout.

Estelle troussa une mimique de femelle pas dupe, s'assura d'un rapide regard en coin que Denis ne revenait pas encore, et susurra, curieuse :

– Il t'a fait la cour, au moins ?

Florence pensa que cette femme charmante, cette presque amie, était idiote. Combien de dîners, voire de week-ends faudrait-il passer en sa compagnie, puisque leurs maris allaient devenir associés ?

Mais Denis revenait, épargnant à Florence une réponse à coup sûr aussi stupide que la question, et lui mit d'autorité un verre de vodka dans les mains. Elle le but, puisqu'il était là, et que ce petit verre lui donnait un semblant de contenance face au regard inquisiteur d'Estelle.

Mais celle-ci s'esquivait. Ce qui l'intéressait ne pouvait être dit qu'en l'absence de Denis. Elle se retourna après quelques pas pour l'interpeller :

– Ah, Denis ! Meyer arrive incessamment, il a laissé un message sur le portable de Pierre. Je vous prépare un petit coin au calme, on le met de bonne humeur et… à l'attaque ! Hein ?

Florence, qui terminait de boire sa vodka, sortit le nez de son verre, l'air surpris.

– Meyer ?

Denis lui rappela le fameux financier, l'homme providentiel, si difficile à rencontrer, qu'Estelle avait réussi à coincer ce soir.

– Ah oui, c'est vrai… On ne peut pas s'en aller alors ? Je serais bien rentrée.

– Mais… sais-tu qu'il est à peine onze heures ?

– Non, je ne sais pas.

Denis la regarda avec tendresse. Elle semblait tout à fait perdue, son verre vide à la main, la mine chavirée. Il dit doucement :

– Il t'a secouée, ce Romain.

– Oui.

Florence avait répondu d'une petite voix mouillée. Elle gardait les yeux baissés, tournant son verre vide entre ses doigts.

– Il te faudrait du calme, c'est ça, ma chérie ?

– Je voudrais juste m'en aller d'ici…

Un silence, encore. Ils étaient un peu incongrus, tous les deux, plantés face à face, à laisser de grands temps entre chacun de leurs mots. Des temps pleins d'incertitude, de malaise.

– Pardonne-moi, mais je ne peux pas louper ce type. Il faut que je reste encore un peu…

Denis la considérait à présent avec inquiétude.

– … Et puis, j'ai l'impression que tu as besoin d'être seule un moment, non ?

– Peut-être, oui.

– De réfléchir, aussi ?

81

Elle ne dit ni oui ni non.

Denis regardait intensément le visage de Florence. Cherchait-il à deviner ce qui s'était passé entre elle et Romain ? Prenait-il simplement la mesure du trouble de sa femme ? Il lui prit la main doucement.

– Tu sais ce que tu vas faire ? Tu vas prendre la voiture, rentrer, te détendre. Tiens ! Tu vas te faire couler un bon bain chaud, ça te fait toujours du bien. Moi, je vais voir ce Meyer, je ne peux pas les lâcher comme ça… Mais c'est peut-être mieux, après tout ? Profite de ce temps pour toi, pour te calmer, pour réfléchir. Reprends-toi, il me semble que tu en as besoin. Je serai là à deux heures au plus tard.

Il prit le verre des mains de Florence et ils descendirent tous deux l'escalier.

– As-tu ton sac ?

– Ah non, c'est vrai…

Elle alla dans la petite pièce pour le chercher, elle n'avait pris que son châle, tout à l'heure. Elle mit un bon moment à trouver ce sac, à ressortir en le considérant comme si elle craignait que ce ne soit pas le sien… Denis ne la quittait pas du regard – un regard inquiet et perplexe.

– Tu peux conduire, tu crois ?

– Bien sûr, voyons.

Il eut droit à un sourire, un regard qui se voulait net et rassurant. Il l'embrassa, la serra un court instant contre lui et dit à l'oreille de Florence :

– Souviens-toi : deux heures. Je serai là à deux heures. Entre-temps, fais ce que tu as à faire…

Florence eut un œil surpris, mais elle se détourna vite, fit quelques pas vers la porte d'entrée. En se retournant pour le regarder une dernière fois avant de partir, elle vit que Denis était resté sur place, la tête un peu penchée sur le côté, l'air bizarre et très doux. Il eut un geste d'encouragement.

— Sauve-toi !

— Comment ?

— Sauve-toi ! Je leur dirai au revoir pour toi…

— Ah oui… Merci.

Et elle s'en fut dans la nuit.

Florence conduisait avec une extrême lucidité. Sa concentration, le parfait automatisme de ses gestes la surprenaient elle-même. Elle se demandait pourquoi Denis avait eu l'air d'avoir peur qu'elle prenne la voiture. Paraissait-elle si troublée ? Pour sa part, il lui semblait qu'elle aurait pu aller jusqu'au bout de la France dans le même état de calme éveil. Sur la route qui la ramenait à Paris, elle subissait tous les feux rouges de la grande banlieue, et tandis qu'elle attendait patiemment, le plus souvent seule aux carrefours, que le feu passe au vert pour repartir, elle se laissait aller à rêvasser.

Les mots de Denis, sa curieuse insistance, la précision avec laquelle il avait dit : « Deux heures. Souviens-toi, je serai là à deux heures… » la laissaient perplexe. Et cette petite phrase sibylline : « Fais ce que tu as à faire. » Qu'entendait-il par là ?

Florence redémarrait et son attention de conductrice chassait les vagues questions qui restaient en suspens jusqu'au prochain feu rouge.

« Fais ce que tu as à faire… »

Denis parlait-il des gestes domestiques, ordinaires, qu'elle ferait pour se détendre – par exemple prendre un bain, comme il le lui avait suggéré – ou ses paroles avaient-elles un sens plus profond ? Florence gardait l'impression d'une gravité, d'un accent un peu dramatique dans sa manière de les prononcer. À moins que ce ne soit elle, sensibilisée par la scène avec Romain, qui n'ait interprété lourdement cette phrase, que Denis avait peut-être dite plus légèrement qu'elle ne l'imaginait ? Pourtant… Florence se souvenait d'une intonation complexe, à double sens. Ah, Denis ! Ce mari était si subtil, si compliqué et secret, au fond. Tout était possible avec lui.

« Souviens-toi, deux heures… »

Un dernier feu rouge la bloqua dans la nuit, immobile dans sa voiture, juste avant d'entrer dans Paris, et les questions l'assaillirent si fortement pendant quelques minutes qu'elle laissa passer un feu vert sans réagir.

Denis avait-il supposé un instant qu'elle puisse rejoindre Romain ? Quitter la soirée pour le retrouver ailleurs ? Aurait-il pu interpréter son trouble, sa hâte à s'en aller de cette manière ? Florence se rappelait cette façon étrange de la regarder, les curieux silences entre les mots qu'ils échangeaient. Et ce dernier regard, dans le hall – méfiance ou fatalisme ?

« Tu as besoin de réfléchir peut-être… »

Serait-il possible qu'il lui laisse du temps pour décider de rejoindre Romain ou non ? Qu'il lui laisse, dans ce cas, la liberté de son choix ?

En s'engageant sur la voie sur berges pour aller vers le centre de Paris, Florence se raisonnait, chassant ces suppositions oiseuses. Fallait-il qu'elle eût été troublée par cette soirée, effectivement, pour accorder à son mari une attitude et des pensées presque perverses ! Denis était compliqué et secret, certes, mais pas retors.

Cependant, le hasard de ses pensées avait ramené Florence à ce mot : « choix ».

Elle songea tout à coup qu'il était curieux que les deux hommes de sa vie fassent, précisément au même moment, des choix importants qui allaient conditionner la seconde moitié de leur vie professionnelle. De leur vie, tout simplement. Y avait-il une frontière si nette entre le travail et la vie personnelle ? L'homme est entier, surtout dans ces métiers de passion qu'ils avaient voulus, choisis.

Et voilà que le mot était à nouveau là – ce simple mot comme un écueil contre lequel son esprit butait.

Choix...

Denis était en train de choisir l'argent, l'ancrage bourgeois avec une clientèle fortunée. Il avait beau s'en défendre, Florence voyait bien que son mari était sur le point de céder à l'appât du gain et qu'il risquait de perdre quelque chose d'infiniment précieux, quelque chose d'impalpable, au secret de l'être, qu'on pourrait appeler «fidélité à soi-même», «intégrité», «résistance aux concessions» – toutes choses que l'on peut balayer d'un geste, suivant les circonstances et les tentations, en déclarant avec dérision que ce ne sont là que ces fameuses illusions de jeunesse qui doivent céder le pas devant la réalité, les conjonctures, qui disparaissent naturellement avec l'âge. On ne peut rester éternellement le même, figé dans le respect de valeurs qui vous ont poussé à faire un bout de chemin, mais qui ont fait leur temps. Il faut bien évoluer, que diable ! Ainsi tue-t-on, avec désinvolture, en se donnant les meilleures raisons du monde, une partie de son âme...

Florence pensait que Romain, au contraire, repartait à l'aventure, toujours aussi enthousiaste, fidèle à sa vocation, à son idéal. Qu'il était beau, ce bel amour de ses vingt ans, plus beau encore en vieillissant ! Et quelle foi intacte en son métier elle avait sentie chez lui ! Une foi que Denis était en train de perdre, peut-être... De ce point de vue, certes, s'il y avait un choix à faire entre ces deux hommes, il y aurait de quoi hésiter !

En se garant dans le parking loué à quelque deux

cents mètres de la rue de Varenne, Florence s'agaçait de revenir sans cesse à ce mot, qui avait déclenché si fort sa colère contre Romain. En quoi l'avait-il à ce point blessée ?

Mon Dieu, qu'elle avait été méchante ! Avait-il mérité tant de hargne, de dureté ? Sa proposition avait été maladroite, tout à fait inacceptable, mais cette maladresse même n'était-elle pas la preuve de son immense sincérité ? Elle se rappelait son visage bouleversé, ses yeux touchants quand il lui avouait son amour, son désir de vivre enfin avec elle. Elle aurait pu être flattée, émue, comme elle l'avait d'ailleurs été tout d'abord, et le dissuader gentiment en lui expliquant qu'on ne déboule pas comme ça dans la vie d'une femme pour tout bouleverser du jour au lendemain, au lieu de se transformer en harpie mordante. Qu'est-ce qui lui avait pris ? Elle lui avait dit des choses terribles, soutenu que son amour pour elle n'était qu'un « fantasme imbécile ». Quelle horreur ! Comment avait-elle pu être aussi mauvaise ? Elle en avait honte. Elle ne pourrait pas rester avec ce poids sur le cœur, laisser Romain garder cette image d'elle, qui salirait tout ce qu'ils avaient vécu de beau autrefois.

Florence marchait à présent sur le trottoir, tout entière absorbée par ses pensées, elle n'avait plus froid du tout. Avant d'entrer dans son immeuble, elle s'arrêta un moment.

Elle écrirait à Romain.

Oui. Elle se promettait de lui écrire. Elle lui dirait qu'elle regrettait sa colère, ses mots blessants. Elle ne les pensait pas. Elle n'avait jamais eu l'intention de lui faire du mal, surtout pas ! Mais ce mot qu'il avait prononcé, « choix », avait touché un point sensible, l'avait piquée au plus profond, elle ne savait pas pourquoi. Elle tenterait de se justifier, d'expliquer à Romain en quoi ce mot l'avait blessée. Mais encore fallait-il qu'elle en découvre la raison, qu'elle débusque la racine de sa colère.

« Choix »…

Elle resta pensive un moment, soupira, humant l'air de la nuit, qui lui paraissait plus doux. Si cette douceur pouvait au moins calmer son esprit, qu'il arrête enfin de tourner et retourner autour de ce mot, comme s'il contenait une clé, une énigme à résoudre !

L'évidence la frappa au moment où, arrivée à l'étage où elle habitait, elle allait mettre la clé dans sa serrure. Elle suspendit son geste et recula un peu sous le choc de cette clarté soudaine. Elle n'avait plus à chercher la raison de sa colère, la réponse était tombée en elle, d'un coup, comme un fruit mûr. Florence en avait les jambes coupées. Elle recula encore, chancelante, et s'assit sur l'une des premières marches qui menaient à l'étage supérieur, sa clé entre les doigts, regardant fixement, hébétée, la porte de l'appartement toujours fermée.

Bon sang ! Elle n'avait JAMAIS pensé à cela…

C'est Romain, dix-huit ans auparavant, qui avait décidé de sa vie en s'exilant. Il avait choisi pour elle. Son départ avait évidemment favorisé, renforcé les rapports avec Denis, resté auprès d'elle. Le contact journalier avait approfondi, défini leur amour et, finalement, induit leur mariage.

Florence restait éberluée de n'avoir jamais, jamais pensé à cela…

Mais si Romain n'était pas parti, s'il n'avait pas choisi pour elle ? On ne peut rester éternellement tiraillée entre deux hommes, fatalement, l'un d'eux l'aurait emporté dans son cœur. Avec lequel aurait-elle finalement formé un vrai couple ?

En cette minute de grande lucidité, Florence était bien obligée de s'avouer qu'elle ne le savait toujours pas.

Elle s'avoua aussi, au point où elle en était, qu'elle

avait été très troublée par Romain, son aveu et sa proposition de venir vivre avec lui. Tout au fond d'elle-même, elle avait reconnu qu'elle serait prête à retomber dans ses bras, à tenter l'aventure et que, probablement, elle pourrait être, AUSSI, heureuse avec lui. Ce sont des choses que l'on éprouve instinctivement dans sa chair, dans son sang, et elle l'avait parfaitement senti, alors qu'elle l'écoutait, grisée, sous le grand catalpa… Alors, qu'est-ce qui l'avait empêchée d'accepter de partir avec lui ? Rien d'autre que des raisons raisonnables, conventionnelles. Le principe selon lequel on ne part pas comme ça, pas à son âge, la peur de bousculer l'ordonnance de sa vie, et aussi l'honnête réticence à blesser Denis, ce si bon mari – ce mari choisi par Romain pour elle. En somme, des raisons qui ne sont pas des raisons du cœur, un véritable choix.

Or, voilà que le mot avait été prononcé, le mot-clé, touchant le point sensible qu'elle ignorait – avait voulu ignorer jusque-là – faisant brutalement ressurgir le problème irrésolu, intact depuis le départ de Romain. Mais c'était là, secrètement étouffé. La preuve : un mot de celui qui avait décidé de son avenir avait suffi pour faire jaillir l'évidence qu'elle s'était cachée dix-huit ans durant. Était-ce possible de se boucher les yeux à ce point ? Que la nature humaine – la sienne du moins – soit capable de dénier, occulter, se mentir pour éviter à tout prix de voir une vérité si simple : elle n'avait JAMAIS choisi sa vie ?

Elle était écrasée, atterrée. Au bout d'un moment – combien de temps était-elle restée bêtement assise sur cette marche d'escalier, sa clé à la main ? – elle se décida à se lever et à entrer dans l'appartement.

Elle se sentait lourde, sans plus de colère et même pas de révolte. Florence avait sur elle cette chape de non-sentiment qui suit les grandes déceptions, les plus graves : les déceptions de soi.

Machinalement, elle alla tout de suite vers la salle de bains, ouvrit les robinets de la baignoire. Elle appuya ses mains sur le bord, regardant l'eau couler à flots, vérifiant de temps en temps la stabilité de la température. Puis elle se retrouva à remuer des flacons autour du lavabo et se demanda ce qu'elle cherchait. Rien. Elle ne cherchait rien… Elle se regarda furtivement dans le miroir, se trouva l'air triste et abruti. Elle détourna le regard de sa propre image, affligeante, et resta debout, les bras ballants, à écouter couler l'eau. Le bruit lui faisait du bien, remplissait un vide et un silence insupportables à cet instant.

C'est au moment de se dévêtir qu'elle se dit qu'elle n'avait absolument aucune envie de prendre un bain. Pourquoi donc l'avoir fait couler ? Ah oui ! Denis lui avait enjoint de se détendre dans un bon bain chaud ! Donc, docilement, comme une automate, elle obéissait. On choisissait même pour elle s'il était opportun qu'elle prenne un bain. C'était un comble !

Alors, lentement, sans avoir conscience de penser à rien, elle parcourut les pièces de l'appartement, regardant toutes les œuvres d'art qu'elles contenaient, les meubles – ces meubles si beaux, si chic, qu'elle n'avait pas choisis. Elle considéra la subtile harmonie de gris différents, l'ordonnance de toutes ces belles choses, si inhumainement parfaite qu'elle semblait sortie des pages d'un magazine de luxe. Voilà, c'était cela : elle vivait dans une image, un décor – un décor agencé par Denis, qui allait magnifiquement de pair avec le statut social qu'il était en train d'atteindre…

Elle s'arrêta devant la table, la fameuse table, pièce maîtresse du décor. On pouvait l'admirer dans son entier puisque la femme de ménage avait retiré, sans doute pour la laver, la nappe dont Florence affublait la merveille. Elle se souvenait du jour où Denis l'avait entraînée pour voir ce trésor qu'il avait découvert chez un créateur-artiste, dont la notoriété allait grandissant. Il en bégayait d'émotion, à l'affût de la réaction de sa femme, devant la curieuse araignée en métal, pattes en l'air, qui soutenait le grand plateau en verre. Elle était restée pétrifiée quelques secondes. Mais que dire, lorsqu'on voit son mari, les joues roses et les yeux brillants de désir, et qu'il vous demande :

« Alors ? Comment la trouves-tu ?

– C'est… très beau.

– Ça te plaît ? Vraiment ? »

Pas la force d'articuler un autre son. Et d'ailleurs, ce n'est pas la peine, il n'en attend pas plus, ça lui suffit, il est fou de joie. Il jacasse avec le créateur qui a soudainement attrapé un œil en forme de tiroir-caisse. Il faut trouver un transporteur, vite, Denis veut la table chez lui demain, il ne saurait s'en passer plus longtemps ! Il sort son chéquier… Florence avait eu un léger haut-le-cœur en voyant le montant du chèque. Elle avait réprimé un rire nerveux. Ça ressemblait à une blague, une blague un peu écœurante.

On avait fait une réception en l'honneur de la table…

Vingt personnes recueillies, une coupe de champagne rosé à la main, en rond autour de la chose, contemplant l'insecte sur le dos, dont les pattes griffues semblaient vouloir crever méchamment le plateau de verre, s'exclamant, s'extasiant…

Florence avait vécu cette scène ridicule.

Une pitié la prenait, à cette heure, pour elle et Denis, en faisant le tour de l'affreux insecte. Elle s'assit sur l'une des chaises qui entouraient la table – ces chaises à l'assise en cuir dans lesquelles on s'enfonçait comme dans un baquet, assis irrémédiablement au fond car le cuir vous y faisait glisser malgré vous. Florence s'était habituée à cela. Comme elle s'habituait à tout, il fallait bien le dire ! Elle avait même fini par être heureuse dans ce décor – comme elle avait senti, tout à l'heure, face à Romain, qu'elle serait heureuse en Afrique. Elle prenait les goûts, le style, la couleur de l'homme avec lequel elle vivait. Elle n'était pas une femme, mais un caméléon ! Lamentable...

Florence restait assise là. Elle appliqua quelques secondes ses mains sur la froide plaque de verre, puis contempla les traces laissées par ses doigts. Elle les reposa à côté, fit d'autres traces, petit jeu machinal. La femme de ménage effacerait ça demain, elle avait l'habitude, tout faisait des traces sur ces meubles, on ne pouvait rien toucher ici. Florence pensait à n'importe quoi, au hasard, l'esprit divaguant à sa guise. Plus de sentiments, plus de notion du temps, un calme étrange...

Alors, cela vint, de très loin.

Elle survola sa vie de femme, les bons moments, les si rares vacances avec Denis, leurs intelligences. En revoyant, comme en accéléré, leur vie commune, elle songea que l'égalité de caractère de son mari, son inépuisable tolérance, sa douceur lui servaient à se garantir de n'être dérangé en rien. Sans amertume et aucun ressentiment, elle reconnut cela et se dit que rien, jamais, n'aurait modifié ses goûts et sa manière de vivre. Denis aurait été le même, avec ou sans elle.

Elle remonta plus loin, à l'époque de ses deux amours. Comme ils s'étaient bien arrangés, ces deux hommes, pour se la partager sans se haïr et aller chacun son chemin, à sa manière !

Et elle, dans tout cela, ELLE ?

Elle ne parvenait pas à se voir. Elle était une forme floue, malléable, qui allait de l'un à l'autre, qui vivait à travers eux. À part sa vocation de médecin, elle avait un caractère indéfini, indécis, soumis à toutes les influences. Une personnalité «boule de gui», aux racines flottantes, qui se nourrissait de la sève des autres, solidement ancrés, eux, dans leur réalité.

Florence n'était pas triste. Elle n'en voulait à personne, ni à elle-même, ni aux deux hommes qui avaient coloré sa vie. Un bizarre détachement s'était emparé de son esprit.

Elle se « survolait » comme un pays à reconnaître.

En remontant plus loin, vers l'adolescence, elle eut la surprise de discerner un paysage intérieur plus net, avec des aspirations franches, des désirs précis, des rêves. Un pays personnel et autonome, loin, loin... Sa vocation, au milieu d'un élan de vie ouvert, qui n'était encore infléchi par rien ni personne. Une petite personne pure, entière, qui s'appelait Florence, personnalité ébauchée en rêve et jamais vraiment réalisée...

Était-il trop tard ?

Machinalement, elle regarda l'heure à la pendule posée sur le meuble-télé en laque gris ardoise.

Une heure.

Denis avait dit « deux heures ». Elle avait le temps.

Elle s'offrit dix minutes de réflexion, encore, résistant aux questions affolantes qui surgissaient, à la peur. Il fallait garder le contact avec l'adolescente oubliée, l'intègre ébauche d'elle-même qu'elle venait d'entrevoir. Ne pas perdre de vue les lointaines images de ses rêves premiers, de sa vérité intérieure – la vérité d'avant tous les détournements, les arrangements. S'appuyer sur elle pour construire enfin un paysage personnel authentique, inconnu. À la fois se retrouver et s'inventer. Une entreprise gigantesque...

Quarante-deux ans. Le mitan de sa vie, comme l'avait dit Romain. Il n'était peut-être pas trop tard pour tenter cette aventure-là, apprendre l'autonomie. Le tout était de s'arracher de cette chaise, d'abord...

Denis comprendrait. Il comprenait tout. Ils resteraient

amis, elle en était certaine. C'était l'affaire de quelques discussions, de quelques mois.

Mais elle aurait besoin d'un long temps de silence et de solitude avant de le revoir. Au début, rien ne devrait troubler ce travail de renouement avec elle-même.

Il y avait un petit hôtel à côté de son cabinet. Dans un premier temps, ça irait...

Juste écrire un mot pour que Denis ne s'inquiète pas...

Une heure et quart. Il était temps.

Cela se fit tout seul, très facilement. Elle se leva, écrivit une courte lettre qu'elle posa au milieu de la table. Puis elle se dirigea vers la chambre, ouvrit son placard, sortit une valise et commença à la remplir.

2

Il était près de trois heures du matin lorsque Denis quitta la maison de Pierre et Estelle. Un dernier verre avait réuni les trois compères au rez-de-chaussée après le départ de Meyer. L'au revoir avec ce dernier, des plus chaleureux, avait duré lui-même plus d'un quart d'heure dans le hall. Meyer semblait ravi, aucunement pressé de s'en aller – l'affaire était dans le sac, ou paraissait l'être.

Un jeune homme, qui avait été présenté comme son secrétaire, était sorti, muet, sévère, dans le sillage du financier. Pendant les deux bonnes heures de discussion dans le bureau de Pierre, il avait noté tout ce qui se disait, suivant attentivement les échanges. Puis il avait rangé son calepin, pris le dossier, les plans, toujours muet et le visage impassible. Il avait refusé l'offre d'un verre, même de jus de fruit, et son assiette de sand-wichs était restée intacte. Un ascète. Ou plutôt l'un de ces jeunes hommes frais émoulus de grandes écoles, figés dans une austère discipline de début de carrière : aucun relâchement pendant le service…

L'arrivée de Meyer avait détendu Denis. Après avoir enragé d'être coincé presque malgré lui dans ce bureau, il avait commencé à s'amuser. Le type était élégant, cultivé, avec ce mélange subtil de simplicité et de dis-tance que savent pratiquer les Anglo-Saxons. Lui qui s'attendait à rencontrer une sorte de caricature d'homme d'affaires à cigare fut surpris, puis séduit. Il se cantonna, au début de la réunion, à un quant-à-soi observateur, se divertissant de l'attitude empesée du jeune secrétaire, du contraste entre la finesse d'esprit de Meyer et une certaine balourdise de son futur associé – non pas que Pierre fût un imbécile, loin de là, mais il affichait volontiers, avec une complaisance qu'il pensait charmeuse, qu'un solide appétit affairiste et son bon sens paysan lui tenaient lieu de culture. Lorsque la discussion s'égarait vers des subtilités qui lui échappaient, il n'hésitait pas à abréger la conversation avec un « Vous savez, moi, du moment que la boîte tourne ! », suivi d'un bon gros rire sympathique. Pierre réussissait ainsi souvent à détourner le propos sur un terrain où il était plus à l'aise. On souriait, on passait à autre chose et le tour était joué.

Pas une fois Meyer ne sourit. Il n'accorda pas une seconde d'attention à ces grossières manœuvres de diversion et continua tranquillement, obstinément, à discourir sur les sujets qui l'intéressaient.

Estelle avait très rapidement arrêté de papillonner autour d'eux. Quelques minutes lui avaient suffi pour comprendre qu'aucune minauderie ne serait de mise avec cet homme. Elle avait rengainé ses sourires enjôleurs et, sagement assise au lieu de chalouper de-ci de-là, elle s'était souvenue avoir engrangé quelques diplômes dans son jeune temps, dont une licence en droit économique qui lui permit de faire illusion face à Meyer pendant dix grandes minutes. Comme pour beaucoup de jeunes filles dites « de bonne famille » ces études avaient été menées moins pour préparer une carrière que pour déposer un ou deux diplômes – trois ou quatre eussent été le comble du chic ! – dans la corbeille de mariage, afin de faire honneur au futur mari.

Denis, séduit par la personnalité de Meyer, était peu à peu sorti de sa réserve. Défendre ce projet de clinique face à un homme de cette trempe était plutôt grisant et il se laissait aller à exprimer un enthousiasme qui le surprenait lui-même. Finalement, cette soirée s'achevait mieux qu'elle n'avait commencé ! Il s'enflammait, développait un sens de la repartie qu'il employait rarement, aidé par un léger sentiment d'irréalité, comme s'il jouait un rôle. Enfermé dans ses salles d'opération et rentrant crevé le soir chez lui, il avait peu l'occasion d'être brillant par la parole. C'était agréable, pour une fois. C'était même si plaisant qu'il en oublia l'heure, pendant que ce double de lui-même pérorait, et qu'il oublia aussi le retour de Romain, Florence et son trouble, tout ce qui était en dehors de ce bureau. Lorsque Meyer décida de partir, il lui fut presque pénible de s'extirper de cette bulle de phrases, d'idées avec lesquelles il jonglait si aisément.

Pendant qu'ils descendaient tous l'escalier afin de prendre congé de l'homme d'affaires, Pierre garda une main posée sur son épaule et Denis pensa : « Il aurait fait un mauvais chirurgien, il a la main lourde… » Puis il s'aperçut que son ami s'appuyait carrément sur lui et précisa sa pensée : « Et il est rond comme une queue de pelle. » Il se rendit compte alors que lui-même fléchissait légèrement les genoux car une petite faiblesse lui sciait les jambes à chaque marche, et il s'avoua qu'il ne valait guère mieux… Il n'avait pas l'habitude de boire autant, surtout de ces alcools que Pierre leur avait offerts en fin de soirée. Denis récupéra un peu la notion du temps et de la réalité en songeant que, fort heureusement, il avait toute la journée de dimanche pour se reposer et que, par chance, il n'opérerait pas ce lundi.

C'est cette perspective rassurante qui lui fit spontanément accepter un dernier verre dans le jardin avec Pierre et Estelle, afin de commenter l'entrevue. Il n'avait pas envie de couper court à l'excitation qui s'était emparée de lui et il s'attarda volontiers avec eux sous le grand catalpa.

Ce n'est que sur le trottoir, au moment de partir, que Denis repensa au trouble de sa femme, à son visage défait quand elle avait quitté cette soirée avant lui. Il regarda sa montre : trois heures. Il avait dit qu'il rentrerait à… à… Il ne savait plus. Ça n'avait pas grande importance, elle avait dû prendre son bain, se coucher. Revoir Romain l'avait bouleversée, c'était évident – et bien normal, sans doute. Elle devait dormir, terrassée par l'émotion. C'était le mieux. Quoi qu'il se soit passé entre elle et Romain, qu'aurait-elle pu raconter à Denis, sous le coup de cette rencontre ? Et lui, quel confident, quel soutien aurait-il pu être à cette heure tardive et dans cet état ? On ne dit que des bêtises au milieu de la nuit, surtout lorsqu'on a vécu, chacun de son côté, des moments si différents. Demain, ils auraient l'un et l'autre l'esprit clair.

La tête lui tournait carrément, à présent, avec les deux cognacs supplémentaires qu'il avait bus dans le jardin. Le taxi qu'on avait commandé pour lui l'attendait déjà, le long du trottoir d'en face, et il le regretta presque. Il aurait volontiers fait quelques pas pour se dessaouler. Qu'importe, il demanderait au chauffeur de s'arrêter avant la rue de Varenne pour marcher un peu. De toute façon, il n'était pas pressé puisque à coup sûr Florence dormait déjà… Il s'y prit à deux fois pour ouvrir la portière et un petit rire gamin lui échappa quand il s'affala sur la banquette arrière du taxi – bon Dieu, il n'était pas clair, heureusement qu'elle avait pris la voiture !

Il se fit déposer le long de la Seine, vers les Invalides. Il resta un instant sur les berges, à regarder le fleuve charrier son eau noirâtre, et lorsque le taxi disparut au loin il y eut un moment de pur silence nocturne. La nuit était claire, les monuments, les coupoles du Grand Palais, l'espace vide de la Concorde au loin, tout était gris et bleu. Les réverbères, maigres sentinelles au garde-à-vous, éclairaient de leurs halos glauques l'arche des ponts. Deux mouettes, côte à côte, dormaient sur la rambarde en pierre qui bordait le quai. Sans la puanteur de la circulation, un petit vent d'ouest amenait une fraîcheur, une odeur de marée. Oui, ça sentait presque la mer, le large...

Denis se demanda depuis combien de temps il ne s'était pas trouvé ainsi, éveillé au milieu de la nuit, dans la ville endormie. Depuis ses jeunes années d'étudiant, peut-être, au sortir de ces longues soirées de palabres sans fin sur le monde, leur vocation, l'avenir, l'amour – du temps où ils conjuguaient encore l'amour à trois, Florence, Romain et lui... Mais seul ? Il se dit «C'est curieux, voilà une chose que je n'ai jamais vécue», mais il n'arriva pas à soutirer une seule idée romantique de la situation. Il y avait sans doute des tas de choses qu'il n'avait jamais vécues et dont il se foutait éperdument ! Il commençait à se barber, debout dans cette ombre humide. Ce genre d'oisiveté flâneuse n'avait jamais été son style et il ne savait que faire des états d'âme nauséeux qui s'ensuivaient. Humer l'air du temps, divaguer au hasard, en ne faisant rien d'autre que de s'interroger sur le pourquoi et le comment de ce qu'on éprouve lui avait toujours semblé dangereusement proche de l'ennui, bon pour les gens qui ne savaient pas à quoi employer leur vie. États contemplatifs et méditations floues donnaient bonne figure à ceux qui manquaient de véritables centres d'intérêt, de passions. Lui, il avait son métier et sa femme, ça suffisait largement à remplir toute son existence.

Sa femme, oui, qui avait besoin de lui, et qu'il allait retrouver, au lieu de rester planté comme un imbécile sur un quai à plus de trois heures du matin !

Il tourna le dos à la Seine et se mit à marcher d'un pas rapide vers la rue de Varenne. Il allait à grandes enjambées, s'appliquant à respirer largement l'air frais de la nuit. Le bruit sec de ses talons, martelant le trottoir avec une régularité un peu furieuse, résonnait dans les rues désertes. Peu à peu son esprit se désembrumait, et il n'arrivait plus à ignorer cette angoisse sourde, l'agacement qui s'étaient emparés de lui à l'annonce du retour de Romain – quel besoin avait-il, celui-là, de revenir rôder autour de sa femme après dix-huit ans d'absence ! Difficile de chasser les inquiétudes vagues, les questions qui lui venaient en tête. Il avait été, ces jours derniers, dans un état parfaitement désagréable.

Fort heureusement, ce projet d'association avec Pierre l'avait distrait, et totalement occupé depuis quelques heures. Les plans de la nouvelle clinique, la visite de Meyer étaient tombés à pic pour lui permettre de garder une saine distance vis-à-vis de ces retrouvailles entre Romain et sa femme. De toute façon, Florence était une adulte responsable, franche. Leur confiance mutuelle était totale. Il n'y avait pas lieu de s'angoisser, c'était puéril, indigne d'eux et de lui.

Pendant le reste du trajet, il réussit à se concentrer presque totalement sur sa future salle d'opération. Quel merveilleux outil de travail il allait avoir là ! Et dire qu'au début il avait été un peu réticent à s'engager. Louper une opportunité pareille d'être son propre patron eût été idiot. Quel luxe, quelle chance de pouvoir travailler dans des conditions optimales, avec un personnel engagé par lui, choisi par lui. C'était vrai, ma foi, qu'il était comme un gamin devant un sapin de Noël ! Et tandis qu'il en était aux cadeaux, il songea aux quelques œuvres d'art, hors de ses moyens actuels, qu'il pourrait enfin s'offrir avec ses premiers dividendes d'associé…

Il pensa précisément à celles d'un jeune peintre américain qu'il avait repéré, et dont la cote montait en flèche depuis que les Japonais s'étaient entichés de lui. Une grande toile de ce type, au-dessus de son futur bureau, dans la clinique toute neuve, aurait une gueule folle! Il imaginait la couleur des murs, celle de la moquette qui mettraient le mieux en valeur le chef-d'œuvre en question, et, rasséréné par ces pensées frivoles, c'est d'un pas presque guilleret que Denis arriva au bas de son immeuble.

Il leva les yeux machinalement vers les fenêtres de l'appartement et s'arrêta net.

Il y avait de la lumière dans le salon…

Florence n'était-elle donc pas couchée?

Si c'était le cas, il avait sous-estimé son malaise et se reprocha immédiatement de ne rentrer qu'au milieu de la nuit alors qu'il lui avait promis d'être à la maison à… deux heures. Voilà! Il s'en souvenait parfaitement, à présent.

Il revit le pâle visage de sa femme, le tremblement de sa main alors qu'elle saisissait le verre de vodka qu'il lui avait apporté. Qu'est-ce qui lui avait pris de traîner comme ça? Petit pincement, regain d'inquiétude. Il allait la rassurer sans tarder, et surtout l'écouter.

Il fit prestement quelques pas vers la porte de l'immeuble, et s'arrêta pourtant avant de l'ouvrir, releva les yeux vers les étages.

Pourquoi avait-elle allumé la lumière dans le salon?

Il recula sur le trottoir, fixant toujours les deux fenêtres éclairées dans la façade, bouche ouverte, comme un homme frappé par quelque chose d'insolite.

Florence n'allait JAMAIS dans le salon. Surtout seule, et la nuit. Florence n'aimait pas ce salon, Denis le savait très bien. Elle n'y avait aucune de ses affaires personnelles et n'y entrait que lorsqu'il y était, lui, ou qu'ils recevaient des amis. Elle n'avait aucune raison d'être dans ce salon… Surtout ce soir, dans l'état de fragilité où il l'avait vue. Elle se sentait mieux dans leur chambre, plus intime, ou encore dans la cuisine, où ils dînaient en temps ordinaire et où elle s'attardait volontiers. C'est plutôt là qu'elle se serait réfugiée pour réfléchir, pour l'attendre, comme elle l'avait fait quelquefois. Ou alors elle serait passée au salon, pour il ne savait quelle raison, et aurait oublié d'éteindre ?

C'est à ce moment, se souviendrait-il plus tard, en voyant les fenêtres éclairées, qu'il avait ressenti une petite morsure dans la poitrine, au niveau du plexus, la sensation inconnue, désagréable, d'une tenaille froide qui le pinçait du côté du cœur. Pourtant c'était peu de chose, rien qu'un détail incongru, pas assez étrange ni précisément inquiétant, en tout cas, pour provoquer cet étouffement léger mais tenace qui ne le quitta pas tout le temps qu'il monta l'escalier vers le quatrième étage…

Il avait négligé l'ascenseur, sans savoir pourquoi. Ou plutôt si, il avait redouté le fracas de ces infernales portes à ressorts, qui claquaient avec un bruit de catastrophe, et ces grincements, ces couinements insupportables de la machine pendant que la cabine s'élevait lentement, péniblement, qui résonnaient dans toute la cage d'escalier et jusqu'au fond des appartements. De quoi réveiller tout un immeuble, réveiller Florence, si jamais elle dormait.

Si jamais elle dormait…

En fait, il n'avait pas vraiment pensé cela. Avait-il même pensé quelque chose ? Il ne lui avait tout simplement pas été possible de faire un boucan pareil à ce moment-là. Ce n'était pas l'heure qui le lui interdisait, aucune sollicitude précautionneuse non plus, mais plutôt ce petit pincement dans la poitrine, un sentiment diffus d'imminence – sentiment très vague, inconnu parce que jamais éprouvé, ou si rarement qu'on ne le reconnaît pas. On subit juste une sorte de qui-vive de l'être, qui n'est pas de la peur, ni de l'attente, ni même la prescience d'un danger. On ne sait pas ce qui vous attend, mais on y va, on ne peut pas faire autrement. Peut-être aussi n'avait-il pas pris l'ascenseur parce qu'on ne peut pas rester immobile, enfermé dans une boîte, à se laisser docilement emporter, quand on va vers ces minutes-là de sa vie. Quoi qu'elles vous réservent, on doit bouger, aller vers elles sur ses jambes et les mains nues.

Tout le temps qu'il montait l'escalier, il entendit son propre souffle, rapide, un peu rauque, il sentit son cœur qui tapait, et ses jambes étaient si lourdes qu'il buta sur deux marches. Il se dit : « Je suis fatigué, j'ai vraiment trop bu. »

Arrivé sur le palier, il inspira un bon coup, bouche ouverte, pour libérer son plexus de ce pincement agaçant qui lui donnait l'impression de manquer d'air. Il fouilla dans la poche droite de son pantalon, puis dans la gauche – manquerait plus qu'il ait oublié ses clés et qu'il soit obligé de réveiller Florence si elle dormait.

Si elle dormait…

Il avait décidément les jambes sciées, lui qui pouvait habituellement monter au moins six étages sans essoufflement. Il s'assit un moment, pour récupérer, sur la deuxième marche de l'escalier qui menait à l'étage supérieur – là où, il ne pouvait pas le savoir, Florence s'était assise avant d'entrer dans l'appartement – et trouva enfin son trousseau dans la poche intérieure de son veston en lin châtaigne. À chaque fois qu'il changeait de costume il mettait ses affaires dans des poches différentes. Lui qui avait un grand sens de l'ordre pour tout ce qui touchait à son travail, rangeant dossiers et instruments avec une précision maniaque, n'avait jamais pu apprivoiser les choses de la vie courante. Elles lui échappaient, s'égaraient, cachées à des endroits où il ne se souvenait aucunement les avoir mises. Florence les retrouvait pour lui, infailliblement, patiemment…

Il posa les mains sur ses genoux dans l'intention de se relever et resta quelques minutes figé, le cou tendu en avant, la bouche entrouverte, ne respirant presque plus – il écoutait.

De cet instant-là aussi il se souviendrait, quand il repasserait le film de cette soirée dans sa tête, à en devenir fou, cherchant à se remémorer le moindre détail, la moindre parole apparemment sans importance, pour l'interpréter, comprendre comment une vie heureuse peut basculer ainsi en quelques heures, sans avoir rien vu venir.

Il écoutait le silence…

C'est la qualité particulière du silence qui arrêta son mouvement et le fit rester encore immobile quelques secondes, comme un animal à l'affût. Quelque chose dans l'air. Un silence dense, mat, et trop vide en même temps. Un silence mortel, plat. Un silence qui, d'une certaine manière, contenait l'absence. Quelque chose d'indéfinissable et pourtant très perceptible. Enfin, quelque chose qu'il avait perçu, lui, à ce moment-là.

Puis il lui avait été insupportable de rester plus long-temps dans cette tension, à l'écoute de ce vide, ce silence creux uniquement rempli du bruissement de son propre sang dans la tête. Casser cela, quoi qu'il advienne ensuite, arrêter cette suspension du souffle et du temps, aller. Puis-qu'il le faut.

Tout s'est passé très vite après.

Denis s'est levé. Trois grands pas l'ont amené à la porte. Il a mis la clé dans la serrure et, sans hésiter, l'a tournée deux fois, comme s'il savait, déjà, qu'elle était verrouillée, qu'il n'y avait personne dans l'appartement. Il ne pensait plus rien, sa main, ses jambes allaient pour lui. Il ne ressentait pas grand-chose, non plus, gagné par une sorte d'anesthésie. Il constatait, accomplissait le geste suivant. La porte claqua fort dans le silence quand il la poussa assez sèchement derrière lui avant de traverser l'entrée.

La cuisine était sombre, le couloir et la chambre aussi, dont la porte était ouverte. Il n'y entra même pas. Il s'arrêta juste une seconde pour prendre encore une fois la mesure du silence, peut-être plus épais dans cette pièce qu'ailleurs, distinguer dans la pénombre la masse du lit vide, intact depuis le matin, avec son couvre-lit impeccablement tiré – ce lit comme une muette, massive, pesante confirmation, la matérialisation à lui tout seul du silence, de l'absence.

Trois secondes d'arrêt, juste le temps que la vision sinistre de ce lit dans l'ombre s'imprègne en lui et Denis était reparti, avec un visage inexpressif et des gestes d'automate. Le seul signe d'une émotion qu'il ne mesurait pas, qui lui échappait encore, était cette bouche hermétique aux lèvres serrées, livides.

Retraverser l'entrée, la pièce qui lui servait de salle d'attente et arriver enfin au petit salon éclairé, dont la lumière lui parut aussi violente et crue que celle de sa salle d'opération, à l'hôpital.

Denis vit tout de suite le rectangle de papier, bien en évidence au milieu de la table, entre les pattes de l'araignée de métal qui soutenait le plateau transparent. Il le fixa, narines pincées, puis, courageusement, il fit les derniers pas qui l'amenaient à la lettre de Florence.

Denis,
Je m'en vais.
Pardonne-moi, je t'en prie, mais je dois partir.
Je te demande de ne pas me chercher. Ne t'inquiète pas
de moi. J'aurai besoin de temps pour savoir où j'en

*suis, et il ne faut pas que je te voie. Je te donnerai des
nouvelles d'ici quelque temps.
Nous parlerons, un jour.
Pardonne-moi encore.*

Florence.

Il la lut deux fois, trois fois, debout à côté de la table.
À la troisième lecture le papier se mit à trembler dans
ses mains et il le reposa sur le plateau de verre. Il recula
doucement et s'adossa au mur, sonné. Quelques mots,
précis, lui vinrent immédiatement en tête, traversèrent
nettement le brouillard agité qui noyait ses pensées :
«Ça y est.» Ils devinrent, dans son trouble, une petite
ritournelle lancinante. «Ça y est… ça y est… »

Il ne s'interrogea pas – pas encore – sur l'étrange sentiment d'inéluctable qui avait fait naître ces mots dans son
esprit. Ponctuation impitoyable d'un malheur annoncé,
prévu dans les tréfonds de son inconscient, point de frac-
ture su à l'avance tout au fond de lui, à partir duquel
il y aurait un «avant» et un «après», qui lui interdirait
à jamais d'être le même. D'où venaient ces mots qui
avaient si clairement traversé son cerveau, constatation
cruellement laconique, sans émotion, apparemment sans
raison d'être ? Quelle part mystérieuse de lui-même
savait donc qu'il vivait dans un équilibre destiné à basculer un jour – Crainte ? Nécessité ? Impensable souhait ?

«Ça y est… ça y est… »

L'absurde rengaine le fit bouger, faire des gestes,
arpenter l'appartement comme un fou. Il poussa même
quelques cris pour chasser la révoltante idiotie de ces
mots qui bourdonnaient obstinément dans sa tête. Pendant un instant, il eût pu se taper réellement le crâne
contre le mur. Il ne souffrait pas encore, il se débattait.
Il cassa quelque chose, en passant d'une pièce à l'autre,

dans le désordre de ses mouvements. Le fracas de l'objet qui se brisait lui fit du bien, mit un point d'orgue au charivari intérieur qui le malmenait. Il se calma, un peu, prit son front dans ses mains.

Il alla dans la chambre d'un pas plus assuré, alluma, s'en fut ouvrir les portes du placard de Florence. Elle n'avait pas emmené toutes ses affaires mais il vit que deux ou trois étagères étaient presque vides ainsi que la penderie. Il manquait des chaussures aussi. Elle avait pris ses deux valises et un sac.

Ce n'était pas la peine de chercher ses papiers personnels, Florence avait tout emmené, voilà deux ans déjà, dans son cabinet indépendant de la maison, jugeant qu'il était plus pratique de tout garder sur place, avec sa comptabilité et ses dossiers professionnels. Elle pouvait ainsi régler toutes ses affaires en même temps quand elle « s'attaquait à la paperasse », environ une fois tous les quinze jours. Relevés de comptes, assurances, courriers divers, tout était là-bas déjà.

Déjà…

Il refusa d'interpréter ceci comme le signe d'une hypothétique envie de rupture de la part de Florence. Non ! Elle avait emporté ses papiers parce que c'était plus pratique, c'est tout ! Ils étaient parfaitement heureux quand elle avait décidé de cela, il y a deux ans, heureux encore l'année passée, et ces derniers temps aussi ! Mais bien que Denis refusât de toutes ses forces cette idée inquiétante, force lui était de constater que Florence avait fort peu de choses à emmener pour disparaître de cette maison… À quoi était-elle intimement attachée, dans cet appartement ? À rien – sauf à lui, jusqu'à présent. Deux valises et un sac avaient suffi à déménager les trois quarts de ses affaires. Un ou deux sacs de plus et ce serait comme si cette femme n'avait jamais été là. Après dix-huit ans de vie commune ! Alors qu'ils étaient un couple uni, vivant dans une entente parfaite, sans aucun sujet de discorde encore… hier.

Oui, HIER !

Enfin la colère commença à monter en lui. La salutaire colère qui monopolise les pensées, emplit l'être, chassant du même coup l'inconfort des suppositions floues et douloureuses, des angoisses et culpabilités pêchées au fond d'un supposé inconscient tout-puissant, alors que, peut-être, elles naissent simplement de la peur de perdre ce qu'on aime, puisque tout a une fin, surtout le bonheur. En vertu de quelle supériorité Denis aurait-il échappé à cette crainte, voire à cette superstition ? Ce « ça y est », cette bizarre impression d'inéluctable qui l'avait assailli prouvaient sans doute qu'il était sur ce plan un homme comme les autres – il lui était en tout cas, et à cette heure, plus commode de le croire…

La colère l'occupa peu à peu tout entier, se concentra sur un sujet évident, la seule cause possible du départ de Florence. Denis avait une femme hier encore, quelques heures plus tard il ne l'avait plus, entre-temps il y avait eu Romain. C'était d'une criante simplicité.

Il connaissait bien la force, la puissance de persuasion de cet homme. À douze ans déjà, Romain embarquait tout sur son passage. Mais parvenir à embarquer Florence en l'espace de deux heures, après dix-huit ans d'absence, c'était fort. Très fort ! Denis l'avait vu quitter la soirée avec une mine pas très reluisante, rien d'une gueule triomphante, loin de là, mais qu'est-ce que ça prouvait ? Et le bouleversement de Florence, quel sens lui donner ? Tout était joué déjà, sans doute, quand il avait mis le nez hors de ce bureau et qu'il les avait vus ensemble… Et lui, pauvre imbécile, à faire le discret, le délicat « qui ne veut pas se mêler », qui garde l'élégante distance du gentleman – quel con !

Pourtant, bien que sa colère montât d'un cran et lui soufflât les pensées les plus basses, Denis n'arrivait pas à croire que Florence, à cette heure, était dans les bras de Romain. Non. Ça ne collait pas. Ni à Florence ni à Romain, et pas non plus au ton de la courte lettre qu'elle avait laissée sur la table. Les mots qu'elle avait employés n'étaient pas ceux d'une femme qui part avec un amant. Mais quoi alors ?

Il claqua brutalement les portes du placard presque vide – masquer ce vide scandaleux – et retourna dans le salon pour relire la lettre. Tout en s'imprégnant jusqu'à l'écœurement de son contenu, il envisagea d'attendre Florence devant son cabinet médical, au matin, ou bien de la surprendre le soir, à la sortie de son travail. À moins qu'il ne la suive, sans l'aborder... Ces fantasmes d'actions triviales, dignes des plus mauvais scénarios, lui passaient par la tête à toute vitesse. Il se vit posté derrière un arbre, ou sonnant obstinément, bêtement, à une porte close, ou encore agrippant par la manche, dans la rue, une Florence qui le fuyait, qui se débattait. Mais tout en s'imaginant en train d'accomplir ces gestes vulgaires, il relisait pour la vingtième fois «Je te demande de ne pas me chercher... Il ne faut pas que je te voie... » et il savait qu'il obéirait à Florence, qu'il respecterait son souhait, qu'il leur épargnerait ces scènes ridicules, à elle et à lui – à lui surtout...

Et si, après tout, elle était avec Romain ?

De toute façon, c'était lui le fauteur de troubles, le responsable, c'est lui qu'il devait voir le plus vite possible, qu'il soit avec Florence ou pas. Où était-il, d'ailleurs, ce faux frère, ce traître, cet éternel rival, ce salaud ? ! Pierre et Estelle devaient savoir où il résidait à Paris, eux qui l'avaient invité.

Denis ne pensa pas une seconde à téléphoner. Il ne pensa pas à l'heure non plus, seul l'animait le besoin d'agir, d'avoir quelqu'un en face. Sa colère chevillée au ventre, il traversa l'appartement, trouva les clés de la voiture laissées par Florence à leur place habituelle – et le fait qu'elle ait laissé les clés de cette voiture, qu'il avait achetée, lui apparut comme un signe funeste de non-retour – vérifia machinalement qu'il avait bien son portefeuille, ses papiers, et sortit sans prendre la peine de fermer la porte à double tour. Retourner chez Pierre était la seule urgence, le seul chemin pour débusquer Romain. Pendant le trajet, porté par cette évidence, il ne se posa pas de questions et perdit tout à fait la notion du temps.

Arrivé sur place, il se gara à la va-vite, courut vers la maison. Il y avait encore de la lumière au premier étage. Il sonna, attendit, et sonna de nouveau avec insistance. Il faisait nuit noire. Les secondes qui passaient lui semblaient interminables, debout dans l'ombre froide, devant cette porte stupidement fermée. Enfin il entendit un glissement de pas hésitants, et une voix étouffée, qu'il ne reconnut pas mais supposa être celle de Pierre, dit :

– Qui est-ce ?

– Denis ! Vous n'êtes pas couchés ?

Alors il y eut des froissements, un rai de lumière sous la porte, des bruits de verrous – au moins quatre – et enfin Pierre ouvrit, tenant serrés d'une main les pans de son peignoir.

– On allait se mettre au lit, les derniers invités sont partis il y a seulement une demi-heure. Mais… qu'est-ce qui t'arrive ?

La lumière du hall éclairait Denis de face, l'œil halluciné, planté comme un piquet sur le pas de la porte. Il avait une si drôle de tête que Pierre le considéra, stupéfait, et répéta d'un ton presque paternel :

– Qu'est-ce qui t'arrive, mon grand ?

– Florence est partie.

– Comment ça, partie ?

– Partie.

– Où ?

Denis inspira fortement, ouvrit la bouche deux fois pour rien, puis des mots pressés, chaotiques, sortirent enfin de lui.

– Partie je ne sais où ! Si je le savais, je ne serais pas là. Partie ! Partie avec ses valises, ses affaires. Elle a laissé un mot sur la table pour me dire qu'elle partait et elle est partie. PARTIE, quoi !

Pierre laissa échapper un sobre « Oh, merde » en ajustant son peignoir – ça valait le coup de nouer pour de bon sa ceinture…

Denis avait fermé les yeux un moment, épuisé par cette tirade. Tout son corps, d'un bloc, s'inclina jusqu'à appuyer une épaule sur le chambranle de la porte, et il resta ainsi, raide comme la tour de Pise, si pâle qu'on pouvait croire qu'il allait s'évanouir dans la seconde.

Pierre le considéra, inquiet, et agrippant son ami par la manche le tira vers l'intérieur de la maison – « Tu ne vas tout de même pas te ramasser sur le carrelage, dis donc… »

Denis se laissait faire, hagard, l'œil fixe.

Estelle apparut en haut de l'escalier, dans un négligé vaporeux, la figure pleine de crème, les cheveux attachés en une sorte de petit palmier comique au sommet du crâne. Elle descendit quelques marches et, penchée sur la rampe, son œil de gallinacé encore plus rond que d'ordinaire, elle articula à mi-voix :

– Qu'est-ce qui se passe ?

Denis restait sur place, dans un équilibre qui paraissait hasardeux, le regard perdu au sol. Après une seconde d'hésitation, Pierre le lâcha et s'en fut mettre Estelle au courant du drame.

– Florence est partie.

– Comment ça, partie ?

– Partie, quoi !

Le sketch qui avait eu lieu à la porte d'entrée se répéta quasi mot pour mot au bas de l'escalier, sur un mode plus confidentiel. Tous deux chuchotaient, comme s'ils craignaient de réveiller quelqu'un ou qu'ils étaient en présence d'un grand malade. Estelle prit enfin la mesure de la situation et mit théâtralement la main sur sa bouche :

– Quelle horreur !

Pierre interrogea alors sa femme d'une voix plus forte :

– Tu n'es au courant de rien, toi ?

– Au courant de quoi ?

– Je ne sais pas, elle aurait pu te dire quelque chose, c'est ta copine après tout…

Estelle eut un grand geste de dénégation, son petit palmier de cheveux agité frénétiquement.

– Rien ! Je ne suis au courant de rien ! Mais rien de rien. RIEN DU TOUT !

C'était si excessif que n'importe quel homme normal, et même un imbécile, aurait pu avoir des soupçons…

Après un coup d'œil à Denis, un hochement de tête pour le prendre à témoin de la sincérité de sa femme, Pierre continua à la questionner d'un ton grave :

– Mais, pendant la soirée, tu n'as rien remarqué d'anormal, elle ne t'a pas parue bizarre ?

Nouvelle danse du petit palmier. Yeux exorbités dans la naïveté, Estelle écartait des bras de madone innocente.

– Mais enfin, Pierre, j'étais avec vous toute la soirée, tout le temps ! Je ne vous ai pas quittés une seconde ! Comment veux-tu que…

– C'est vrai, c'est vrai…

– Et puis Florence, ça fait au moins trois semaines que… que…

Sa voix s'éteignit. Estelle s'était figée sous le regard de

Denis, un regard qui avait doucement quitté le sol pour venir se fixer sur elle – un regard vraiment inquiétant.

Il y eut quelques secondes de silence, tous trois immobiles, plantés comme les pièces d'un échiquier sur le dallage du hall, puis Denis prononça d'une voix sourde, ses yeux rivés à ceux d'Estelle :

– Et Romain. Il ne t'a rien dit, Romain ?

– Non, voyons. Je… Non.

– Tu l'as invité. Tu sais où il est.

– Oui… Enfin, non ! Non, c'est Pierre qui…

– Où est-il ?

Denis, le regard toujours méchamment fixe, s'était imperceptiblement penché vers l'avant, amorçait un pas menaçant vers Estelle. On eût dit un serpent sur le point de gober une souris fascinée.

– OÙ EST-IL ? !

Pierre intervint, brisant cet échange dangereux, détournant Denis de sa femme.

– Calme-toi, mon vieux, écoute-moi…

– Je veux voir Romain ! Dis-moi où il est.

– Parce que tu crois que Romain a quelque chose à voir là-dedans ?

– J'en suis sûr.

– Mais non, voyons ! Il était de passage.

– Et au passage il a embarqué ma femme. Où est-il ? !

– Mais je n'en sais rien, mon vieux ! Je l'ai croisé par hasard à une espèce de colloque… Je lui ai dit qu'on faisait une soirée, que ce serait sympathique de retrouver les vieux amis. Il était à Paris pour peu de temps mais il m'a promis de venir. Alors je lui ai donné l'adresse de la maison et… et… voilà.

– T'as son téléphone ?

– Mais non ! Non, je te jure !

Denis aurait été dans un état normal, il aurait vu que Pierre n'était pas très convaincant. Quelque chose de faux dans sa voix, le regard en coin qu'il jetait à Estelle ne lui auraient pas échappé. Mais il avait baissé la tête, abandonnant brusquement la partie, les sourcils douloureusement froncés, l'air si abattu qu'il semblait de nouveau près de s'évanouir.

Pierre le saisit doucement par le bras, lui tapota le dos, prodiguant un flot de paroles apaisantes, amicales – ils n'allaient pas rester debout là toute la nuit, ils allaient parler entre hommes, boire un bon scotch, Denis en avait bien besoin, rien de tel après un choc, si, si, il était en état de choc, ça se voyait, et c'était compréhensible, il avait bien fait de venir, il ne faut pas rester seul dans ces situations.

Estelle n'avait pas attendu la troisième phrase soporifique de Pierre pour s'éclipser. Dès que Denis l'avait quittée du regard, elle s'était littéralement fondue dans le décor, ramassant autour d'elle son déshabillé flottant, glissant le long de la rampe. En quelques instants elle avait disparu, sans un bruit, sans un mot de plus. Apparemment, Florence avait fait une bêtise, une grosse, une vraie. Même si l'on n'a rien à voir dans l'histoire, mieux vaut ne pas rester sur le chemin des maris dans ce cas, surtout lorsqu'on est amie de l'épouse fautive – une vraie femme sent ces choses d'instinct…

– Allez, viens là-haut, mon gars, on sera mieux.

Denis se dit qu'il n'aimait pas tellement qu'on l'appelle « mon gars », surtout à ce moment – à vrai dire, il n'avait jamais supporté qu'on l'appelle « mon gars » – mais il avait le cerveau en vrac, depuis l'effet bombe de la lettre de Florence. L'abattement succédait à la colère, il se sentait au bord du meurtre ou de la crise de nerfs et sombrait à présent dans une apathie qui le laissait sans réaction. Il suivit donc docilement Pierre, sans un mot. Peut-être le plus terrible, à cette heure, eût-il été d'être seul…

Arrivés au premier étage, ils traversèrent le salon qui

donnait sur la terrasse, enjambant les assiettes sales posées à même le sol de-ci de-là, contournant les buffets dévastés. Il y avait des verres sales, des serviettes chiffonnées partout, quelques mouches bourdonnaient au-dessus de tranches de viandes froides abandonnées dans les plats. La maison entière était dans un état apocalyptique d'après réception, et flottaient, au-dessus de ce désastre, des relents aigres de vin stagnant et de mayonnaise surie.

Denis se laissa pousser dans un canapé près de la porte-fenêtre, dans un coin un peu épargné par l'ouragan festif. Voilà qu'il était au bord des larmes, maintenant, avachi et la gorge nouée, alors qu'il aurait été capable d'assommer Estelle trois minutes auparavant…

Pierre, un peu plus loin, avait disparu, à quatre pattes sous l'un des buffets. Il remuait des bouteilles entreposées là. Il faisait du bruit, s'agitait, parlait sans discontinuer dans le but évident de ne pas laisser s'installer le silence, d'alléger l'atmosphère, dans la mesure du possible.

– J'espère qu'ils nous ont laissé quelque chose à boire, ces cons-là. Quel bordel, dis donc, les gens sont vraiment des cochons… Ah, voilà ! C'est pas le meilleur mais ça fera l'affaire.

Pierre émergea de derrière le buffet, se releva lourdement, en se plaignant de ses reins, et brandit triomphalement une bouteille de gin à demi pleine.

Il n'avait pas allumé la lumière à l'étage, seules les éclairaient la lampe du palier et la lueur qui venait du hall, en bas. Pierre ne vit donc pas, dans la semi-pénombre, le visage brusquement chaviré de Denis, son menton crispé. Il cherchait des verres propres à présent. En sortant de dessous la table, la nappe avait balayé ses cheveux grisonnants vers l'avant, une touffe rabattue sur le front, une autre sur l'oreille droite. Avec son peignoir en soie écossaise blousant au-dessus de la ceinture nouée à la hâte, entrouvert sur une petite bedaine poilue, sa bouteille à la main, Pierre évoquait irrésistiblement une de ces caricatures de fêtards dignes de Toulouse-Lautrec. Il louvoyait entre les canapés, continuant à monologuer, le verbe haut et un peu grasseyant, au milieu des « cling-cling » de verres malmenés.

– Heureusement que les loufiats vont nous nettoyer tout ça demain matin. Ils débarquent à neuf heures, c'est la joie. Vont faire un bordel du diable. Ils auraient dû débarrasser après la réception, quand tout le monde était parti, mais on n'arrivait pas à foutre nos invités dehors !… Ah, tiens, en voilà deux à peu près propres… Je ne sais pas ce qu'ils avaient, tous, hier soir, à être excités jusqu'à pas d'heure. Ça devait être la pleine lune !

– Ouais… C'est certainement à cause d'elle que ma femme est partie.

– Bon, je vois que tu retrouves le sens de l'humour, ça va mieux.

Pierre était revenu avec sa bouteille, ses verres et constatait, à la mine de Denis, que celui-ci n'avait pas récupéré un gramme d'humour – l'accablement fait homme était prostré dans le canapé… Il versa d'autorité trois bons doigts de gin dans un des verres et le lui tendit. Denis eut un vague mouvement de refus.

– Si, mon vieux, bois ça ! Une bonne dose d'anesthésique, on le sait, y a rien de tel.

S'étant servi lui-même de manière plus modérée, Pierre s'assit au bord du canapé en vis-à-vis, la bouteille à portée de la main au cas où Denis aurait eu besoin d'une dose supplémentaire, et il se tut un moment, embêté. Tenter de faire diversion ne servait apparemment à rien. Puisque Denis ne se laissait pas distraire de son souci, il fallait changer de tactique et attaquer le problème franchement.

– Vous vous engueuliez, ces derniers temps ?

– On ne s'engueule jamais.

– Ah.

Pierre eut une petite moue, mais s'abstint prudemment de commentaire – manifestement, une vie conjugale sans engueulades devait manquer d'agrément à son goût.

– Tout allait bien, alors ?

– Parfaitement bien.

Denis avala une grande gorgée de gin tandis que Pierre, l'œil au fond de son verre, secouait une tête soucieuse. Le rôle d'ami secourable s'avérait difficile…

– Alors c'est pas grave ! Elle est partie sur un coup de tête, comme ça, et elle va revenir.

– Non.

– Pourquoi, non ? Moi je te parie même qu'elle sera là demain !

– Non. Elle a écrit une lettre qui ne me laisse aucun doute. Elle ne reviendra pas.

– Tu parles ! Ce qu'elles disent et ce qu'elles font, tu sais…

– Ma femme ne dit pas n'importe quoi et elle fait toujours ce qu'elle dit.

Denis termina son verre cul sec.

Pierre en fit autant, dans la foulée, et soupira un bon coup – il devenait agaçant, ce mec ! Il débarquait chez lui à plus de quatre heures du matin, avec une gueule de bord de suicide, et il décourageait toute tentative de réconfort. Voilà qu'il s'enfermait à présent dans un mutisme buté, l'œil assassin braqué sur son verre vide.

Pierre empoigna la bouteille par le goulot avec une main d'étrangleur et remplit entièrement le verre de Denis, qui ne protesta pas, à nouveau perdu dans de sombres pensées. Pierre jaugea la mine du désespéré qui entendait s'enferrer dans son malheur et décida d'abonder dans son sens.

– Tu as sans doute raison, faut regarder les choses en face. Ta femme s'est tirée, bon… Fallait s'y attendre.

Il y eut deux secondes de silence profond.

Pierre, qui avait lâché négligemment cette ultime petite phrase – qui se voulait philosophiquement fataliste – se taisait, ne trouvant rien de plus à dire.

Curieusement, ces quelques mots semblèrent réveiller Denis. Émergeant d'un insondable abîme intérieur, il leva sur Pierre, pour la première fois depuis qu'il était assis en face de lui, un regard stupéfait.

– Comment ça : « fallait s'y attendre » ?

Pierre sursauta et s'empressa de corriger l'ambiguïté que pouvait contenir cette petite phrase.

– Je ne parle pas spécialement de ta femme, voyons ! Bien sûr que non ! Mais en général…

– Ah bon… Tu t'attends à ce que ta femme se tire, toi ?

– Tous les jours.

Pas l'ombre d'une hésitation. Une affirmation d'une profonde sincérité, proférée gravement, simplement. Une surprenante tranquillité, tout à coup, sur le visage de Pierre. Lui qui paraissait souvent jouer un personnage ne jouait rien, à cette minute.

– Tous les jours, oui… Et crois-moi, ça vaut mieux. Ça fait longtemps que j'ai compris que je pouvais me retrouver tout seul, comme un con, du jour au lendemain ! Franchement, t'as qu'à regarder autour de toi comment ça se passe, comment elles sont et ce qu'elles sont capables de faire, les bonnes femmes. Pourquoi est-ce que je serais le seul couillon à y échapper ? Pourquoi, hein ? Bon, je ne dis pas que les mecs sont des anges… Nous, généralement, on tire un coup à droite à gauche, on fait des virées, des petites conneries, ça va pas chercher loin. Mais elles, ELLES ! Ah, les salopes…

Il vida dans son verre les quelques gouttes de gin qui

restaient et envoya négligemment rouler la bouteille vide un peu plus loin – ça de plus à ramasser pour les loufiats, «au point où ils en seront»…

Denis ne le quittait pas des yeux, muet. Mais Pierre nota un léger froncement de sourcils de sa part et se dit qu'il fallait tempérer un peu ses affirmations. Il avait devant lui une victime qui méritait quelque délicatesse.

– Je dois dire que Florence, c'est autre chose. C'est vrai. J'ai toujours pensé que ta femme n'était pas… Enfin, qu'elle était plus… fiable, voilà ! Qu'elle t'ait fait ça, franchement, j'en suis comme deux ronds de flan. J'aurais jamais cru. Ça non.

Il jeta un coup d'œil circonspect à Denis.

Celui-ci l'écoutait, apparemment calme. Il semblait réfléchir assez intensément à ce qui lui était confié.

Rassuré par ce regard attentif et cette totale absence de controverse, Pierre s'enhardit à dévoiler des convictions, des pensées de plus en plus intimes.

– …Comme quoi, tu vois ! Même Florence, elle te fait un coup pareil. Même elle ! Alors à quelle bonne femme tu peux te fier, je te le demande !

Denis hasarda quelques mots, prononcés lentement, presque tout bas.

– Tu pourrais te fier à ta propre femme, par exemple…

– Ma femme ?! Non mais, tu plaisantes ! Tu l'as vue, ma femme ? Tu crois que c'est pour moi qu'elle s'habille comme une pute et qu'elle tortille du cul ?! Il y a des matins où je me dis qu'une femelle dans son genre, bien aguicheuse, c'est un miracle qu'elle soit encore avec moi.

– Tu crois qu'elle a un amant ?

Pierre eut un petit rire étranglé, un couinement de dérision.

– Un amant ?… DES amants ! J'en connais au moins trois, des amants d'Estelle. Enfin, y en a un, j'ai l'impression que c'est fini… Mais les deux autres elle les voit toujours, c'est sûr. Je sais qui c'est. Alors quand je la vois, en plein milieu de l'après-midi, avec sa robe collante et ses talons de dix centimètres, décorée comme un arbre de Noël, et qu'elle me dit «Chéri, je vais faire quelques courses, je ne rentrerai peut-être pas avant ce soir… », crois-moi, je me marre !

Pierre s'était levé pour imiter Estelle, se tortillant dans son peignoir, prenant une voix aiguë, et, puisqu'il était debout, il repartit vers les buffets afin de dénicher une autre bouteille – il avait beau se marrer, parler des amants d'Estelle lui donnait soif.

Il ne prenait nullement la peine de baisser le ton. La chambre d'Estelle devait être loin. Ou le fait d'entendre ce que son mari disait d'elle n'avait aucune importance…

– Remarque, ça m'arrange qu'elle ait des amants ! Elle a un tel besoin de séduire, c'est maladif chez elle, que si elle n'arrivait pas à ses fins de temps en temps je serais plutôt inquiet. Pour le coup, elle risquerait de se tirer pour de bon ! Tandis qu'avec ses deux zozos, là, ça va… Elle s'envoie en l'air une ou deux fois par semaine, ça la défoule, ça la rassure sur son charme, ils font soupape de sécurité, quoi. Et puis je les connais : ils sont assez nazes pour que je ne risque pas grand-chose… Tu vois ce que je veux dire ?

– Je vois… Je vois.

Denis, profondément enfoncé dans le canapé, les épaules jetées en arrière, regardait Pierre un peu «par en dessous» – peut-être le choc du départ de Florence et l'alcool lui donnaient-ils cet air mi-menaçant mi-sonné qu'ont parfois les boxeurs lorsqu'ils sont dans les cordes, au bord du KO ?

Pierre avait entrepris de se confier, et ça devait être rare. Il ne faisait presque plus attention à Denis. Il était reparti à quatre pattes sous un autre buffet et avait déniché une bouteille de scotch miraculeusement intacte. Il la débouchait, grommelant entre ses dents : « Ça va être ta fête, ma belle… », avec une sourde agressivité qui eût été plus logique envers sa femme infidèle que contre cette pauvre bouteille…

— Remarque, je ne me plains pas. C'est une partenaire sociale formidable, Estelle. Sur ce plan-là, on s'entend comme les doigts de la main. Alors le reste… ! Quand les affaires marchent, tout marche, comme dit l'autre, hein ?

Pierre eut son fameux rire de « paysan matois mais sympathique » et leur servit hardiment un bon demi-verre d'alcool chacun. Puis il se pencha vers Denis, sa petite bedaine écrasée sur ses cuisses, l'œil luisant d'admiration pour son épouse, cette partenaire sociale si épatante qu'on lui aurait passé une flopée d'amants et même pire.

— Non mais t'as vu comment elle a réussi à nous coincer Meyer ? ! Un type comme un courant d'air, personne n'arrive à mettre la main dessus, et elle, paf ! Non seulement elle le trouve mais elle l'amène à domicile. Ça, je ne l'ai pas cru jusqu'à ce que je le voie ! Elle est forte. Ça, elle est forte… Cette clinique va être une affaire en or, tu vas voir, EN OR !

Denis laissa tomber sa tête en arrière, sur le dossier du canapé, les yeux mi-clos. Il avait l'air épuisé, les traits profondément tirés.

Pierre continuait à monologuer, tout en sirotant son verre. Il n'attendait pas de réponse, il se parlait à lui-même.

— … Et vaut mieux que les affaires marchent, si je veux la garder, ma femme. Parce que question pognon, j'ai pas intérêt à mollir ! Bon, j'ai de la chance, ça fait trois ans qu'elle n'a pas attrapé la lubie de changer de maison… Remarque, ça a des avantages. Pendant qu'elle refait la déco de fond en comble, j'ai une paix royale et elle couche moins à droite à gauche, mais ça me coûte la peau des fesses. À chaque fois j'en ai pour cinq cents briques. Minimum ! Ça fait cher la minute de tranquillité… Mais le jour où je pourrai plus lui payer tous ses caprices, claquer du fric sans compter – ne serait-ce que, tiens, pour donner une réception comme celle d'hier soir – j'aurai intérêt à me méfier. Le premier mec qui passe, qui lui plaît un peu et qu'a plus de pognon que moi : Pfft ! Plus d'Estelle !

Denis inspira fortement et se redressa soudain sur son siège. Il but une large gorgée de scotch, se tut encore un moment, lèvres serrées, regardant intensément le fond de son verre, puis il articula d'une voix feutrée :

– Tu penses ça de ta femme et tu vas pouvoir te coucher à côté d'elle ?

– Faut bien. C'est la vie.

Il y eut de nouveau un silence. Deux rides profondes creusaient les joues pâles de Denis, une veine battait sur sa tempe, il regardait toujours fixement son verre.

– Ce n'est pas ma conception de la vie.

– Bah, c'est la mienne, mon vieux. De la vie conjugale, en tout cas.

Un petit temps, encore.

Denis posa calmement le reste de son scotch sur la table basse qui les séparait et dit, en détachant bien les mots pour qu'ils prennent tout leur poids :

– C'est une conception de la vie conjugale parfaitement vulgaire.

Pierre cligna deux fois des yeux écarquillés de stupéfaction, puis il laissa échapper dans un souffle, avec la voix sourde de quelqu'un qui vient de recevoir un coup à l'estomac :

– Je te remercie !

– Pas de quoi.

Et il eut droit à un regard franchement méprisant de la part de Denis. Celui-ci s'apprêtait à se lever, commençait une phrase formelle pour prendre congé – «Je suis désolé de t'avoir importuné à cette heure… » – mais n'eut pas le loisir de l'achever car l'autre, blessé dans son orgueil, massivement planté en vis-à-vis, n'entendait pas en rester là et contre-attaquait, la gueule pas aimable du tout.

– Et qu'est-ce qu'elle vaut, ta conception de la vie conjugale, à toi ?

– Pierre, on ne va pas…

– Si elle donnait des résultats plus brillants, ta femme ne se serait pas tirée, et tu ne serais pas venu pleurnicher chez moi au milieu de la nuit ! Il va me donner des leçons, en plus…

L'alcool devait y être pour quelque chose, mais Pierre avait l'œil carrément mauvais à présent. Il n'était pas près de digérer l'insulte, d'autant qu'elle l'avait cueilli en plein abandon, à l'heure des confidences – un vrai coup bas. Et c'était un coléreux, Pierre, un sanguin qui s'enflammait vite. Il respirait court, les narines pincées, et, par un réflexe inconscient de reprise de dignité, réajustait son peignoir débraillé, rejetait en arrière ses cheveux en désordre.

Denis secouait vaguement la tête, l'œil accablé, et lui échappa un tout petit rire d'amère dérision – pas de doute, il avait bel et bien pouffé, et c'était plus que n'en pouvait supporter Pierre, qui reprenait d'une voix plus forte, le front belliqueux :

– Et tu veux que je te dise : ce qui t'arrive, c'est bien de ta faute !

Denis, qui allait pour de bon s'en aller, en fut scié dans son élan.

– MA faute ?!

– Parfaitement. Si c'est Romain qui t'a soufflé ta

femme, ça ne m'étonne pas. Quelque part, tu l'as cherché. Tu t'es toujours conduit comme un con avec lui !

Pierre était lancé, solidement carré sur son séant, raide comme la justice, il entendait asséner ses vérités jusqu'au bout.

– Ah, tu me trouves vulgaire parce que je tolère que ma femme ait des petites aventures de rien du tout, qui ne prêtent pas à conséquence, qui ne mettent pas notre couple en danger, mais votre histoire à trois, c'était autre chose ! Romain et Florence, c'était du sérieux. Un coup à toi, un coup à moi, on dîne ensemble après et on reste amis ! Non mais… Y avait vraiment que des gauchistes utopistes comme vous pour supporter une situation aussi ridicule.

– Ridicule, vraiment ?

– Parfaitement : ridicule ! Vous étiez la risée de toute la faculté. Ce qu'on a pu rigoler derrière votre dos ! T'as dû t'en rendre compte, tout de même…

– Non. Curieusement, ça m'a échappé.

– Évidemment, vous étiez tellement fiers ! Tellement au-dessus de tout, haussés sur vos grands principes, vos idées révolutionnaires qui allaient changer le monde, rien que ça ! Au-dessus de nous, en tout cas, les pauvres types ordinaires, qu'ont les pieds sur terre, VULGAIRES, quoi… N'empêche que si tu n'avais pas eu cette tolérance à la mords-moi-le-nœud envers le Romain, t'en serais peut-être pas là.

– Et… qu'est-ce que tu aurais fait, à ma place ?

– C'est même pas la peine d'en parler.

– Si, si, ça m'intéresse…

Effectivement, l'attitude de Denis avait changé du tout au tout. Il écoutait Pierre avec une attention extrême, un regard plein d'acuité posé sur lui, ne perdant pas un mot de ce qu'il disait. Son avis avait véritablement l'air de lui importer.

La colère de Pierre semblait s'être quelque peu tempérée. Il jaugea rapidement l'honnête intérêt de son interlocuteur, hésita une seconde, puis cracha :

– Je lui aurais foutu mon poing dans la gueule, voilà ! C'était la seule chose à faire : un poing dans la gueule ! Comme ça, les choses auraient été claires et chacun à sa place. Soit c'était sa femme, soit c'était la tienne. Point. C'est comme ça, mon vieux, les mâles, ça pisse sur son territoire. Ah ! c'est vrai, t'aimes pas la chasse, non plus... Eh bien moi, je chasse, et je te dis que la nature, c'est pas tes grandes idées qui vont la changer ! On est des animaux comme les autres, sur ce plan. Un type qui vient baiser ta femme sous ton nez, ça peut plus être un ami, c'est un rival. Y a pas à sortir de là, sinon c'est le bordel et toi t'es... t'es...

– Un con.

– Voilà.

Denis baissait la tête, pensif.

Pierre lui jeta un regard et se tut un moment. Il lui laissait le temps de digérer cet enseignement tardif – mais, qui sait, peut-être salutaire ?

La tête toujours lourdement inclinée, Denis passa une main sur son front et laissa échapper dans un souffle, tout bas :

– C'est lamentable...

– Je ne te le fais pas dire.

Pierre avait ponctué cette affirmation sobrement. Il fallait être charitable, son futur associé n'était pas un mauvais bougre. Il venait de vivre un sale truc, ça n'arrange pas le caractère d'un homme. Demain serait un autre jour, tout rentrerait dans l'ordre – et il avait besoin d'un chirurgien de sa réputation pour mener au mieux le projet de clinique et amener une grosse clientèle, ce qui n'était pas négligeable... Sur cette pensée affectueuse, Pierre regarda presque paternellement cette tête douloureuse, celle d'un homme qui devait faire, sans aucun doute, un difficile mea culpa.

Quelques secondes apaisantes s'égrenèrent.

Un petit oiseau, perché dans le catalpa, entonna un trille qui annonçait l'aube naissante, mélodieux rappel de la nature en question…

Pierre croyant l'orage tout à fait passé – et saisi, il faut le dire, d'une brusque envie de dormir – hasarda une plaisanterie en guise d'épilogue. Il rit d'abord, tout seul, presque silencieusement, puis lâcha :

– Quand je pense que tu voulais que je te dise où est Romain… Bah, merde, il n'aurait plus manqué que ça !

Les traits de Denis soudainement figés, un éclair d'acier dans son œil vert, une voix froide, monocorde…

– Parce que tu sais où il est ?

– Bien sûr !

– Où ?

– Ça, je ne te le dirai, pas, mon vieux.

– Ah non ?

Trois petits oiseaux, à présent, chantaient en chœur au sommet du catalpa, tandis que Denis décollait son séant du canapé et se mettait debout avec une lenteur menaçante.

– Je veux que tu me dises où il est.

– Il n'a peut-être rien à voir là-dedans…

– Qu'importe. Je VEUX le voir.

Pierre réfléchit un instant, ramassé sur lui-même, la mine butée.

– Et si tu trouves Florence avec lui, qu'est-ce que tu vas faire ?

– Ça me regarde. Où est-il ?

Pierre s'arracha à son tour de son siège et amorça un mouvement de retraite vers le fond de la pièce. L'ambiance tournait au vinaigre…

– Ah ! Tu m'emmerdes à la fin ! Si encore tu voulais le trouver pour lui foutre sainement ton poing dans la gueule…

– C'est une obsession chez toi, ma parole.

– … mais je te connais, tu vas faire pire ! Tu vas rester bien correct, bien gentil, vous allez prendre un petit café ensemble et discuter calmement, poliment !

Le ciel commençait à pâlir, au-dessus du catalpa. Une brise fraîche et purifiée par la nuit, annonciatrice d'une exquise matinée de juin, agitait les feuilles avec un bruit de soie doucement froissée. Toute une chorale de petits oiseaux s'égosillait à présent dans le grand arbre, tandis que deux humains s'agitaient de manière démente au premier étage de la maison, l'un poursuivant l'autre, bousculant les buffets dévastés. Le plus grand, qui semblait pourtant plus élégant et correctement vêtu d'un costume, fit tomber un plateau entier de verres sales qui se brisèrent au sol et hurla :

– SON ADRESSE ! Je la VEUUUX ! Sinon, c'est toi qui vas l'avoir, mon poing dans la gueule !

Le plus petit, qui louvoyait entre les canapés pour lui échapper, glissa sur un petit-four qui se trouvait sur son chemin. Le grand mince, toujours vociférant, en profita pour l'agripper maladroitement par le col de sa robe de chambre, mais l'autre se dégagea violemment, dépoitraillé, nu jusqu'à la ceinture, et fit face en hurlant à son tour :

– IL EST AU MÉRIDIEN ! À Montparnasse ! Et tue-le si tu veux, vous me faites chier, à la fin, avec vos histoires !

Les oiseaux continuaient leur concert, pas plus troublés que ça. Mais la chanson des humains avait atteint son point d'orgue, son accord final. Le silence s'était fait, tout à coup, au premier étage de la maison, les deux hommes disparaissaient dans l'escalier, le plus petit cette fois à la suite du plus grand, qui s'en allait.

Effectivement, Denis traversait le hall à grandes enjambées. Pierre le suivait, soufflant, éructant encore d'indistincts borborygmes.

Au moment d'ouvrir la porte de la maison, Denis s'arrêta un instant, la main sur la poignée, puis il se retourna vers Pierre, saisi d'une inspiration subite.

– Tu sais, Pierre, je dois réfléchir, au sujet de notre association.

Et il sortit très vite, dévala les marches du perron.

Pierre, interloqué, en resta cloué sur place, incrédule. Avec ses cheveux de nouveau ébouriffés par la bagarre, son peignoir pendant sur la ceinture, il avait l'air pitoyable, ainsi désarçonné, planté sur le marbre du hall. Mais il reprit vite une expression de combativité et s'ébranla vers la porte restée ouverte, par laquelle l'autre avait disparu.

– Non mais… Tu ne vas pas me faire ça, hein ? Tu ne peux pas me lâcher maintenant ?

Denis était déjà sur le trottoir, s'éloignait.

– Hein ? Tu vas pas faire ça ? !

Mais Denis ne se retourna même pas. Il eut, de dos, un geste de la main pour balayer l'atmosphère – un geste d'une désinvolture révoltante en réponse aux supplications de Pierre. Il allait entrer dans sa voiture, sans un regard vers lui.

Alors Pierre perdit toute mesure. Il fit quelques pas sur la chaussée, le visage gonflé par une colère de boule-dogue, les bras décollés du corps. Avant que Denis ne claque la portière, il hurla, en guise d'insulte dérisoire et impuissante, le pire qui lui vint à l'esprit à cette minute :

– Il n'y a rien de plus ridicule qu'un bourgeois qui se paye des meubles à cinq briques et qui croit qu'il est encore de gauche !

Un «prout» de pot d'échappement lui répondit.

Denis était parti en trombe, abandonnant Pierre au beau milieu de la rue.

Quand le vrombissement du moteur se fut éloigné, rien ne troubla plus le calme matinal de cette élégante banlieue, et Pierre rentra dans sa belle maison.

Le ciel commençait à peine à s'éclaircir quand Denis débarqua sur les chapeaux de roue devant l'hôtel Méridien. Il y avait déjà quelques touristes dans le hall et, derrière la réception, deux employés sur le pied de guerre malgré l'heure matinale, l'air dispos et rasés de frais.

Le plus âgé, qui devait être le chef, adressa à Denis un « Monsieur ? » froidement professionnel. Celui-ci s'enquit du numéro de la chambre de Romain.

— M. Roblès a quitté l'hôtel, monsieur.

— Quitté l'hôtel ?! Mais quand ?

— Cette nuit. Il devait séjourner chez nous quelques jours, en effet, mais il a avancé son départ.

Denis perdit pied un instant. L'élan qui l'avait jeté vers cet endroit pour un face-à-face crucial avec Romain était brisé net. L'absence, là aussi. Le silence, la dérobade et pas d'explication. Il allait devenir fou…

Denis posa ses mains tout à coup tremblantes sur le comptoir. Il avait l'air si perdu que le réceptionniste se pencha vers lui, considérant son désarroi d'un œil bienveillant.

— Si c'était important, vous pouvez laisser un message, monsieur.

Denis sembla se réveiller, fixant l'employé d'un air hagard.

— Un message ? Vous venez de me dire qu'il est parti.

– Oui, mais nous sommes chargés de transmettre les messages et le courrier qui lui sont destinés, journellement, à Dakar.

– Et où est-il, à Dakar ?

– Chez nous, monsieur.

Un Japonais, qui prenait en photo la réception de l'hôtel, immortalisa du même coup l'expression de stupeur qui s'était peinte sur le visage de Denis.

– Je veux dire à notre hôtel Méridien de Dakar. M. Roblès est un fidèle client.

Romain avait dû chercher à prendre un avion très tôt. Peut-être avait-il trouvé une place sur un charter matinal ? En tout cas le concierge, consulté à son tour, était formel : le veilleur de nuit avait commandé un taxi pour Orly à cinq heures du matin.

– Orly, vous êtes sûr ?

– Certain, monsieur.

Denis remercia, tout en faisant mentalement un rapide décompte du temps : une demi-heure de trajet pour Orly, trouver une place sur un vol, accomplir les formalités douanières, passer le contrôle de sécurité… Il était matériellement impossible que Romain monte dans un avion avant sept heures, voire huit heures du matin. Il avait le temps de le rejoindre ! Il ne devait pas y avoir trente-six mille départs pour Dakar, surtout un dimanche. Il allait débusquer ce salopard, même s'il avait juste le temps de lui flanquer son poing dans la figure, ainsi que le lui conseillait Pierre !

Denis consulta sa montre fébrilement. Six heures moins le quart – il n'y avait pas de temps à perdre.

Toutefois, avant de quitter l'hôtel, il revint précipitamment sur ses pas et s'adressa au concierge.

– Ah ! Un détail. Savez-vous si M. Roblès est parti… seul ?

Denis reçut le regard du professionnel qui a vu toutes

les indiscrétions, toutes les vulgarités qui se commet-
tent couramment dans les hôtels, qui jauge, juge celui
qui cherche ce genre de renseignement…

– Nous n'avons pas pour habitude de noter ces
choses, monsieur.

Et sous ce regard, Denis se sentit ridicule, découvert,
comme si s'était soudainement inscrit sur son front, sur
tout son être : Mari bafoué. Il tourna les talons et s'en
fut rapidement, autant pour fuir ce regard qui l'avait
empli de honte que pour regagner sa voiture au plus vite.

Le dimanche matin à six heures Paris est vide. L'autoroute aussi. Il atteignit Orly en un temps record.

Une fois sa voiture garée dans un parking lui aussi
exceptionnellement à demi désert, il courut vers Orly
Sud, d'où ont lieu ordinairement certains départs pour
l'Afrique, en priant le ciel de ne pas s'être trompé d'aérogare.

Il se rendit compte qu'il avait totalement perdu la
pratique de la course. Denis détestait le sport et il
n'avait pas à courir dans son métier – il possédait une
confortable voiture et s'arrangeait pour n'être JAMAIS
en retard. Sa poitrine le brûlait, et un terrible point de
côté le fit débouler tout tordu dans le hall principal de
l'aérogare. À cette heure, aucune hôtesse au bureau
général de renseignements sur les vols, bien sûr… Il
maugréa et clopina en se tenant les côtes vers le grand
tableau d'affichage des départs.

Un seul vol pour Dakar à sept heures vingt, porte 11,
embarquement annoncé.

Les passagers devaient être entrés dans la salle de
départ. Avec un peu de chance, Romain n'aurait pas
encore passé la douane, Denis pourrait au moins s'assurer qu'il était seul…

Une bouffée de colère, un coup de sang, lui remonta à
la tête – « on » l'obligeait à avoir des pensées aussi

basses ! En être réduit à ces soupçons vulgaires l'écœurait, le rendait encore plus furieux, lui qui s'était toujours efforcé à la mesure, à la tolérance, à la confiance, enfin tout ce qui faisait qu'on peut se targuer d'avoir les sentiments d'un humain un tant soit peu évolué. Ces circonstances odieuses le rabaissaient, le salissaient à ses propres yeux – c'est peut-être ce qu'il pardonnerait le moins facilement…

Il en oublia son point de côté et se remit à courir vers la porte d'embarquement indiquée sur le panneau. De loin, dans la file d'attente du barrage de police, il vit quelques hommes noirs et trois femmes en boubou, très élégantes, qui posaient, sans se presser, leurs sacs sur le tapis roulant du contrôle de sécurité. Dieu merci, il arrivait à temps ! À coup sûr, Romain était là puisque c'était le seul vol pour Dakar à cette heure.

Hors d'haleine, Denis ralentit le pas. Il prit le temps de rajuster sa chemise, de passer la main dans ses cheveux pour récupérer un peu de tenue. La situation était assez humiliante comme ça, il n'allait pas offrir à son rival, en plus, l'image d'un fou débraillé.

Mais déjà son regard avait passé en revue toutes les silhouettes alentour. Il s'obligea à respirer calmement, à se tenir droit malgré le point de côté toujours sensible. Il n'était pas seulement essoufflé, il manquait d'air car il avait peur. Oui. Il avait peur de découvrir tout à coup la silhouette de sa femme, le visage de Florence parmi ces inconnus. Florence et ses valises, son sac. Florence aux côtés de Romain… Il n'y croyait pas, vraiment pas. Et pourtant il avait peur – «On ne sait jamais de quoi elles sont capables», avait murmuré un serpent à son oreille il y avait une heure à peine…

Il restait un quart d'heure avant la fin de l'embarquement. Romain pouvait déjà être passé, certes, mais il pouvait encore arriver. Denis décida d'attendre, de guetter les derniers passagers puisque, de toute manière, il n'aurait pas le droit d'entrer dans la salle d'embarquement sans billet. Il devait parler à Romain AVANT, le convaincre, peut-être, de partir plus tard. Romain pouvait consentir à cela pour prendre le temps de s'expliquer, en hommes civilisés. Ils n'étaient ni l'un ni l'autre des sauvages !

Denis se posta un peu à l'écart, pour avoir une vue d'ensemble du hall, ne pas être ridiculement planté au milieu du chemin et risquer que Romain arrive derrière lui. Il s'adossa à un truc qu'il y avait là pour réclamer des sous pour l'environnement ou il ne savait quoi. L'important était moins de se donner une contenance que de s'appuyer quelque part pour ne pas sentir à quel point ses jambes étaient faibles.

C'est long, un quart d'heure.

Denis eut tout le temps, encore, de sentir le poids de la honte, le ridicule de cette attente. Mais la colère, son orgueil blessé l'empêchaient de ressentir la douleur. S'il se laissait aller à penser, il perdrait sa combativité. Rien ne le retiendrait plus de sombrer dans le chagrin.

L'immobilité, cette patience forcée eurent raison, quelques secondes, de ses défenses, lorsqu'il se dit tout bas, un sanglot refoulé au fond de la gorge : « Qu'est-ce que tu me fais faire, Florence, qu'est-ce que tu me fais faire… ? » Mais lorsqu'il vit que plus personne ne présentait son billet à l'hôtesse, il cravacha sa volonté, décolla son dos de ce truc qui l'aidait à tenir debout et se dirigea vers la jeune femme qui se préparait à quitter son guichet.

Elle n'était guère coopérative. Denis dut batailler cinq minutes pour qu'elle se décide à trouver la collègue qui procédait à l'embarquement, à consulter la liste des passagers et à lui donner enfin ce renseignement : il n'y figurait aucun Romain Roblès.

– Même s'il était sur liste d'attente ?

– L'avion était complet, monsieur. Il est peut-être parti sur un autre vol.

– Mais il n'y en a pas !

La voix de Denis se brisait dans les aigus. Il devait sembler au bord de la crise de nerfs.

La jeune femme ramassait ses papiers, le visage imperturbable, se préparant à poursuivre son travail ailleurs. Elle distilla néanmoins, d'une voix posée, un autre renseignement capital :

– Un avion pour Banjul a décollé il y a quelques minutes. Il n'était pas plein et faisait escale à Dakar. Votre ami a peut-être pris celui-là.

Et elle s'en fut résolument, laissant Denis s'arranger avec cette évidence, cette monumentale bêtise : il n'avait pas pensé qu'un avion pouvait débarquer des passagers à Dakar sans que cette escale paraisse au tableau d'affichage…

Alors, abruti de fatigue, de frustration, et pour retarder au maximum le retour vers un « chez lui » déserté par sa femme, où il sombrerait dans les plus noires pensées, il fit une chose stupide : il inspecta chaque coin de l'aéroport, chaque café, chaque comptoir de sandwichs, sans oublier les salles d'attente, pour être certain que Romain n'était pas là, planqué dans un coin, à attendre il ne savait quoi puisqu'il n'y avait plus d'avion pour Dakar avant… avant ? Et si un autre avion, pour une destination quelconque, allait lui aussi faire escale là-bas ?

Il eut un sursaut, courut à nouveau vers le bureau général de renseignements, où deux hôtesses avaient pris leur service. Il fut vite renseigné : plus aucun avion en partance d'Orly ne se poserait à Dakar ce dimanche. Le seul vol de la matinée partait de Roissy vers onze heures, un autre en fin de soirée, c'était tout pour la journée.

Vaincu, Denis regagna sa voiture, se résolut à rentrer.

Arrivé rue de Varennes, il ne put se résoudre à mettre sa voiture au parking, à faire des gestes habituels, comme si sa vie était encore normale – RIEN n'était plus normal, Florence était partie. Il se gara le long du trottoir, à quelque distance de son immeuble. Il coupa le contact et, dans le silence soudain créé par l'arrêt du moteur, hébété derrière son pare-brise, il fixa les fenêtres de l'appartement.

Derrière les vitres, il y avait l'absence, les placards vidés et la lettre sur la table, cette lettre qu'il connaissait par cœur, dont les mots étaient imprimés en lui – « Il ne faut pas que je te voie... Nous parlerons, un jour... ». Quelque chose d'irrévocable, de terriblement, calmement péremptoire dans ces mots.

Il ne la verrait pas. Elle ne reviendrait pas. Et il ne saurait pas pourquoi – avant longtemps...

Denis vécut un moment de pure détresse, incapable de quitter sa voiture pour aller vers l'immeuble, vers la solitude qui l'attendait là-haut. Il était cloué sur son siège, ne sachant que faire. Il aurait aimé pleurer, à cet instant. Il ne le pouvait pas. Il se dit, avec une sorte de panique, qu'il devait bien bouger, sortir de ce véhicule.

« Comment font les autres ? » se dit-il, songeant à ces milliers, ces millions de types quittés par leur femme avant lui. Restaient-ils épinglés sur leur siège comme des papillons, incapables de réagir ? Ils allaient se réfugier chez des parents, des amis, sans doute...

Il avait été chez Pierre pour savoir où était Romain, pas pour chercher un réconfort. Il avait eu l'affligeante démonstration que cela aurait été une erreur grossière et, Dieu merci, il n'avait rien espéré de tel en allant chez lui cette nuit ! Il avait toujours instinctivement évité toute conversation trop personnelle avec Pierre, se limitant à des rapports professionnels. Que son instinct ne l'ait pas trompé à ce sujet le rassurait un peu sur son propre compte, en cette heure de désolation.

Il fit mentalement le tour des gens qu'il connaissait, qu'il nommait ses amis, et s'aperçut qu'il n'y en avait pas un seul qui pût remplir le rôle de confident, devant qui il pourrait s'épancher, en toute tendresse et humilité. Personne…

Pourtant, Denis avait de vrais amis, des êtres estimables, intelligents, humainement intéressants, qu'il aimait beaucoup et réciproquement – certains, même, avaient son admiration – tous plus ou moins liés à son métier, à son travail de chirurgien. Eh ! Quand on œuvre presque quatorze heures par jour dans une spécialité, qui voit-on d'autre que ceux qui gravitent dans le même milieu ? Quand trouve-t-on le temps de se faire des amis ailleurs, alors que les seuls moments libres sont consacrés à une vie conjugale heureuse, qui compte déjà trop peu d'heures à deux ?

Pincement. Douleur fulgurante.

Il prit conscience, atterré, qu'il eût été incongru de débarquer à huit heures du matin pour dire «ça ne va pas» chez n'importe laquelle de ces personnes. Impossible. Tout simplement impossible. Sans rien renier de la valeur de ses relations avec eux, ni la sincérité de leur amitié, aucun n'avait cette qualité particulière qui en fait un ami – ou une amie – intime, à qui l'on peut tout dire.

Denis ne s'en était jamais aperçu. Et à cette heure où il aurait eu besoin de se réchauffer, de reprendre des forces dans un contact amical et simple, il se sentit très pauvre.

Ses parents, alors ?

À cette seule pensée, il se raidit sur son siège. Aller voir ses parents : pire que tout !

Oh, ils avaient été, étaient toujours, de merveilleux

parents ! Rien à dire, rien à reprocher. Mais de la rectitude de son père, de la rigoureuse mesure de sa mère, il n'y avait rien à attendre en ces circonstances. On ne s'épanche pas, on ne se laisse pas aller, chez ces gens-là, on se tient.

Depuis qu'il était tout petit, ç'avait été comme ça. Il était incapable de se souvenir du dernier câlin – ou du moins d'un contact physique qui soit digne de ce nom – avec sa mère. Venir, à son âge, pleurer dans ses bras eût été inconvenant. Oui. C'était peut-être terrible, mais c'était comme ça.

Quant à son père, il valait mieux ne pas songer à trouver un réconfort chez lui. Il avait une véritable vénération pour Florence. Son premier mot, après l'exposé de la situation, serait : « Qu'as-TU fait pour qu'elle te quitte ? » Là aussi, ç'avait toujours été comme ça. Quelles qu'aient été les difficultés que Denis avait rencontrées, tout échec était imputable à son insuffisance à lui, jamais aux autres ou aux circonstances – jamais d'excuse ! Si quelque chose n'allait pas, ce ne pouvait être que sa faute.

C'était l'enfance qu'il avait eue. Il ne pensait pas qu'elle eût été pire qu'une autre et qu'il lui eût manqué quoi que ce fût, même de l'amour. Ses parents l'aimaient, oui, mais… Ils l'aimaient parfait, ils l'aimaient brillant, irréprochable, droit. Ils l'aimaient comme il était toujours – il avait été élevé pour être cet homme-là !

À cet instant, assis dans sa confortable voiture, au bas de son immeuble cossu, sous les fenêtres de cet appartement somptueux rempli de si chères et belles choses gagnées par son travail, son talent, tout ce temps passé à exercer un métier rigoureux, un métier qui exigeait de lui de n'avoir JAMAIS aucune défaillance, il entrevit que son chemin était l'aboutissement logique de toute son éducation. Depuis qu'il était tout petit, aucune place n'avait été laissée à la faiblesse, elle n'avait pas droit de cité dans sa vie.

Cela ne lui était jamais apparu aussi nettement. En fait, il n'y avait jamais pensé… Il avait fallu qu'il se sente faible et démuni, en ce funeste dimanche matin, pour s'apercevoir que cet état lui était tellement inconnu, étranger, qu'il en restait paralysé. Et si, comme un sage l'avait dit, la faiblesse d'un homme était aussi sa plus grande richesse, alors, oui, il était pauvre entre les pauvres…

Hébété, il s'appuya sur son volant, méditant sur cette découverte. Il en oublia quelques secondes le départ de Florence et sa douleur, absorbé par ces questions étranges qui lui venaient en tête.

«Et moi? pensait-il. Si je n'avais pas été conditionné pour être ainsi, qui serais-je dans MA vérité?»

Cette interrogation sur lui-même était si vaste, si nouvelle, il était tellement impossible de lui donner une réponse – si tant est que l'on peut trouver une réponse à ce genre de question – que son esprit rétif à l'introspection se ferma, rejetant ces pensées. Mais c'était trop tard, elles lui étaient venues. Denis portait à présent le germe des réflexions qu'elles susciteraient, plus tard, si une part inemployée de son être voulait bien s'ouvrir, évoluer. Il serait temps, alors, de faire une petite place à la faiblesse, à l'incertitude, d'en tirer profit pour l'avenir, peut-être…

Pour l'heure, en plein malaise, il ne savait que faire de ces réflexions, elles l'avaient distrait quelques minutes de son malheur, c'était tout. Son front se plissa, il secoua la tête avec agacement et la rejeta violemment en arrière, heurtant sa nuque à l'appui-tête de son siège. Il poussa une sorte de rugissement exaspéré – il n'allait pas rester des heures enfermé dans cette voiture, tout de même, il devait bien faire quelque chose, prendre une décision quelconque, rentrer chez lui puisqu'il n'y avait RIEN d'autre à faire, puisqu'il ne pouvait se réfugier chez personne, puisqu'il n'avait pas d'ami !

« Je n'ai pas d'ami… Je n'ai pas d'ami ! » se répétait-il avec une rage grandissante. C'était incroyable ! En avait-il jamais eu ?

La réponse à cette question simple lui vint pour le coup immédiatement, admirable de dérision : bien sûr, il avait eu un ami ! Un seul ! L'ami de toutes les confidences, de l'entente la plus profonde. Ils avaient grandi ensemble, forgé leurs idées, leurs convictions, leur métier côte à côte. Ils avaient véritablement été frères, plus profondément que s'ils avaient appartenu à la même fratrie, des frères d'élection, tellement à l'unisson qu'ils avaient aimé la même femme ! Et s'ils n'avaient pas été irrémédiablement séparés par cela, si une autre épouse que Florence avait quitté Denis, c'est chez cet ami-là qu'il aurait trouvé écoute, réconfort, conseils, chez le seul véritable ami qu'il ait eu dans sa vie : Romain !

Mais ils avaient été chassés du paradis pour l'amour de cette Ève qu'ils avaient rencontrée sur leur route fraternelle, sans bien savoir qui était Abel et qui jouait Caïn… Ce matin, Denis se sentait Caïn et aurait volontiers massacré ce frère, ce coupable, ce traître à l'amitié, à défaut de pouvoir reposer son front endolori sur son épaule ! C'était la seule chose à faire, l'évidence décidément : tuer l'amitié trompeuse, le faux frère, une fois pour toutes. Et savoir, et comprendre. Que TOUT soit clair, enfin !

Ça y était. L'heure misérable, l'immonde et engluante inaction, avec son cortège de questions idiotes, était passée. Suffit !

Denis ouvrit la portière à toute volée, jaillit de la voiture comme un diable et courut vers son immeuble, cherchant déjà les clés de l'appartement dans sa poche. Le sang battant aux tempes, négligeant encore une fois l'ascenseur, il gravit les étages quatre à quatre, comme un homme qui échappe à un danger – celui, sans doute, de l'immobilisme, d'une réflexion prématurée, enfin tout ce qui pouvait ressembler à une forme de résignation devant l'événement. Il allait, il se battait. Il n'y avait même pas de décision à prendre, il suffisait de retrouver l'élan qui l'avait poussé, d'évidence, dès qu'il avait trouvé la lettre de Florence quelques heures plus tôt : il avait à débusquer Romain et se planter face à lui, qu'il soit à Paris, à Dakar ou à Tombouctou !

Il entra dans l'appartement sans hésiter, claqua la porte, foula les parquets d'un pas nerveux en faisant beaucoup de bruit, remuant les choses sans ménagement. Une froide efficacité, l'urgence de ne pas perdre une seconde coupaient court à tout danger d'amollissement. Trouver son passeport – il voyageait si peu, pourvu qu'il ne soit pas périmé, bon sang ! – le peu d'argent liquide qu'il laissait toujours dans un tiroir « au cas où », ne pas oublier sa carte bleue. Pas besoin de sac, il devait faire une chaleur du diable là-bas. Il n'avait besoin de rien d'autre que d'attraper cet avion à Roissy en fin de matinée. Il prendrait un taxi pour ne pas perdre de temps à se garer.

Une fois tout ce dont il avait besoin en poche, et rassuré sur la validité de son passeport, il passa aux toilettes en urgence, sans songer une seconde à jeter un œil au miroir pendu sur le mur voisin – il s'épargna ainsi la vision d'un homme aux traits tirés et gris, pas rasé, avec les cheveux en bataille, son costume en lin aussi froissé que si on l'avait roulé en boule et piétiné, l'air à la fois furieux et halluciné, l'air d'un fou, en somme...

Il fallait qu'il laisse un message à son assistante, à l'hôpital, pour lui demander d'annuler toutes ses consultations du lendemain et aussi ses interventions de mardi – car savait-il où il serait, mardi ? Comment prévoir quoi que ce soit dans cette folie qui l'emportait ? Mais aussi, quitte-t-on brutalement, sans préavis, sans excuses, sans explications, un mari aimant et irréprochable ? Il y avait de quoi devenir fou de colère et de révolte !

En composant le numéro de son secrétariat, il songea qu'il n'avait jamais, JAMAIS, décommandé un seul rendez-vous, reporté une seule intervention. Il avait toujours immuablement assumé son travail, même malade. Même quand la sœur de son père, sa marraine qu'il adorait, la seule vraie douceur de son enfance, était entrée brusquement en agonie, il avait opéré toute l'après-midi, sans pouvoir lui dire adieu sur son lit de mort. Il n'avait pas failli à son devoir de chirurgien, l'émotion n'avait nullement entravé son efficacité. Parfait, comme toujours. Mais lorsqu'il s'était précipité pour l'embrasser une dernière fois, c'était trop tard, bien sûr. Son père était sur place. Malgré sa tristesse, il avait félicité Denis pour son professionnalisme – celui-ci était censé, paraît-il, le consoler de tout…

« Il n'y a pas d'abonné… Veuillez consulter l'annuaire… »

Il avait mal composé le numéro. Évidemment, nerveux comme il l'était ! Et avait-il besoin, en plus, de ces souvenirs qui lui sautaient à l'esprit ?! En refaisant le numéro il eut la vision fugitive de son père le regardant manquer pour la première fois à la ponctualité, à la conscience professionnelle – les yeux de son père sur lui, sévères et réprobateurs…

Tout en écoutant la sonnerie, Denis grommela entre ses dents : « Ma femme s'est tirée, j'annule tous mes rendez-vous, je vais tuer mon seul ami, et je t'emmerde, papa. » Puis, d'une voix ferme, il laissa le mes-

sage qui lui octroyait deux jours de liberté pour
« affaires personnelles importantes à régler ». Il appela
ensuite un taxi.

Retraversant l'appartement à toute vitesse pour s'en
aller, il ne put éviter de passer devant le petit salon. La
lumière était restée allumée depuis la veille. La suspension éclairait d'une lumière crue, comme un projecteur
met en valeur un détail pour qu'il saute aux yeux, la
lettre de Florence abandonnée au milieu de la table. Les
pattes en métal noir de l'araignée semblaient offrir au
regard ce rectangle de papier sur un luxueux plateau
transparent, les chaises en cuir blanc bien rangées tout
autour, au garde-à-vous.

Denis s'arrêta, dents serrées, tout son corps tendu au
point de trembler légèrement, détaillant d'un œil aigu,
dans l'entrebâillement de la porte, ce tableau digne
d'une mise en scène avant-gardiste autour du papier
fatal. Quelque chose de sinistre et de cruel dans ce
décor l'agressa.

Il fit deux pas, éteignit la lumière. Il eut conscience
une seconde d'accomplir un geste symbolique, presque
théâtral. Après l'avoir mise dans l'ombre, il tourna les
talons et laissa derrière lui la parfaite ordonnance de
toute une partie de sa vie.

Il était déjà assis depuis deux heures dans l'avion qui l'emportait vers Dakar et il ne parvenait pas à se calmer. Pourtant, tout s'était magnifiquement déroulé pour qu'il soit là. Il était arrivé à temps et il y avait de la place sur le vol. Après le décollage, il s'était installé tout au fond de la carlingue, où il n'y avait pas grand-monde, au lieu de rester coincé entre deux autres passagers à l'avant. L'état de nerfs dans lequel il était le rendait littéralement électrique, une telle promiscuité eût été difficilement supportable. Là, avec trois sièges pour lui tout seul et personne devant, il était mieux – dans la mesure que lui permettaient les circonstances, bien sûr…

Il essayait de toutes ses forces de ne pas penser à Florence, de ne rien supputer de ce qu'elle vivait de son côté, et avec qui, de repousser la douleur aussi. Pendant cinq heures d'immobilité forcée, ça allait être dur. Et il serait, évidemment, incapable de dormir.

Aussi, quand l'hôtesse passa avec son chariot pour offrir un apéritif avant le plateau-repas, il choisit un whisky, le fameux anesthésique préconisé par Pierre. Il lui parut minuscule et il en prit hardiment deux autres lorsque l'hôtesse revint. Il tenta de manger un des trucs sous cellophane qu'elle avait posés devant lui, mais il s'arrêta à la troisième bouchée, l'estomac révulsé. Ce n'était pas si mauvais, il lui était simplement impossible d'avaler quelque chose. «Sauf de l'anesthésique!» pensa-t-il en attaquant sa troisième petite bouteille.

Il n'avait éprouvé aucun sentiment de honte en les réclamant à la jeune femme, aucune gêne. C'était nouveau. Et il n'aurait aucun scrupule à en réclamer d'autres s'il ressentait le besoin de quelques doses supplémentaires. Il pensa: «J'annule toutes mes consultations, je pars en Afrique pour me battre, je bois du whisky dès le matin et j'en boirai toute la journée si je veux – Florence, tu vas faire de moi ce que j'ai évité d'être depuis ma naissance: un mauvais garçon.»

Cette idée le fit ricaner. «Un mauvais garçon!» C'était drôle. Il gloussait en terminant sa troisième bouteille. Puis il se vit, dans cet avion, complètement déconnecté, partant pour Dakar sans être certain d'y trouver Romain. Il faisait vraiment n'importe quoi et se sentait capable de bien pire, avec un «je-m'en-foutisme» total. Ah, voilà! C'était plutôt ça, se dit-il en se rappelant soudain cette expression de son père, qui nommait ainsi les gens pour lesquels il avait le plus de mépris: «Des je-m'en-foutistes.» C'était pire que «mauvais garçon».

«Florence, tu es en train de faire de moi un je-m'en-foutiste, papa va être content!»

Il pouffa, plié en deux sur son siège, et fut saisi d'un fou rire imbécile, un vrai fou rire qui lui tordit le ventre. Il hoquetait, tout seul, au fond de cet avion, en retenant des gémissements d'hilarité, des larmes roulant sur ses joues. Il s'arrêta au bord de la crise de nerfs, s'appliquant à respirer profondément, à juguler les contractions qui lui crispaient douloureusement le plexus, rechutant plusieurs fois dans son fou rire dément. Il en avait mal au ventre et se retrouva couvert de sueur, épuisé. Entre deux crises, il se dit très lucidement: «Je suis en train de péter les plombs.»

Ce n'est qu'en allant aux lavabos se passer de l'eau

sur le visage qu'il réussit à stopper ces crispations hystériques, à recouvrer un certain empire sur lui-même. Il ne put éviter, alors, son image dans le miroir, au-dessus du robinet. Cette vision de lui-même fut encore plus efficace que l'eau froide, et toute envie de rire le quitta immédiatement.

Jamais il ne s'était vu une tête pareille. Il n'avait même pas de peigne sur lui, ni rasoir ni brosse à dents, bien sûr, et ses vêtements étaient des chiffons. Tout à l'heure, quand les plateaux du déjeuner seraient ramassés, il pourrait réclamer un sommaire nécessaire de toilette, ou l'acheter en duty-free. Pour le moment, il mouilla ses cheveux et les coiffa rapidement avec ses doigts, à défaut de mieux. Il y avait une bouteille d'eau de Cologne à la disposition des passagers. Il s'en aspergea le cou, les mains, et se sentit presque civilisé.

Il regagna son siège pour attendre la fin du service. Il était inutile, maintenant qu'il était un peu rafraîchi, de déranger les hôtesses en urgence. Il leur demanderait, aussi, une petite couverture pour la mettre sur ses épaules. Avec cette manie qu'ils avaient partout, surtout dans les avions, de mettre l'air conditionné à la température la plus basse, il était gelé. La retombée de nerfs aidant, il frissonnait. Mais, au regard de ce qu'il vivait, ce n'était pas bien grave…

Il appuya sa tête sur le dossier pour attendre, respira un grand coup et s'endormit comme une masse, instantanément.

Ce fut d'abord un trou noir dans lequel il s'enfonça profondément. Plus de pensées, plus de douleur, plus de soucis, même plus de Florence dans cet abîme d'oubli dans lequel il sombrait. Il s'y perdit tout à fait.

Et le rêve vint.

Il commença par deux sensations, vaguement éprouvées au début : le froid et une lueur blanche à travers ses paupières. Sensations qui s'amplifièrent jusqu'à devenir gênantes, puis une presque souffrance, au point que, dans son rêve, il ouvrit les yeux pour savoir d'où venaient cette clarté et ce froid torturants.

D'abord il ne vit rien, ébloui par une lampe qui dispensait une lumière crue, juste au-dessus de lui. Il tenta d'écarter sa tête pour échapper au terrible faisceau lumineux qui lui blessait les yeux, mais il ne pouvait pas bouger. Il était allongé, nu, sur une surface dure et glacée qui dispensait un froid terrible à tout son corps – un froid paralysant puisqu'il était incapable d'un mouvement, cloué là, immobile et impuissant.

Avait-il eu un accident ? Était-il attaché sur une table d'opération ? Il lui semblait reconnaître l'impitoyable lumière utilisée en chirurgie, une lumière qu'il connaissait bien, et pour cause, mais qu'il n'avait jamais eu à subir, lui, dans cette position. Qu'est-ce qui lui arrivait ?

L'angoisse en même temps que la douleur montaient en lui, quand tout à coup – l'intensité de la lumière avait-elle baissé ? Avait-il pu légèrement bouger la tête ? – il reconnut le décor qui l'entourait. Il le reconnut très précisément, avec tous ses détails familiers, mais vu sous un angle pour le moins inhabituel : il était couché sur le plateau de verre de sa belle table, dans son salon, et c'était la lumière de la suspension qui l'aveuglait, celle-là même qu'il avait éteinte avant de partir.

Malgré sa position inconfortable, son impossibilité de se mouvoir, il fut un instant rassuré de se savoir chez lui et non à l'hôpital. Il n'eut pas le loisir de se poser de plus amples questions ni de s'inquiéter davantage de son immobilité forcée, car il entendit des voix, plusieurs voix, qui devenaient de plus en plus présentes, dominées par celle d'un homme, plus forte. On s'approchait de lui, il en était certain. L'ennui était qu'il ne pouvait toujours pas bouger la tête et donc savoir qui étaient ces gens qui venaient le voir, nu, dans son propre salon, couché comme un rôti au milieu de sa table. Et ça discutait, à côté de son corps glacé, d'une manière presque mondaine, sans qu'il puisse comprendre, non plus, ce qui se disait.

Au prix d'un effort surhumain, il parvint à tourner légèrement son visage vers ses visiteurs et, soudain, il put voir et entendre très clairement.

Pierre était là, tout à côté de lui, et le considérait, les mains appuyées sur le bord du plateau de verre, hochant la tête d'un air dubitatif. Il portait sa robe de chambre en soie écossaise, toujours largement ouverte sur son torse poilu. Il était à peu près dans le même état négligé que lorsque Denis l'avait quitté, quelques heures auparavant. Le seul détail incongru – qui devint très vite inquiétant – était que, en guise de pochette, un faisceau de bistouris dépassait de la poche de poitrine qui ornait le peignoir, un bouquet de petites lames variées, longues, courtes, ainsi que quelques crochets et pinces diverses que Denis connaissait bien pour s'en servir journellement, et qui menaçaient dangereusement de s'échapper de la petite poche béante alors que Pierre se penchait sur lui.

Denis s'aperçut alors que non seulement il ne pouvait pas se mouvoir, mais qu'il ne pouvait pas parler. Aucun son ne sortit de sa bouche lorsqu'il tenta de s'exprimer. Il n'arrivait même pas à bouger les lèvres, alors que Pierre se mettait à discourir, s'adressant aux personnes qui étaient autour de lui, sur le ton d'un professeur donnant un cours, tout en regardant de haut l'être qui gisait sur la table, avec autant de froideur et d'indifférence que s'il s'agissait d'un vulgaire steak, ou d'un corps mort…

«Cela peut paraître incroyable mais, à notre époque, malgré l'avancée de la médecine et toutes nos connaissances actuelles, nous n'avons toujours pas élucidé le mystère qui a préoccupé tous les anciens. Eh non ! Nous ne l'avons pas encore trouvé ! Depuis l'Antiquité, les plus grands maîtres ont cherché en vain. Était-ce du côté du cœur ? Certains penchèrent vers le poumon, pensant que cette chose impalpable, indéfinissable, introuvable, pouvait s'apparenter à la respiration puisqu'elle quittait les mourants en même temps que le souffle. Quand vint, après tous les obscurantismes superstitieux du Moyen Âge, l'ère de la raison et de la pensée toute-puissante, on crut qu'elle se cachait dans les circonvolutions du cerveau... »

Denis, cloué sur sa table comme une grenouille de laboratoire, voyait Pierre gesticuler, grandiloquent, les bistouris s'entrechoquant dans sa petite poche, juste au-dessus de lui. Malgré l'inquiétude grandissante qu'il ressentait – légitime, vu la situation – il écoutait attentivement les propos énoncés par Pierre, pensant : « De quoi se mêle-t-il, cet olibrius ? Comment ose-t-il discourir sur un sujet qu'il ne connaît pas ! Et d'ailleurs, de quoi parle-t-il exactement ? »

Pierre continuait à pérorer, avançant quelques noms de philosophes, puis de précurseurs en médecine et en chirurgie – notamment celui qui, pour la première fois, ouvrit un crâne humain en espérant y trouver...

Denis avait compris avant même que Pierre prononçât le nom de cette chose impalpable, mystérieuse, dont ils avaient tous désespérément cherché le siège : l'âme ! Voilà le sujet sur lequel cet imbécile se permettait de faire le savant, lui qui ne connaissait rien à rien !

Denis, toujours impuissant, était outré et glacé d'horreur, d'autant qu'il distinguait mieux à présent les silhouettes qui entouraient Pierre et qui portaient, très classiquement, blouses blanches et masques sur le bas du visage, comme si son salon était véritablement une salle d'opération... Et l'autre clown en peignoir à carreaux, au-dessus de lui, qui prenait à présent un ton incantatoire !

« ...Mais nous n'avons pas dit notre dernier mot !

Poitrine, cœur ou cerveau, où réside-t-elle ? Nous le saurons bientôt car, mes amis, nous avons l'honneur de la rechercher pour la première fois dans un être VIVANT ! Elle ne pourra nous échapper… »

Pierre s'empara alors du plus long et fin de ses bistouris, le sortit de sa pochette avec un geste de prestidigitateur et se pencha lentement sur Denis avec un air gourmand.

Celui-ci, ayant enfin compris ce qui l'attendait, la finalité de cette scène macabre, hurlait de terreur, sans qu'un son ne puisse sortir de lui. Il restait inerte, bien qu'habité par une immonde panique. Il voyait le visage de Pierre s'approcher, s'approcher, et celui-ci, quittant son ton professoral, s'adressa tout à coup à lui sur un mode complice et confidentiel, chuchotant : « T'inquiète pas, mon grand, tu ne sentiras pas grand-chose, ça va être vite fait. Tu seras bien mieux APRÈS… »

Et Denis de hurler, hurler intérieurement en vain, tandis que Pierre lui saisissait le bras…

– HAAAA !

L'hôtesse fit un bond en arrière. Dans l'avion, Denis avait carrément sauté en criant lorsqu'elle lui avait touché l'avant-bras pour le réveiller. Il la fixait à présent, l'air hagard, le souffle court. Elle n'osait plus s'approcher de lui et le regardait avec stupéfaction, son petit chapeau de travers.

– Pardon, je vous ai fait peur.

– Oui… Non… Je rêvais.

– Je suis désolée, mais il faut attacher votre ceinture, nous avons amorcé notre descente vers Dakar.

La sortie de l'avion, l'arrivée à l'aéroport furent pour Denis une série de chocs. Dès l'ouverture de la porte, sur la passerelle, il prit de plein fouet la chaleur de l'air, l'indéfinissable et puissant parfum africain. Les quelques pas qu'il fit sur la piste, avant d'atteindre l'aérogare, suffirent à l'épuiser tant le soleil cognait impitoyablement bien que le ciel soit brumeux, d'un jaunâtre poussiéreux. La saison des pluies avait commencé et Denis avait peine à respirer dans cette touffeur brûlante.

Le béton et le carrelage du bâtiment, avec les grandes pales des ventilateurs tournant au plafond, lui semblèrent, par contraste, un havre de fraîcheur. Mais le soulagement ne dura que quelques secondes car le bruit, la foule, la manière de parler des gens l'agressèrent. Un autre avion avait dû atterrir juste avant celui de Paris et il y avait déjà deux énormes files d'attente pour passer le contrôle douanier. Toute une famille, autour de lui, moitié dans une file moitié dans l'autre, échangeait des paquets, des bébés, par-dessus sa tête, en lui hurlant littéralement aux oreilles. C'était sympathique, chaleureux, extrêmement vivant, mais la réserve naturelle de Denis – un quant-à-soi peut-être encore plus prononcé chez lui que chez d'autres Occidentaux – en souffrait. Il avait oublié à quel point les Africains savent remplir l'espace de leurs gestes et de leur voix. Il en était suffoqué. « J'ai voyagé, pourtant… » se dit-il, à ce point dépaysé qu'il en était au bord du malaise. Au bout d'un quart d'heure, il aurait donné n'importe quoi pour un verre d'eau et une minute de silence.

Une fois passé le guichet, il arriva enfin dans le hall, laissant avec soulagement un amas humain s'agglutiner pour prendre les bagages, alors qu'il se hâtait vers la sortie les mains vides, passeport, carte de crédit et argent liquide tenant dans une seule poche. Il se sentit un instant incroyablement libre et léger.

Il s'apprêtait à franchir les portes de verre qui donnaient sur l'extérieur de l'aérogare, cherchant des yeux ce qui aurait pu ressembler à une station de taxis, quand deux grands gars l'abordèrent, deux autochtones assez jeunes et extrêmement joviaux. L'un d'eux était vêtu à l'européenne, avec jeans, tee-shirt, Reeboks dernier cri et l'inévitable casquette sur la tête, l'autre en costume traditionnel coloré, un bonnet de laine tricotée enserrant sa chevelure crépue.

– Taxi, toubab ?
– Taxi, oui. Merci.
– On va prendre tes bagages, patron ?
– Pas de bagages.

Denis ne douta pas une seconde que ces jeunes gens, souriant de toutes leurs dents blanches, ne soient des chauffeurs obligeamment venus accueillir leurs clients jusque dans l'aérogare pour leur épargner d'avoir à chercher la station. Il leur emboîta le pas sans hésiter, s'étonnant toutefois que le taxi ne soit pas garé le long du trottoir mais plus loin, à l'écart…

« C'est l'Afrique ! » se dit Denis, tâchant de se mettre dans le bain, de prendre tout exotisme du bon côté, honteux d'avoir éprouvé un mal-être au bord de l'intolérance avant de passer la douane.

Il s'installa à l'arrière, dans un tas de ferraille antédiluvien, l'un des jeunes gens claquant la portière avec un bon coup de pied, pour la persuader de rester fermée. Il était assis sur une vieille couverture qui cachait mal une banquette éventrée, et les sièges avant étaient dépareillés. Les deux gars s'engouffrèrent à leur tour dans le véhicule, regardant bizarrement autour d'eux avec inquiétude. Le conducteur démarra immédiatement, tandis que son copain, sur le siège passager, se tournait vers Denis, affichant de nouveau un placard blanc qui devait compter le double de dents qu'à l'ordinaire. Il demanda, avec un délicieux accent chantant :

– Et où tu vas, mon ami ?

– À l'hôtel Méridien, s'il vous plaît.

– Pas de problème !

C'était parti, après une explosion du pot d'échappement et un double cahot, sorte de ruade du moteur qui envoya Denis dinguer au plafond de l'engin.

Ils sortirent de la zone aéroportuaire et s'engagèrent, après un virage sur l'aile, dans une avenue poussiéreuse et presque déserte. L'acolyte du chauffeur se retourna de nouveau vers Denis, de plus en plus jovial, et dit :

– Alors, patron, tu nous donnes combien pour te conduire à l'hôtel, 50 000 ?

Denis, qui avait tout de même commencé à s'étonner de tout cela – et pourquoi, d'abord, y aurait-il au Sénégal deux chauffeurs au lieu d'un ? – s'aperçut qu'il n'y avait pas de compteur, qu'il n'avait donc pas affaire à un taxi officiel, mais qu'il avait été embarqué par deux péquins locaux comme le plus vulgaire des touristes à plumer. Il se rebiffa. Il voulait un taxi, rien d'autre, qu'ils le ramènent illico à l'aéroport, ils n'auraient pas un sou de lui !

– Ne te fâche pas, patron, t'es dans la voiture du bonheur ! On est très gentils, on gagne notre vie, tu sais. Tiens, pour 40 000 francs CFA on te fait visiter Dakar avant de…

Denis se mit immédiatement à hurler. Il voulait qu'on le ramène là-bas, point, sinon il allait appeler les flics, sauter de la voiture ! Il faut dire qu'une certaine panique s'était emparée de lui, ne sachant pas où ces deux gars l'emmenaient ainsi à fond de train dans leur véhicule brinquebalant, et les circonstances faisant qu'il n'était plus tout à fait maître de ses nerfs.

Le type au bonnet de laine et aux quatre-vingt-dix dents était à présent à genoux sur le siège avant et tentait de calmer Denis, attrapant son bras pour le ramener à la raison et l'empêcher de gesticuler dans tous les sens.

— OK d'accord, OK d'accord, on te ramène, t'énerve pas comme ça, on va avoir un accident. Mais, tu sais, pour 20 000 francs…

Denis perdit tout contrôle et commença de secouer la portière arrière dans le but évident de l'ouvrir en marche, tout en regardant s'il ne voyait pas un policier en maraude sur le bord de la route.

Cependant, tandis que son copain tentait de calmer ce fou qui allait achever de détruire leur précieuse voiture, le gars qui conduisait avait opéré un large virage pour se garer sagement le long d'un trottoir. Denis, hors de lui, couvert de sueur, s'aperçut alors qu'ils étaient au pied de l'hôtel Méridien, imposant immeuble moderne qui se dressait droit devant lui…

Un silence se fit dans l'habitacle. Les deux types, sans plus marchander quoi que ce soit, considéraient Denis avec une désolation qui confinait à la pitié. Le chauffeur sortit pour ouvrir la portière arrière efficacement bloquée par le coup de pied, tandis que le gars au bonnet de laine, ses dents blanches rengainées derrière une mimique affligée, se permettait un commentaire plein de sollicitude :

— Tu sais que tu fais bien de prendre des vacances au Sénégal, toubab. T'en as besoin !

Denis ne disait plus rien, tremblant, stupide. Les deux copains l'extirpèrent de la voiture avec autant de pré-cautions que s'il s'agissait d'un très vieux monsieur, ou d'un malade. Ils s'apprêtaient à le quitter, ayant renoncé à réclamer quoi que ce soit à un homme dans cet état.

Alors Denis, l'œil déjà irrésistiblement attiré par l'en-trée de l'hôtel, fouilla machinalement dans sa poche, en tira la petite liasse qu'il avait prise dans le tiroir de son bureau avant de partir de Paris, et, ne trouvant pas de petite coupure, leur tendit royalement un billet de 50 euros.

Il fut remercié avec exubérance, aussi chaleureusement que s'il avait été un roi du pétrole, et escorté quelques mètres par les deux copains redevenus on ne peut plus volubiles, toutes dents à nouveau dehors – on pouvait revenir le chercher à n'importe quelle heure, même la nuit, pour aller où il voulait ! Leur cousin avait un restaurant où il mangerait la langouste la moins chère de la côte ! Un de leurs oncles pouvait fournir des antiquités, des masques. Il aimait les masques africains ?

Mais Denis n'écoutait plus rien, se dirigeant, l'œil fixe, vers l'entrée de l'hôtel. La vue du portier fit fuir les deux compères qui remontèrent dans leur voiture sans demander leur reste, ayant gagné – la vie ne réserve-t-elle pas de merveilleuses surprises et cette voiture n'était-elle pas celle du bonheur ? – de quoi faire vivre une famille entière à Dakar pendant plus d'une semaine.

Il régnait dans le hall de l'hôtel, par contraste avec l'atmosphère du dehors, une température qui semblait proche de celle des congélateurs. Une décoration aseptisée, impersonnelle, internationale en somme, rendait l'endroit semblable à n'importe quel hôtel moderne dans le monde. L'Afrique, la vie de Dakar, au-delà des vitres, devenait irréelle.

Cette saute d'ambiance et les vingt degrés de moins qu'à l'extérieur furent un nouveau choc pour Denis. Pétrifié au milieu du hall, il essayait de reprendre ses esprits, de maîtriser le frémissement de son corps – effet du froid soudain ? Ou celui de cette panique qui l'avait saisi dans la voiture des deux gars ? – tout en cherchant le moyen de surprendre Romain. Denis craignait qu'un employé se mêle de l'avertir d'une visite lorsqu'il demanderait le numéro de sa chambre. Assez d'atermoiements, d'intermédiaires, de bâtons dans les roues, sans compter les milliers de kilomètres parcourus ! Il devait se trouver face au traître directement et le plus vite possible, dut-il défoncer une porte pour cela !

L'œil rivé sur la réception à dix mètres devant lui, entièrement concentré sur son but, Denis ne vit pas Romain arriver lentement dans son dos – un Romain si stupéfait de sa présence qu'il s'arrêta à quelque distance, fixant cette silhouette avec incrédulité. Sans doute pensa-t-il même s'être trompé. Denis ne pouvait pas être ici, c'était quelqu'un d'autre, un sosie ! – car il amorça un mouvement pour poursuivre son chemin. Mais il s'arrêta de nouveau, son visage exprimant un degré supérieur dans la surprise. Il fit deux pas vers l'apparition, cou tendu, sourcils froncés, et articula timidement, presque tout bas, croyant encore à quelque méprise :

– Denis ?

Denis se retourna et il y eut entre les deux hommes un extraordinaire instant suspendu. Dans un état aussi lamentable l'un que l'autre, n'ayant dormi ni l'un ni l'autre, ils se regardaient sans ciller, dans une immobilité parfaite de duellistes avant le combat.

Le premier échange, extrêmement rapide, eut lieu à mi-voix et cessa après quelques mots. Ce fut Romain qui ouvrit la bouche en premier, comme on ouvre le feu.

– Qu'est-ce que tu fais là ?

– Je suis venu te foutre mon poing dans la gueule.

– C'est trop tard.

Denis vacilla. Son adversaire avait fait mouche. Malgré la colère qui l'habitait, Denis ne pouvait que reconnaître cette évidence : c'était indubitablement trop tard, sans qu'il soit besoin de préciser si c'était trop tard maintenant, hier, il y a vingt ans de cela ou plus encore. C'était trop tard. Point. L'intelligence est toujours un frein au défoulement… Il se reprit vite, néanmoins, et récupéra une hargne intacte, quoique toujours sourdement contenue, pour demander à Romain :

– Florence est avec toi ?

– Florence ? !

– Où est-elle ?

Cette fois la voix de Denis résonna dans le grand hall glacé, courte rafale de mots lâchés avec violence, et ce fut à Romain de vaciller à son tour. Il sembla perdre le souffle une seconde, plissa des yeux pleins d'incompréhension.

– Mais… je n'en sais rien.

– Si tu mens, je te tue, Romain ! Où est-elle ?

En quelques minutes à peine, sans que ni l'un ni l'autre ne bouge d'un centimètre, tout fut dit. Denis raconta la lettre de Florence, les placards vidés, ses soupçons. Romain, jamais en reste de franchise, avoua en retour son souhait de vivre avec Florence, la proposition qu'il lui avait faite au cours de la soirée, et comment il avait été durement éconduit.

– … Si j'avais pu l'emmener avec moi, je te jure que je n'aurais pas hésité, Denis. Mais pas comme ça. Pas à la sauvette. Je t'aurais parlé, tu me connais.

Denis n'était pas bien certain de connaître encore ce type qui lui faisait face et qui, même s'il disait vrai et que Florence ait refusé de le suivre, avait trouvé le moyen de bousiller sa vie conjugale en quelques heures.

– Tout ça est de ta faute, de toute manière. Ça ne peut être qu'à cause de toi qu'elle est partie ! Qu'est-ce que tu as été lui raconter ?

Romain se défendit, avec la plus grande sincérité, paumes ouvertes, regard franc. Mais Denis, les nerfs à vif, ne démordait pas de sa méfiance. Il ricana :

– OK, tu es blanc comme neige ! Trois heures en tête à tête et tu ne lui as rien dit, OK ! Sauf de me quitter pour partir avec toi, mais ça c'est une broutille, un propos de salon, hein ? !

– Je te répète qu'elle m'a rejeté ! Elle m'a dit des choses très dures, très… difficiles à entendre.

– Ah oui ? Quoi ?

– Qu'elle ne voulait plus jamais me voir, entre autres.

– Elle a raison, tu es un homme dangereux.

– Arrête, Denis…

– Mais elle, alors ? Qu'est-ce qu'elle t'a dit ? ! Du mal de moi ? Elle s'est plainte de notre vie ?

– Au contraire. Elle m'a parlé de votre couple avec tendresse. Tu es, paraît-il, un mari merveilleux.

– C'est vrai.

– C'est ce qu'elle m'a dit.

– Tu mens.

– Je ne mens pas. Tu le sais.

– On ne quitte pas, à brûle-pourpoint, au milieu de la nuit, un mari merveilleux ! C'est à cause de toi !

– Non, Denis, non…

Encore quelques phrases et Denis fut convaincu que Romain ne lui cachait rien. L'explication du départ de sa femme ne lui serait pas donnée ici. Alors la colère l'abandonna et il se tut. Romain se tut aussi. Ils baissèrent l'un et l'autre des fronts soucieux, chacun dans ses pensées, un instant de nouveau frères dans une angoisse parallèle. Ils songeaient à Florence. Au bout d'un long moment, c'est Romain qui murmura :

– Pourquoi elle a fait ça, bon sang, pourquoi… ?

Denis eut en écho un geste vague d'ignorance et de désarroi et ils continuèrent à se taire.

Des gens passaient autour d'eux, trimbalant des valises, s'interpellant en anglais, en français. Deux Africains, avec des costumes stricts et des attachés-cases ouverts à leurs pieds, compulsaient des papiers, des contrats peut-être. Des touristes se préparaient à des excursions, des affaires se négociaient, autour de ces deux hommes debout face à face, des messieurs ordinairement soignés, responsables et respectés, éminent chercheur et chirurgien de renom, qui étaient pour l'heure chiffonnés, hagards, entièrement absorbés par un souci sentimental, et en ce sens – cela les eût peut-être réconfortés s'ils avaient été capables de s'en rendre compte – aussi déraisonnablement romantiques qu'au temps de leur jeunesse.

Romain, apparemment moins abattu, passa une main sur ses yeux et soupira :

– On n'a pas dormi...

– Non.

– Tu n'as rien mangé, toi non plus, depuis hier ?

– On s'en fout.

Il y eut un temps, encore. Ils semblaient d'accord sur ce point, méditèrent la chose quelques secondes. À moins qu'ils n'aient savouré, malgré la situation, l'arrêt d'une hostilité qui seyait mal à leurs caractères. Ils retrouvaient leur nature peu portée à l'agressivité avec un certain soulagement. Quoique Denis, abandonné par une violence qui le soutenait, paraisse tout à coup brisé, atteint par un profond découragement. Il murmura dans un souffle :

– J'ai besoin d'un café...

– Non, il nous faut mieux que ça : un bon *thieb bou diene*.

– Merci, j'ai assez bu d'alcool.

– C'est le plat national. Du poisson et du riz, ça ne risque pas de nous saouler. Viens, je t'emmène chez Demba...

Romain, sans attendre que Denis le suive, partait déjà vers la porte de l'hôtel. Il foulait la surface brillante du sol de ses solides enjambées de paysan. Denis voyait sa silhouette massive se découper sur la vitre qui isolait le hall de la ville, une silhouette qui semblait mangée par la lumière aveuglante de l'extérieur à mesure que Romain s'éloignait. Encore quelques pas et il sortirait de l'espace artificiellement rafraîchi et aseptisé pour plonger dans le monde du dehors, plein de cris, de misère et de danses, d'enfants dépenaillés et joyeux, de rencontres hasardeuses ou magiques, dans la chaleur torride d'Afrique et la poussière apportée du désert par le vent.

Denis, regardant s'éloigner Romain, ne pouvait s'empêcher de noter la fermeté de ce dos, de cette nuque, l'admirable décision de ce pas de découvreur, capable d'arpenter n'importe quelle terre étrangère sans crainte, l'inimitable dégaine des hommes qui se sentent chez eux partout dans le monde.

Là, de dos, il reconnaissait Romain dans toute sa vérité, tel qu'il l'avait toujours connu, aimé et admiré, depuis qu'ils s'étaient rencontrés au hasard d'un changement d'école vers leur douzième année… Et trente ans après, Denis éprouvait le même déchirement intérieur face à cette personnalité, douloureusement écartelé entre la jalousie envers cette force, cette puissance d'allant qu'il ne possédait pas lui-même – ah, qu'il aurait aimé être capable de marcher hardiment vers des horizons inconnus ! Qu'il enviait ce pas libre, lui qui se savait prudent, incertain, mesuré ! – et l'irrésistible envie de se laisser entraîner, de s'épauler à cette force, d'y puiser un peu d'intrépidité, de sens de l'aventure. Il éprouva exactement cela, le même sentiment qu'en son adolescence, au milieu de ce hall, en ce dimanche absurde où il avait fait six mille kilomètres absolument pour rien, ou juste pour ressentir à nouveau ce déchirement, cette lutte intérieure en constatant cette disparité entre lui et l'autre, cet antagonisme qui était le fondement même de leur amitié – du moins qui pouvait l'être, qui pourrait peut-être l'être encore, s'il se décidait à lui emboîter le pas…

Denis balança quelques secondes. Il jeta un regard à la réception de l'hôtel, derrière lui. C'était simple : il n'avait qu'à traverser la moitié de ce hall, demander l'heure du prochain vol pour Paris, en tournant résolument le dos à ce type qui allait toujours son chemin sans attendre personne, sans se retourner, bousculant au passage tout ce qui pouvait entraver sa liberté. Qu'est-ce qu'il avait encore à faire avec lui ? Qu'est-ce qu'il aurait à dire à cet homme-là, si loin de lui à présent, et qui avait, de quelque subtile et indéfinissable manière, c'était certain, bouleversé sa vie en une soirée?

Une seconde interminable à éprouver le plus fort du déchirement – soit rester dans l'ordre, la propreté rassurante de l'hôtel, passer de son air conditionné à celui de l'avion, soit parcourir la moitié du hall dans l'autre sens, plonger dans la fournaise, dans l'aveuglement de la lumière africaine et suivre Romain ne serait-ce que quelques heures, pour il ne savait quoi, n'importe où…

Denis tourna la tête vers Romain. Ce dernier était déjà à l'extérieur. Il s'était arrêté sur le seuil de l'hôtel, juste derrière la porte vitrée, solidement carré sur ses jambes comme à son habitude, immobile, les deux mains dans les poches. Il regardait l'avenue, droit devant lui. Il attendait.

Que Denis se décide à le rejoindre.

Ou qu'il ne vienne pas.

Dans quelques instants, si personne n'était arrivé à ses côtés, sans même jeter un regard en arrière – Denis le connaissait assez pour le savoir – il aurait compris et s'en irait vivre sa vie, chez Demba ou ailleurs, seul.

Encore une seconde à peine et Denis avait décidé d'aller vers Romain. Il pensa à ce que lui avait dit Pierre à propos de leurs dialogues d'imbéciles qui prétendaient ignorer les rivalités, leur tolérance « à la mords-moi-le-nœud » qui avait fait rigoler l'université entière… Avec une autodérision qui le soulagea d'un dernier doute, balaya l'ultime hésitation, il se dit : « Eh oui, Pierre, je ne vais pas prendre sagement un petit café pour discuter avec Romain, je vais carrément déjeuner avec lui. Ce n'est pas encore aujourd'hui que je respecterai la loi de la jungle, même en Afrique, que je pisserai sur mon territoire, et que je deviendrai un homme comme tu l'entends, un vrai de vrai ! »

Mais peut-être, avant de sortir de l'hôtel, pourrait-il se renseigner sur l'horaire d'un vol éventuel dans la soirée ? Il y renonça. Ce serait trop long – Romain, homme impatient entre tous, serait capable de partir sans l'attendre, croyant que Denis choisissait de ne pas le rejoindre... Cette pensée, ressentir à nouveau cette dépendance au tempérament de l'autre, agaça fortement Denis. Pourtant il se dirigea résolument vers la porte vitrée, vers Romain qui n'avait pas bougé.

Dès qu'il sentit Denis à ses côtés, Romain dit :

– Je n'ai pas encore de voiture, tu te sens de marcher ?

– On peut, oui.

– On en a quand même pour une bonne demi-heure à pied. Si tu es trop fatigué, on prend un taxi.

– Non. Je préfère marcher.

Après que Romain eut lancé un coup d'œil vers le soleil, encore ardent mais légèrement voilé par un ciel brumeux, et dit « Il n'est plus très méchant à cette heure, on peut se passer de chapeau sans risque... », ils se lancèrent dans la chaleur.

Denis, moins accoutumé que Romain aux climats exotiques, un peu suffoqué par l'atmosphère étouffante de cette presque fin juin, marchait la tête rentrée dans les épaules, yeux plissés pour les protéger de la luminosité, bouche ouverte sur une légère grimace d'effort. Après quelques pas, pour dire quelque chose, renouer le contact d'une manière anodine, Denis raconta à Romain son trajet depuis l'aéroport dans la voiture des deux gars, et sa méprise.

Il était déjà pourtant venu là avec Florence, il y avait une bonne dizaine d'années, et ils n'avaient rien vécu de tel. Le pays avait changé peut-être ?

Romain sourit.

– Les gens sont toujours formidables et chaleureux, mais à l'aéroport, il faut bien se dire que chaque étranger qui débarque est un porte-monnaie ambulant. La vie est dure, ici. Ils se débrouillent comme ils peuvent. Évidemment, en voyage organisé, on vous a évité ce genre de désagrément.

– Qui t'a dit que nous étions en voyage organisé ?

– Vous n'étiez pas en voyage organisé ?

– Si.

Denis regretta instantanément d'avoir ouvert la bouche et une colère sourde renaquit en lui. Il fixait le trottoir. Aucune raison de se soucier du chemin qu'ils empruntaient, il ne savait pas où Romain l'emmenait et ce qu'il y avait à voir autour d'eux lui semblait particulièrement laid. Des carrés de béton, immeubles modernes incongrûment posés au milieu de la poussière, de rares plantes faméliques couvertes de sable jaune, censées agrémenter les avenues vides, rien d'assez charmant pour le distraire de ses pensées. Et cet air brûlant à ingérer à chaque inspiration, un air pesant, à sécher n'importe quelle envie de douceur, un air à devenir hargneux si on ne se laisse pas anéantir par lui.

Denis était obligé de marcher trop vite pour suivre Romain. Ce gars-là, avec ses enjambées monstrueuses, devançait toujours tout le monde de deux pas. Impossible de cheminer tranquillement à sa hauteur. Ce n'était pas volontaire de sa part, du moins ça ne le paraissait pas – un peu comme ces gens, sur autoroute, qui accélèrent instinctivement quand ils sentent qu'on va les dépasser. Ils n'y pensent même pas, c'est leur caractère qui veut ça. Quelque chose de l'instinct sauvage, encore, là-dessous, et Denis, songeant à cela, se trouva ramené à ces fameuses lois de la nature qui l'agaçaient tant. Constater la puissance animale de ce bougre, là, obstinément et naturellement à un mètre devant lui, n'était pas pour calmer sa méchante humeur !

La sueur lui dégoulinait dans les yeux. Il avait du mal

à marcher si vite. Au point où en était l'état de son costume, Denis n'avait plus de scrupule à s'éponger d'un revers de manche. Il commençait à vraiment souffrir de la chaleur, ses yeux se brouillaient, la tête lui tournait un peu. L'autre, que rien ne gênait, lançait de temps en temps par-dessus son épaule un : « Ça va ? Tu tiens le coup ? » Que répondre d'autre que « Oui » ?

Romain ne semblait pas disposé à attaquer à présent une quelconque discussion. Il attendait qu'ils soient installés quelque part, ou il préférait rester plongé dans ses propres pensées, qui devaient être plutôt agitées, au train où elles le poussaient en avant !

Au moins, ils avaient atteint le bord de mer, où soufflait une légère brise, tiède, mais une brise tout de même. L'atmosphère était plus respirable qu'à l'intérieur de la ville, mais la luminosité, sur l'océan d'un curieux vert glauque, était terriblement dure à supporter. Température mise à part, cette mer houleuse rappelait plutôt à Denis le Tréport, ou certaines côtes ingrates des Charentes.

Alors cela revint en lui de très loin, abruptement, et très précisément : il se souvint avoir marché sur une autre route de bord de mer à la suite de Romain, sous une chaleur écrasante, aussi, avec le même malaise, la même sourde animosité. Il s'était trouvé exactement dans cette situation, avec les mêmes impressions, il y avait plus de trente ans de cela, lors de leurs premières vacances en commun, l'été de leurs treize ans…

Le jaillissement de cette réminiscence fut si fort que Denis en eut un coup au cœur. Il revit tout, ressentit tout de nouveau, comme si le temps avait été brusquement aboli. Plongé dans ce souvenir si précis, absorbé par sa puissance, le rapport évident avec ce qu'il vivait à cet instant, il s'écria tout à coup dans le dos de Romain :

— Je sais quand j'aurais dû te foutre mon poing dans la gueule !

Romain s'arrêta et le regarda, éberlué.

— Tu dis ?

— Te souviens-tu de nos premières vacances ensemble, dans ce camp de toile en dessous de La Rochelle ?

— Non.

— Ne me dis pas que tu ne te rappelles pas de ça ! On avait fait une comédie du diable pour passer l'été tous les deux. Mes parents étaient même allés chez toi pour convaincre ta famille de te laisser partir avec moi dans ce camp de jeunesse.

— Ah ? Peut-être, oui…

Denis se remit à marcher tout en parlant, fixant la route devant lui d'un œil un peu halluciné, cherchant à capter les images qui lui revenaient, la force de ce qu'il avait vécu à ce moment. Romain, désarçonné, le suivait, un peu en retrait à son tour. Il marchait en considérant avec étonnement le profil perdu de son compagnon.

— Au milieu du séjour, ils avaient organisé une sorte de jeu, une course au trésor, ou quelque chose comme ça. On faisait équipe, naturellement. Ils avaient passé un temps fou à préparer ce truc. On ne parlait que de ça depuis huit jours. Il y avait une semaine supplémentaire de vacances à gagner, je crois. Enfin je ne sais plus très bien quelle était la récompense, mais ça valait le coup, c'était important.

Romain écoutait Denis avec un étonnement de plus en plus grand, ne songeant pas à l'interrompre. Celui-ci poursuivait, le regard toujours fixé devant lui, lâchant ses phrases d'un ton précipité et presque monocorde, à la façon des médiums en transe – Denis, oui, vivait une sorte de transe à cet instant…

— Ils avaient planqué dans un arbre un objet assez lourd, encombrant en tout cas. Impossible de me rappeler quoi mais c'était pénible à transporter. Un vieil outil peut-être, je ne sais plus.

Romain, qui tombait des nues, n'aurait guère pu l'aider à préciser quoi que ce soit. Il semblait manifestement ne se souvenir de rien.

– ... On avait galéré toute la journée dans la cambrousse, à suivre un plan horriblement compliqué, avec des énigmes, des fausses pistes. Un vrai bordel de dingues. On crevait de chaud, on n'avait plus rien à boire ni à manger. Et enfin... On a trouvé le truc! On l'a trouvé! Nous deux! En équipe! C'est moi qui me suis décarcassé pour déloger le putain de bazar à ramener. T'étais trop lourd, trop épais, c'était coincé entre les branches. Mais j'y suis arrivé. On l'avait! On avait gagné! On a tiré à la courte paille pour savoir qui allait trimballer le bazar en premier et c'est tombé sur moi. Je venais de m'érafler les jambes et d'avoir eu un mal de chien à le décoincer d'entre les branches, mais c'est tombé sur moi. Tant pis. C'était la loi: on avait tiré au sort. Je ne sais pas si à cet instant-là j'ai tiqué sur le fait que je ne trouvais pas très gentil que tu ne me proposes pas d'inverser... Non, je ne sais plus. Je crois que j'ai trouvé ça normal, comme un bon imbécile discipliné.

Puis Denis reprit son récit d'un ton plus haut, avec une voix soudain éclaircie, presque gaie.

– Alors on a repris la route en sens inverse. Notre route triomphale vers la victoire! Tu marchais les mains dans les poches, le nez au vent, deux mètres devant moi, comme toujours. Au bout d'une heure, j'en pouvais plus, j'avais mal partout. T'as pas jeté un regard derrière toi pour voir si j'avais pas trop de peine à te suivre. Rien. À un moment, j'ai compté que j'avais largement dépassé la moitié du chemin à faire en me coltinant le truc... Et toi, pas un mot, tu continuais. T'avais l'air frais comme un gardon, le regard droit devant toi. Alors j'ai dit: «C'est à toi, maintenant, c'est ton tour», et j'ai posé le truc à mes pieds. Tu t'es retourné. Tu l'as regardé, le truc. Puis tu m'as regardé, moi. Et tu sais ce que tu m'as dit?

– Non.

Toujours sans regarder Romain, Denis ricana violemment, avec un coup de tête en arrière qui fit voler ses cheveux dans le vent chaud, et il poursuivit son récit d'une voix de plus en plus forte.

– Ah, il ne s'en souvient pas! C'est merveilleux!... Tu m'as regardé et tu as dit: «Moi, je ne porte pas ce truc, c'est ridicule.» J'ai pas cru ce que j'entendais. On avait gagné, bon sang! Je t'ai rappelé ça. Je crois que j'ai hurlé qu'après tout le mal qu'on s'était donné pour le trouver, on ne pouvait pas ne pas le rapporter, c'était aberrant, c'était... immoral! J'étais complètement révolté! Bon sang, on allait être les rois de la colo, et avoir huit jours de vacances en plus, merde alors! On ne pouvait pas faire ça! Tu m'as écouté. Tu m'as regardé essayer de te convaincre, de te donner toutes les raisons évidentes de ramener le truc. T'as pris un temps et tu as répété: «Peut-être, mais moi, je ne le ramène pas.» Tu m'as carrément tourné le dos et tu as continué ton chemin, tel quel. T'avais même pas retiré les mains de tes poches... Alors qu'est-ce que j'ai fait, moi, à ton avis? Je ne pouvais pas laisser faire une chose pareille, m'associer à un tel je-m'en-foutisme... Qu'est-ce que je dis! C'était bien pire que du je-m'en-foutisme! C'était... J'ai pas de mot pour qualifier une conduite aussi folle, d'une violence inouïe, et cette tranquillité dégueulasse à me laisser la responsabilité du bazar si je ne voulais pas qu'on PERDE! Je me suis cogné le truc, bien sûr, tout le chemin... C'est ça que j'ai fait, Romain. Ce qui s'est passé après, je m'en fous. Mais ce dont je suis certain, là, tout de suite, même si c'est trente ans trop tard, c'est que j'aurais dû te casser la gueule au bord de cette route! J'aurais dû te flanquer mon poing dans la gueule à ce moment-là, en cet été de nos treize ans, et on aurait été bien tranquilles.

Denis s'était arrêté et faisait face à Romain pour dire ces derniers mots. Tous deux se regardaient intensément, et Romain lâcha doucement, l'air très triste :

– C'est possible, oui. On aurait été bien tranquilles…

Il y eut un curieux petit temps. Ils cessèrent de se regarder et Romain se remit en route, marchant toutefois plus lentement, la nuque ployée. Lèvres serrées, il émit un petit rire :

– En tout cas, je te croyais devenu un monsieur sérieux. Savoir que tu peux te souvenir de puérilités pareilles me rassure sur ton compte.

– Il ne s'agit pas de puérilités, tu le sais. Il a fallu que je marche à côté de toi sur cette route pour me rappeler de ça. J'aurais mis des années à revivre cette scène, sur le divan d'un psychanalyste.

– Belle économie.

Ils marchaient. Romain gardait les lèvres closes, baissait un front buté.

Denis paraissait soudain allégé, plus à l'aise dans la chaleur qui s'était pourtant faite plus lourde. C'est lui qui allait à présent les mains dans les poches. D'un air presque amusé, il jeta un regard au profil fermé de Romain.

– Tu ne te souviens de rien ?

– De rien.

– Ça ne m'étonne pas. Ceux qui vont leur chemin sans se retourner ne se rappellent pas de ce qu'ils ont fait subir aux autres. Mais c'est normal, c'est ta nature ! C'est moi l'imbécile, moi qui aurais dû réagir. Toi, tu étais simplement…

– D'un égoïsme monstrueux. Je sais ! On me l'a déjà dit cette nuit ! Ça suffit !

Romain avait presque hurlé, faisant face à son tour à

Denis, et celui-ci considérait calmement cette explosion d'émotion soudaine.

– Je ne vois pas pourquoi tu te mets dans cet état. Tout va bien pour toi. Tu vas où bon te semble, tu tranches, tu ne t'encombres de rien, tu n'as pas d'entraves. Tu as la meilleure part.

– Tu crois ?

– J'en suis sûr.

– Regarde-moi, Denis. Regarde-moi bien. Est-ce que tu penses vraiment que j'ai la meilleure part ? Si j'ai ce foutu caractère que tu dis, c'est moi la première victime, tu ne le vois pas ?

– Ce n'est pas vrai. Tu es trop fort pour être une victime.

– D'accord ! Je suis fort. Et malheureux, et solitaire ! Ça doit aller ensemble… Maintenant, viens, allons bouffer, sinon on va tomber d'inanition en disant les pires conneries !

Ils se remirent en route, à présent exactement au même rythme, sans que Romain semble faire un effort pour régler son pas sur celui de Denis. Il respira un grand coup, rejeta sa crinière frisée en arrière d'un coup de tête, et dit, plus calme :

– Puisqu'on en est à notre enfance, j'ai lu quelque chose qui m'a beaucoup frappé, vers l'âge de quatorze ans. C'était dans un bouquin d'aventures. Je ne me souviens même pas du nom du type qui avait écrit ça, ça n'a pas d'importance… Dans un passage, il parlait des hommes, en les séparant en deux catégories. Tu sais, ces définitions à l'emporte-pièce, simplistes, mais qui peuvent se révéler d'une éclairante justesse. Selon lui, il y avait deux races d'hommes : les défricheurs et les cultivateurs. J'ai su immédiatement que j'étais un défricheur, d'une manière totale, irréversible. Il me faudrait œuvrer sans cesse sur les terrains vierges, découvrir. Je serais mort d'ennui, en sécurité, à soigner et entretenir mon champ. Je n'aurais pas pu par exemple, comme toi, opérer tous les jours, dans le même hôpital, pendant des années.

– Il n'y a pas de lassitude. C'est toujours différent.

– C'est ce que disent les cultivateurs à chaque nouvelle saison... Je peux t'assurer, en tout cas, que la vie d'un défricheur n'est pas une vie heureuse. Elle n'a aucune chance de l'être.

Denis perçut la fragilité subite dans la voix de Romain, un sanglot retenu qui étouffa les derniers mots. Il ressentit la douleur qui s'exprimait là, et la respecta. Toute colère l'avait quitté.

Tous deux continuèrent à cheminer, se taisant d'un commun accord. Alors qu'ils traversaient un quartier populaire de bord de mer, Denis, qui regardait plus attentivement autour de lui, dit simplement :

– C'est plus joli, par ici.

Quelques instants plus tard, Romain précisa :

– On est bientôt arrivés.

Ils croisèrent un mariage, une vraie procession de fête, avec une multitude de gosses habillés de tissus multicolores qui riaient, qui sautaient autour des adultes. Tous étaient vêtus de costumes traditionnels, sauf les deux mariés qui semblaient sortir du rayon prêt-à-porter d'une Samaritaine quelconque. La femme portait un tailleur rose, des talons hauts, des gants et un chapeau en dentelle blanche. Le marié était costumé de noir comme un croque-mort, pochette de soie à la poitrine. Eux seuls étaient compassés, empesés dans leur rôle et leur démarche, se tenant très conventionnellement par le bras, raides comme ces poupées qu'on fiche au sommet des gâteaux de noces, tandis que les jeunes filles en boubous, autour d'eux, se mettaient parfois à danser au rythme des petits bâtons de bois qu'elles claquaient dans leurs mains – flambées de danse et de rires spontanés qui jaillissaient, se calmaient un moment pour renaître, au gré de l'inspiration.

Deux matrones, qui devaient être les mères des nouveaux époux, enrubannées de couleurs criardes et magnifiques, portaient en équilibre sur leurs turbans deux superbes paires de cornes de vaches. L'une d'elles, assujettissant cette parure à deux mains, tournait sur elle-même en faisant tournoyer dans le vent des mètres de tissu fuchsia. Des garçons, à l'arrière du groupe, portaient une glacière, des plateaux pleins de beignets et de fruits. Ils allaient sans doute, après le déjeuner de fête, prendre le frais sur la petite plage qu'on devinait en contrebas de la route longeant la côte.

Denis s'était arrêté pour regarder ce spectacle. Romain lui expliquait certaines coutumes qu'il connaissait déjà, bien que nouvel arrivant dans le pays – la signification, par exemple, de ces cornes de vaches, symbole de richesse et de respectabilité. Elles porteraient chance aux mariés pour la prospérité de leur couple. Il était rare de voir ces coutumes s'exprimer en ville, et ils contemplaient tous deux le défilé joyeux qui se découpait sur les eaux vertes de la mer, alors que des jeunes gens, nus jusqu'à la taille, leur peau noire luisant dans le contre-jour, organisaient déjà des parties de lutte amicales sur le sable.

Puis Romain et Denis se remirent en route, avec leurs problèmes d'Occidentaux, leurs questionnements intimes, qui étaient différents – ou les mêmes, peut-être, que ceux des gens d'ici. C'est ce qu'ils se dirent, admettant toutefois que leurs états d'âme étaient privilèges de riches.

Enfin, alors que la lumière se faisait déclinante et presque orangée, le soleil émergeant tout à coup d'une large déchirure dans le ciel voilé, ils arrivèrent à proximité d'une paillote couverte de chaume, entourée de murets bas envahis d'une végétation fleurie et luxuriante. Un petit paradis, intime, bon enfant, au bout de la grande cité…

Un jardinet où couraient des poules et quelques petits cochons noirs entourait la bâtisse presque ovale, soutenue par des poteaux en bois de palmier grossièrement sculptés. Çà et là des tables, à l'intérieur, des bancs rudimentaires et des billots de bois pour sièges. Le seul mur de soutènement, derrière un bric-à-brac et une planche qui devait faire office de bar, était couvert d'une fresque naïve représentant un village, des animaux, un pêcheur lançant un filet épervier sous un cocotier aux palmes curieusement peintes en violet sur un ciel vert – délire pictural d'une sorte de Gauguin africain et peut-être daltonien. Dans un coin, des instruments – un balafon, une kora très belle, des percussions – étaient posés sur un vieux tapis artisanal. On devait faire de la musique ici, le soir, danser aussi peut-être, car au centre de la paillote était préservé un espace libre, une piste en ciment coloré, gravée d'un motif de masque traditionnel.

Denis, pénétrant dans l'endroit à la suite de Romain, observait ce qui l'entourait avec curiosité et un intense sentiment de dépaysement. Il sursauta en entendant un rugissement puissant – un colosse s'extirpait d'une minuscule porte derrière le bar, semblant surgir de la décoration murale, et avançait vers eux, les bras grands ouverts. Demba, le maître des lieux, les accueillait, énorme, dépassant d'une tête hérissée de nattes la stature des deux hommes, couvert de colliers et de bijoux barbares, lâchant un rire homérique dans un cliquetis de perles et de parures d'os entrechoquées. Il se précipita sur Romain pour l'embrasser, et celui-ci parut presque fluet, enfourné dans l'étreinte du géant. De gros baisers sonores claquèrent, lèvres noires sur peau blanche. Denis craignit un instant d'être absorbé à son tour, mais il eut droit à une sage et urbaine poignée de main, accompagnée d'un sourire éclatant.

Romain dit la terrible faim qui les amenait, et Demba s'en fut chasser d'un coup de torchon une petite troupe de chats faméliques qui léchaient quelques restes sur une table.

– Du *thieb bou diene* ? Tu as de la chance, ami, on en a fait pour midi, il en reste. Fatou va vous le réchauffer... Fatou !

Il sortait du grand corps de Demba une voix étonnamment douce et chantante. Il appela, encore, tandis que Romain et Denis s'installaient dans le coin le plus aéré de la paillote, contre une touffe de bananiers plantés au pied de l'un des poteaux sculptés. Les chats vinrent tout de suite se frotter à leurs jambes sous la table, confiants, preuve qu'ils n'étaient pas maltraités, mais simplement peu ou pas nourris, devant se débrouiller pour vivre, comme tout un chacun ici.

Demba appela deux fois encore, en vain, cette Fatou qui ne répondait pas. Apportant un pichet de vin rosé aux deux hommes, il eut un geste d'une indulgence fataliste.

– Elle est saoule encore... Elle dort.

– Laisse-la dormir, s'il te plaît.

– Non, non ! Il faut la sortir de ses mauvais rêves ! Si on la laisse trop longtemps avec ses diables, elle pleure tout le temps, après... Fatou !

Émergea alors d'un coin de la cour une sorte de gavroche noire, à la bouille chiffonnée – une gueule de môme pas vraiment jolie mais touchante, sans âge, dont les yeux battus mangeaient les joues, ses cheveux crépus en touffes hirsutes, gratifiant les arrivants d'un pauvre sourire à la Gelsomina. Demba faisait mine de se fâcher, la menaçait de son torchon, et elle riait comme une gamine, levant devant son visage deux bras maigres.

Elle sortit de derrière la plante où elle était réfugiée et tituba vers la cuisine, son corps longiligne incongrûment moulé dans une robe rouge trop courte, fendue jusqu'à la hanche, qui mettait en valeur le seul signe évident de féminité chez cette curieuse personne : une paire de fesses d'un ahurissant rebondi. Elle s'accrocha au mur, après une embardée, pour retrouver son équilibre, gloussa, la main sur la bouche, comme une enfant prise en faute, et disparut par la petite porte de la cuisine.

Denis s'étonna que Romain ait pu, déjà, nouer des relations amicales, avoir ses habitudes à Dakar comme s'il vivait là depuis des années, alors qu'il n'était pas encore installé en Afrique. Romain sourit et rétorqua qu'un projet aussi ambitieux que celui qu'il espérait mener à bien exigeait des mois de préparation et de nombreux voyages préalables. Il avait sillonné une grande partie du Sénégal et du Mali et connaissait pas mal de gens. Mais Demba, il l'avait rencontré tout de suite, lors de son premier séjour, dénichant son restaurant par hasard alors qu'il errait en ville à la recherche d'un endroit qui ne soit pas fait pour les touristes.

– Je vais te dire un secret de voyageur : pour supporter d'être loin de ton pays, il faut trouver très vite, où que tu sois, un petit territoire privilégié. Un coin familier, intime, où tu te sentes aussi confiant qu'en famille, et où tu reviendras fidèlement. C'est ton point d'ancrage, ton refuge, ton « chez toi » ailleurs. Dès que j'arrive à Dakar, je viens chez Demba…

Soudain, des cris se firent entendre en provenance de la cuisine. La voix courroucée de Demba et celle, plaintive, de la petite Fatou. Puis un tintamarre de casseroles, une volée de coups de torchon. Fatou, à l'intérieur, pleurait comme un petit chiot, avec des gémissements aigus.

Denis fronça les sourcils, profondément heurté, mal à l'aise. Il avait instantanément arrêté de trouver ce

177

Demba sympathique. Il détestait sa manière brutale de traiter cette petite et détestait plus encore d'être amené à être témoin de cette maltraitance. Et ça continuait à crier, à pleurer, derrière le mur, c'était insupportable. Et insupportable que Romain conserve une indifférence choquante, un vague sourire aux lèvres en écoutant la scène… Denis allait lui dire son fait, se lever pour s'en aller d'ici, quand Romain déclara doucement :

– Ne t'y trompe pas, il la maintient en vie… Fatou ne s'appelle pas Fatou, c'est une petite rescapée des massacres du Rwanda, qui est arrivée ici on ne sait trop comment. Elle a survécu trois jours au fond du puits où on l'avait jetée avec son père. Elle s'est accrochée à son cadavre pour ne pas se noyer. Tous les autres ont été tués, elle n'a plus rien ni personne. Demba l'a ramassée sur un trottoir pour la sauver de la prostitution, de tout le pire qui peut arriver à une môme à la dérive, qui n'a plus rien à perdre. Elle s'abrutit d'alcool, c'est un moindre mal… Il lui a donné un coin et un travail chez lui, mais s'il ne la houspillait pas sans cesse, à la réchauffer de cris, d'attention, à l'obliger à vivre, elle se laisserait mourir, je crois.

Comme pour appuyer le discours de Romain, un rire jaillit de la petite porte de la cuisine – un rire qui succédait aux pleurs, sans transition, un vrai rire de jeune fille, frais comme une source…

– Pourquoi ne l'appelle-t-il pas par son nom ?

– C'est comme ça qu'on nomme les jeunes filles, ici : Fatou. Pour qu'elle soit comme les autres, peut-être. Un nom neuf, pour une vie neuve. L'autre est resté au fond du puits, trop lourd à porter…

Et Fatou-qui-avait-laissé-son-nom-dans-un-puits venait à présent vers eux, souriante, presque coquette, avec deux grandes assiettées fumantes de poisson et de légumes qu'elle déposa sur la table. Elle plaisanta avec Romain, se tortillant dans sa robe rouge, quémanda un verre de rosé qu'il lui refusa, très gentiment. Elle n'insista pas et s'en fut s'asseoir sur le muret de la cour, le dos rond et les mains entre les cuisses, regardant à l'extérieur de la maison, tout à coup immobile, absolument figée dans la contemplation du vide devant elle – reprise par ses morts, peut-être.

Les deux hommes attaquèrent leurs plats avec voracité. Un rugissement de satisfaction échappa à Denis après les premières bouchées et Romain rit de le voir ainsi dévorer sans complexe, les cheveux dans les yeux, les doigts dans la sauce. À mi-assiette, ils poussèrent de concert un énorme soupir et ils en rirent, aussi.

Puis, peu à peu, sans en parler encore, ils revinrent à leurs préoccupations, à ce qui avait amené Denis jusqu'ici. Florence, ou plutôt l'absence de Florence, était entre eux, avec toutes les questions qu'elle suscitait. Rassasiés, ils songèrent en silence un moment, grappillant quelques bouchées, sans se regarder, avec l'un et l'autre la même gravité au fond des yeux. Romain but une gorgée de vin, et après avoir posé son verre dit :

– Sais-tu pourquoi j'ai décidé de partir, à la fin de nos études ?

– Parce que le poste qu'on te proposait en Asie était une grande chance.

– Non.

Denis attendait la suite, le profil détourné. Il semblait observer la silhouette gracile de la petite Fatou, immobile sur son muret, absorbée par ses fantômes…

– Je suis parti parce que j'ai senti que Florence allait te préférer, toi. Elle allait choisir entre nous deux et c'est avec toi qu'elle allait rester. Quand j'ai compris ça, j'ai voulu prendre les devants et m'en aller.

Denis n'eut aucune réaction. Il continuait à contempler la petite, plus loin, avec un air rêveur. Puis il soupira et déclara, avec une curieuse lassitude dans la voix :

– C'est faux. Florence nous aimait également tous les deux. C'était bien là son problème.

– Non. Elle te préférait. Je l'ai vu. Je n'aurais pas supporté qu'elle me quitte, alors je suis parti.

Pas davantage d'émotion sur le visage de Denis, qui conservait un hermétisme dubitatif. Il laissa échapper un léger soupir agacé pour toute réponse.

Après un temps, Romain enchaîna :

– … Ou disons que j'ai craint qu'elle te préfère.

– Disons plutôt ça, oui.

– Ça revient au même.

– Certainement pas.

Un petit silence encore. Romain ne voulait pas en rester là, il avait à sortir sa vérité – du moins celle du moment…

– Ce dont je suis certain, en tout cas, c'est que j'ai pensé que je ne serais pas capable de lui offrir la stabilité dont elle avait besoin. J'ai vu, oui, qu'elle serait plus heureuse avec toi. Et je suis parti, voilà.

Il avait, apparemment, dit tout ce qu'il avait à dire, délivré son message. Il empoigna à nouveau ses couverts et se mit à finir ce qui restait dans son assiette, à grands coups de fourchette. Quand il eut tout nettoyé, saucé, Romain regarda le profil impassible de Denis, toujours muet, avec un étonnement sincère, considérant sans doute que l'importante révélation qu'il venait de faire méritait un commentaire.

Le commentaire vint, quelques secondes plus tard, émis d'une voix douce, mesurée.

– En somme, tu me suggères qu'elle aurait pu m'épouser par dépit ?

– Mais non !

– Si. C'est très exactement ce que tu es en train de me dire. Du moins que c'est une possibilité, n'est-ce pas ?

Denis regardait à présent Romain, sans avoir l'air de

lui reprocher quoi que ce soit, calmement. Celui-ci soutint son regard, cueilli par cette interprétation de ses propos – à moins qu'il n'ait feint d'être désarçonné par la finesse de Denis…

– Non. Je t'assure que non. Ce n'est pas ce que je voulais dire. Je suis désolé.

– Ne t'excuse pas. Au point où en sont les choses, ça peut m'ouvrir des horizons. Aucune sorte de lucidité n'est négligeable !

Denis lui octroya un véritable sourire, une paillette d'humour dans l'œil, et Romain, qui conservait un air mi-figue mi-raisin d'homme pris en défaut de grossièreté d'esprit, leur servit à chacun un nouveau verre de vin, pour se donner une contenance.

Demba revenait vers eux, proposant une papaye ou un ananas pour dessert. « Ananas », dirent les deux hommes ensemble.

Fatou était toujours assise sur le muret. Elle avait ramené ses genoux sur sa poitrine, enserrant ses jambes entre ses bras, et elle se balançait doucement d'avant en arrière. Elle avait levé son visage vers le ciel, nuque cassée, bouche ouverte, et berçait ainsi son malheur d'un mouvement animal et obsessionnel. On ne distinguait pas, de trois quarts dos, si elle avait fermé les yeux ou si elle regardait les nuages sombres qui s'étaient amoncelés sur le soir. Deux grands eucalyptus, plus loin, balançaient leur feuillage pleureur et argenté sur les nuées menaçantes. Peut-être allait-il pleuvoir sur la terre d'Afrique…

Demba, revenant avec les ananas préparés, ralentit le pas un instant, jaugeant d'un regard l'état de la petite, puis, ayant déposé les fruits, s'en fut nettoyer les tables et les dresser en prévision du repas du soir, sans la déranger.

Romain avala un morceau d'ananas, l'air pensif, et poussa un bref soupir.

– Je me pose une question...

Denis prit le temps de savourer une bouchée, de s'essuyer les lèvres avec sa serviette, avant de lâcher d'une voix neutre :

– Dis.

– Ça va être maladroit. Je suis toujours maladroit, ne m'en veux pas...

Vague geste de la main de Denis – « Va toujours »...

– Je me demande si le fait de travailler autant ne nous a pas empêchés de nous investir véritablement dans l'amour, ne nous a pas rendus sentimentalement un peu infirmes. Ou l'infirmité était au départ, je ne sais pas... Une telle passion pour un métier, ça absorbe tout. On y consacre le meilleur de notre énergie, tout notre temps, notre disponibilité, notre inventivité. Quelle part de nos qualités reste-t-il pour l'intime ? Je veux dire pour vraiment progresser, grandir dans ce domaine ? Il est possible que cela nous ait laissés un peu adolescents au niveau amoureux...

– Parle pour toi. J'ai personnellement assidûment travaillé la question, comme un grand, pendant dix-huit ans avec Florence. J'ai VÉCU avec elle, ce qui n'est pas ton cas, je te prie de t'en souvenir.

– Tu vois, je suis maladroit...

– Et j'ai vraiment aimé cette femme.

Romain eut un sursaut de tout son corps, se tournant brusquement vers Denis. Son poing frappa la table et les parts d'ananas firent un petit saut en l'air.

– Moi aussi ! Même si je n'ai pas vécu avec elle ! Et je l'aime encore, je te l'ai dit ! Mais justement...

Il mit son front entre ses mains, cherchant à exprimer l'idée complexe qu'il avait en tête.

– Justement ! Ne trouves-tu pas curieux que nous nous soyons cantonnés, toi et moi, à cet amour unique ? Il était sincère, il l'est toujours, mais si pratique aussi...

Va-t'en savoir si une petite part retorse de nous-même n'a pas jugé très économique au niveau de l'énergie de se consacrer à une seule femme, une bonne fois pour toutes ? Une femme assez remarquable pour nous épargner la nécessité d'aller voir ailleurs ? Tu te rends compte, les forces et le temps gagnés ?

– Je connais au moins trois médecins, à l'hôpital, qui aiment leur métier, travaillent autant que nous, et passent leur temps à baiser des tas de femmes différentes. Ça n'a rien à voir.

– En ce qui nous concerne, je n'en suis pas sûr… Tu as eu des aventures, pendant ton mariage ?

– Non. Mais ça ne prouve rien. C'est peut-être justement parce que j'ai eu avec Florence une pleine vie de couple. Rien d'adolescent là-dedans.

– Oui… Mais es-tu certain que cette fidélité, cet amour exclusif, n'ait pas été, AUSSI, un bon arrangement pour toi ?

La question méritait réflexion. Denis réfléchit, donc, un moment, en avalant quelques bouchées d'ananas.

– Tu veux dire que nous aurions profité d'elle, en quelque sorte ?

– En quelque sorte, oui.

– Pour ma part, je ne le pense pas.

– En es-tu sûr ?

Alors, dans ce petit restaurant de Dakar, déconnecté de tous les repères de sa vie habituelle, fatigué et bouleversé par ce qui lui était arrivé depuis la soirée de la veille, Denis eut tout à coup une large vision d'ensemble, sommaire mais lisible comme une trame de fond mise au jour hors du tissage du quotidien, des rapports qu'il avait eus avec Florence. Il vit, avec le choc de son départ et six mille kilomètres de recul, sur quel équilibre avait reposé leur vie conjugale.

Pêle-mêle, il se souvint qu'elle avait accepté le grand

appartement de ses parents à lui, alors qu'elle aurait souhaité vivre dans une maison plus intime, qu'elle avait accepté les voyages, les loisirs qu'il préférait, qu'elle avait aussi adopté ses goûts, son sens de l'esthétique – d'un tel purisme avant-gardiste qu'il conduisait à cette exigence totalitaire : TOUT devait s'accorder à cette esthétique, sous peine de hiatus, insupportable pour lui, ce qui avait amené cette femme à exister dans un décor soumis à cette seule loi, sans aucune part laissée au charme, au désordre, à la fantaisie.

Plus grave encore, il se souvint qu'il s'épanchait volontiers le soir, monopolisant la conversation avec ses problèmes professionnels, et qu'il écoutait peu ce qu'elle avait à raconter de son propre travail, considérant, sans jamais l'avouer ni franchement se le dire, que le risque évident que prend un chirurgien en opérant est plus important, plus intéressant à commenter que les pets de travers des mômes que soignait Florence. Elle-même, d'ailleurs, se taisait là-dessus avec une pudique discrétion, une apparente connivence sur le fait que ses soucis de pédiatre ne valaient pas d'en parler.

Songeant aux enfants, il eut tout à coup une fulgurance. En un éclair, il comprit pourquoi il n'avait pas tant souffert de la stérilité de Florence, pourquoi il avait accepté sans trop de peine que leur couple ne soit pas fécond : c'était lui l'enfant, le roi, l'occupant principal, le centre d'intérêt de toute leur vie. Il avait absorbé naturellement toute la capacité d'attention, de générosité de sa femme pour en tirer profit à son avantage, sans que jamais se pose la question d'un échange autre.

Il nous est parfois donné, à la faveur d'un instant de désarroi véritable, d'entrevoir les défauts de notre caractère, d'accepter de les reconnaître et de comprendre combien peuvent en souffrir ceux qui nous entourent – un instant d'honnête lucidité avant que ne reprenne le dessus l'égoïsme qui excuse et justifie tous les manquements intimes… Pendant ce moment d'abandon, Denis vit qu'il avait beaucoup pris de Florence et trop peu donné. Il en souffrit pour elle, rétrospectivement.

C'est à cet instant, exactement à cet instant où Denis, peut-être pour la première fois, se mettait à la place de l'AUTRE, que la petite Fatou commença à chanter.

Au début, ce fut une plainte aiguë, un gémissement mélodieux, qui se transforma peu à peu en une mélopée douce et déchirante – une berceuse, une chanson d'enfant, sans doute, qui lui revenait en mémoire. Elle n'avait pas bougé, assise en position fœtale sur son muret, visage levé. La voix, pourtant fragile, incertaine, emplissait l'espace, montait vers le ciel maintenant assombri et rougeoyant derrière l'argent des eucalyptus, parvenait très clairement aux deux hommes à table. Saisis, ils écoutaient, regardant la petite silhouette recroquevillée.

Demba était sorti de la cuisine où il œuvrait depuis un moment et regardait l'enfant, lui aussi. Le chant l'avait tiré de ses travaux et il restait sur le seuil, la mine grave, les sourcils froncés, à écouter Fatou dont la voix se cassait de temps en temps sur une note douloureuse. Puis il se dirigea résolument vers elle, soucieux, la prit par les épaules, la secoua doucement et la força à se lever. Elle résista faiblement, s'écarta de l'homme qui voulait la ramener à l'intérieur de la paillote, comme s'il lui était insupportable d'être touchée à cet instant, et resta debout, vacillante, les bras légèrement écartés. Elle avait arrêté de chanter, elle était juste hagarde, perdue comme une somnambule qu'on a éveillée. Demba avait laissé retomber ses bras et baissait la tête. Sa nuque lourde, son dos rond exprimèrent une seconde un profond découragement. Puis le géant se reprit, empoigna de nouveau la jeune fille par les épaules et l'entraîna fermement, tout en lui parlant à l'oreille, l'entourant, la protégeant de la masse de son corps.

Lorsque le couple passa devant eux, Denis et Romain virent le masque inexpressif de Fatou, son œil fixe, sa peau noire devenue grise à force de pâleur – l'expression même du malheur. Demba l'assit sur une chaise, près du bar, et s'en fut farfouiller dans les caisses, derrière. Il revint avec un demi-verre de vin et, doucement, comme on donne un médicament à un enfant, il le fit boire à Fatou, à petites gorgées, tout en continuant à lui parler tendrement.

Denis voyait tout cela, frappé au cœur. Les pensées qu'il venait d'avoir, le visage de la jeune fille, la scène touchante qu'il avait devant les yeux se marièrent dans une émotion à laquelle il ne résista pas. Il mit son visage entre ses mains et se mit à pleurer, vraiment pleurer, sans retenue, sans fausse pudeur.

Romain regardait son ami sangloter, les deux coudes sur la table, les cheveux retombant sur les doigts qui enserraient son front. Il vit les larmes couler sur ses poignets. Il le laissait faire. Puis il le quitta des yeux pour observer Demba qui relevait Fatou de sa chaise. Elle semblait aller mieux, bouger normalement. Elle fit « oui » de la tête et suivit Demba dans la cuisine pour l'aider, sans doute, à préparer le plat du soir, pour faire le travail qui lui donnait droit à une place dans cette maison – lui donnerait une place dans le monde, si tout allait bien…

Romain se tourna de nouveau vers Denis, puis lorsqu'il sentit qu'il avait assez pleuré il mit simplement une main sur son épaule, qu'il retira presque immédiatement.

Avant de découvrir son visage enfoui dans ses mains, Denis balbutia d'une voix mouillée :

– Qu'est-ce qui lui a pris de partir comme ça ? Qu'est-ce qui lui a pris…

– Tu le sauras. Bientôt. Elle ne te laissera pas long-temps dans l'incertitude.

Denis essuyait son visage avec ses paumes, rejetait ses cheveux en arrière, reprenait le contrôle de sa respiration. Il n'essayait aucunement de donner le change, de masquer le bouleversement de ses traits. Il jeta à Romain un regard démuni.

– Qu'est-ce que je vais faire, bon Dieu, en attendant ?

Ses yeux se mouillèrent de nouveau et il se tut, la gorge nouée.

– Tu vas travailler. Faire ce que tu sais faire, le mieux possible. C'est très salvateur, le travail.

Romain regardait le visage chaviré de Denis, il perce-vait l'écroulement intérieur, la chute de force qui le rendait, pour le moment, incapable de réagir.

– Je peux te faire un programme, si tu veux, pour les heures et les jours à venir…

– S'il te plaît.

Romain prit son temps et énonça clairement, d'une voix posée, ses conseils d'ami, laissant une pause entre chaque phrase pour qu'elle se grave bien dans l'esprit de Denis qui hochait faiblement la tête en signe d'ap-probation.

– Il y a un avion pour Paris en toute fin de soirée, vers minuit, je crois. Il dépose des passagers à Dakar, donc il devrait y avoir au moins une place libre. Je connais le chef d'escale, il pourra nous débrouiller cela… Ton départ assuré, nous repassons à l'hôtel, tu prends une douche, je te donne une chemise… Tu montes dans ton avion, tu avales un calmant et tu dors. C'est très important : TU DORS… Arrivé à Paris, tu vas chez toi. Tu ne te sauves pas tout de suite, tu ne fuis pas ta maison, tu restes là et tu te reposes encore deux ou trois heures. Tu fais tout ce que tu fais habituellement, comme si elle était encore là. Puis tu prépares tes affaires et tu vas travailler…

– J'ai tout annulé pour deux jours, consultations, opérations…

– Tu y vas quand même ! Tu peux rattraper pas mal de consultations au moins. TU TRAVAILLES ! Le soir, tu reviens dormir. Dans TON lit. Tu penses le moins possible et tu dors. Enfin, tu essayes… Dès la première heure, le lendemain, tu repars au travail. N'attends pas que le téléphone sonne. Surtout pas. Elle trouvera bien le moyen de te joindre, le moment venu… Ça te va ?

– Ça me va. Je vais le faire.

Fatou s'avançait vers eux, ondulant dans sa petite robe rouge. Elle leur adressa un timide sourire et demanda s'ils désiraient autre chose ou si elle pouvait débarrasser. Les deux hommes s'aperçurent alors que la nuit était tombée et que des clients occupaient déjà une des tables dressées pour le dîner. Romain dit à la jeune fille qu'ils libéreraient la leur sous peu et qu'elle pouvait d'ores et déjà ôter les assiettes. Elle s'exécuta, vive et charmante. Toute trace de désespoir avait quitté son visage et elle semblait au contraire gaiement excitée. Elle devait aimer avoir autour d'elle, le soir, du monde et de la musique pour repousser les ombres…

– J'ai entendu dire que tu allais t'associer à Pierre pour sa nouvelle clinique ?

– Comment ?

La question avait surpris Denis alors qu'il regardait s'éloigner la petite Fatou. Il semblait avoir peine à se remémorer de quoi il s'agissait. Puis il se souvint du projet – un projet qui lui semblait lointain, irréel, aussi inconsistant qu'un mirage. Avait-il été sérieusement question de cette association ? Ou alors dans une autre vie, à des années-lumière, dans le temps d'avant le grand chambardement, le temps frivole de l'égocentrisme tout-puissant, des caprices d'enfant trop gâté – un temps balayé par la bombe qu'avait été le départ de Florence.

Denis répondit lentement, comme s'il mesurait à l'instant l'incongruité de la chose :

– Non. Non, bien sûr, je ne le ferai pas.

– Ça m'étonnait, aussi.

Les pensées de Denis se concentrèrent sur ce sujet de stupéfaction : comment avait-il pu, à peine vingt-quatre heures auparavant, envisager de quitter l'hôpital pour se consacrer exclusivement à la chirurgie de luxe ? Il avait l'impression, déjà, qu'il s'agissait d'un autre homme. Il entrevit qu'il n'était pas au bout de ses réflexions, qu'il aurait un sérieux ménage à faire dans sa tête, dans ses amitiés, et même ses aspirations – de quoi s'occuper utilement, certes, en attendant des nouvelles de Florence...

Denis était un homme courageux. Cette perspective de remise en cause, loin de l'abattre, lui redonna des forces. Il avait du pain sur la planche ! Il se sentit mieux, soudain, et redressa la tête.

– Il y a quelques années, on m'avait proposé d'enseigner. À l'époque, j'avais refusé. Je vais peut-être reconsidérer la chose...

– Ce serait bien. Un bon cultivateur se doit de semer la graine de son savoir.

– Transmettre, oui... Pourquoi pas. C'est le conseil du défricheur ?

Ils se sourirent, unis un instant dans une connivence intacte.

Ils se levèrent d'un même mouvement spontané, s'en furent prendre congé de Demba, affairé dans sa cuisine. Pendant que Romain lui disait quelques mots à l'intérieur, Denis attendit à côté du bar. La petite Fatou, passant près de lui, s'arrêta, le regarda intensément un instant, bien en face, et, lui sautant au cou de façon tout à fait imprévue, l'embrassa sur la joue. Quand Denis revint de sa surprise, elle avait déjà disparu entre les tables.

Ils convinrent de repartir à pied. En marchant d'un bon pas, atteindre l'aéroport ne prendrait pas plus de temps qu'avec un aléatoire taxi.

Juste avant de quitter la paillote, Romain posa sa main sur le bras de Denis.

— Tu me donneras des nouvelles ? D'elle. Et de toi. Un message à l'hôtel, au moins…

— Je te le promets.

Et leurs silhouettes se fondirent dans la nuit d'Afrique.

3

Florence passa quelques nuits difficiles, sommairement installée sur une banquette recouverte de mousse, avec un simple plaid sur elle, dans la salle d'attente de son cabinet médical. Elle s'y couchait tout habillée, là où les bambins qu'elle soignait s'étaient vautrés dans la journée en attendant ses consultations.

L'hôtel où elle avait pensé se réfugier quand elle avait quitté le domicile conjugal s'était avéré complet. Un veilleur de nuit lui avait annoncé la chose alors que, fort heureusement, elle n'avait pas encore sorti ses bagages du taxi qu'elle avait pris vers deux heures du matin. En désespoir de cause, elle avait décidé d'entreposer valises et sacs à son lieu de travail, afin de prospecter plus librement ailleurs. Mais un accablement terrible l'avait clouée sur place et rendue incapable de trouver la force de ressortir. Pour aller où ? Qu'avait-elle fait ? Quelle folie était-elle en train de vivre, et pourquoi ?

Un véritable effroi l'avait saisie, suivi d'un effondrement intérieur sans nom. Du charivari de pensées et de sentiments contradictoires qui l'agitaient à ce moment émergeait une impitoyable évidence : il n'y avait pas de retour possible. Et cette évidence, dans sa netteté, était plus effrayante que les doutes, les remords, les questions, les peurs qui pouvaient l'assaillir. C'était terriblement, cruellement simple : IL N'Y AVAIT PAS DE RETOUR POSSIBLE.

Écrasée par cette constatation, stupide et sans force, elle s'était allongée sur cette banquette qu'elle avait installée depuis peu dans sa salle d'attente, laissant ses bagages épars au sol dans l'entrée, sans avoir le courage d'éteindre la lumière qu'elle avait allumée en arrivant et qui filtrait par la porte entrouverte, éclairant un coussin-coccinelle, une pile de *Mickey*, un jeu de Lego dans un coin… Couchée sur le dos, les yeux grands ouverts dans la pénombre, elle fixait le mobile qu'elle avait accroché au plafond pour distraire les tout-petits, et qui balançait faiblement ses poussins roses et ses canetons bleus au moindre souffle. Les soupirs qui lui échappaient de temps à autre suffisaient à relancer la ronde des petites bestioles en carton au-dessus de sa tête, et Florence regardait inlassablement ce mouvement, cherchant dans cette contemplation une échappée à son malaise, espérant, à la longue, trouver le sommeil.

Le sommeil ne vint pas. Tout au plus ferma-t-elle les yeux un long moment, en proie à une recrudescence d'angoisse, à une foule de questions douloureusement sans réponses, et elle releva les paupières, effrayée par sa propre agitation intérieure. Elle exhala alors un soupir déchirant, accompagné d'un presque sanglot, qui remit en mouvement la fragile petite machine et, les yeux brûlants à force de fixité, elle regarda les poussins et les canetons tournoyer doucement au-dessus d'elle jusqu'au petit matin.

Elle passa un dimanche horrible, à tourner en rond dans le tout petit appartement qui constituait son lieu de travail. Elle ne rangea même pas ses bagages, qui restèrent en plan au milieu du chemin – c'était inutile, puisqu'elle devrait les déposer ailleurs aujourd'hui même. Mais, en fin de matinée, alors qu'elle se préparait à sortir pour chercher un hôtel, une panique s'empara d'elle à l'idée que Denis, ne travaillant pas le

dimanche, pourrait l'attendre dans la rue et la surprendre. Que lui dire ? Comment se défendre ? Elle préféra, par prudence, rester terrée là jusqu'au lendemain.
Elle ne pouvait se douter, bien sûr, que Denis était à
cette heure dans un avion en partance pour Dakar ! Elle
mangea le peu de choses qu'elle avait sous la main
dans le petit frigo où elle gardait toujours en réserve de
quoi déjeuner rapidement sur place quand elle manquait de temps.

Vers dix-sept heures, à nouveau prostrée sur la banquette de la salle d'attente, elle sombra dans un sommeil comateux, dont elle émergea au coucher du soleil,
avec la perspective d'une nouvelle nuit d'angoisse à
passer, les yeux ouverts, fixant obsessionnellement son
mobile. Le lundi matin, elle accueillit l'aube avec grati-
tude, s'assit sur sa couche rudimentaire, le cœur et le
corps pesants. Elle se sentait sale, bête, incapable d'or-
donner aucune pensée, si désemparée qu'elle aurait, à
cette heure difficile, volontiers accepté l'idée de disparaître pour toujours.

Dans l'entrée, abrutie d'insomnie, elle buta sur ses
sacs et ses valises toujours abandonnés là. Ayant
entrouvert un des bagages, elle chercha à tâtons, pour
ne pas mettre toutes ses affaires en chiffon, de quoi se
changer. Un slip propre, au moins, et une chemise
qu'elle tira au hasard, sans se préoccuper de sa couleur.
Accroupie, en train de boucler de nouveau sa valise,
elle trouva la situation risible. Écœurée de vivre une
chose pareille – et consciente d'en être pleinement responsable – elle décida d'assumer au moins, le mieux
possible, ses obligations professionnelles.

Après avoir fait une petite toilette dans le coin lavabo
attenant à son cabinet de consultation, elle entassa ses
bagages dans un coin discret, saisit sa mallette de
médecin, son agenda, et sortit prendre un petit déjeuner

au café du coin avant sa tournée de visites à domicile. Elle se promit de chercher une chambre, un logement provisoire, à l'heure du déjeuner, ou le soir, sa journée de travail achevée.

Elle qui craignait d'être perturbée par des bouffées d'angoisse ou d'émotion se surprit à œuvrer avec une concentration méthodique. Une certaine distance lui permettait même d'appréhender les problèmes de ses jeunes patients avec plus de clarté et de calme efficacité qu'à l'accoutumée. Mais elle ne chercha pas d'hôtel, elle n'en eut pas le temps au cours de la journée. Vers dix-neuf heures, elle donna sa dernière consultation à son cabinet, qu'elle fit durer, elle en fut consciente, le plus longtemps possible…

Les sacs et les valises entassés dans un coin de la pièce s'enflaient d'une présence de plus en plus dense. Florence avait beau, travaillant à son bureau, ne pas les avoir sous les yeux, elle les sentait dans son dos, masse obsédante qu'il allait bien falloir déposer et déballer quelque part.

Restée seule, une montée d'angoisse la saisit. Debout derrière la porte qu'elle venait de refermer, elle mit son visage dans ses mains et pleura un long moment, à nouveau en proie aux plus grands doutes. Quelle folie avait-elle commise ? Sur quel coup de tête se retrouvait-elle ainsi seule et misérable ? Elle n'eut pas la force de ressortir. Et quand la tempête sous son crâne se fut un peu calmée, la laissant en grande faiblesse, elle n'eut pas la force, non plus, d'aller se chercher quelque chose à manger. De toute manière, avec l'estomac noué qu'elle se sentait, rien ne serait passé.

Alors elle se recoucha sur la banquette de la salle d'attente, le coussin-coccinelle maintenant sous sa tête, contemplant le mobile rose et bleu qui tournoyait au plafond et dont le doux oscillement l'hypnotisait, calmant son désarroi, l'aidant à cerner ses pensées. Mais quel que soit le sens de ses réflexions, elles aboutissaient invariablement à cette même évidence : il n'y avait pas de retour possible.

Elle restait écrasée, dans un état de stupeur impuissante. Que faire de cela ? Pas de retour possible, bon, mais quoi ? Quoi ensuite ? Quoi tout de suite ? Et quel avenir ? Quelle vie mener, seule ? SEULE ! Elle qui n'avait jamais été seule de sa vie…

À cette idée, la peur lui crispait le ventre, des frissons lui couraient sur la peau, elle avait la chair de poule, glacée à l'avance à la perspective d'une existence solitaire. Plus personne à qui raconter sa journée le soir, plus personne pour partager joies, soucis, petits déjeuners, projets, plus personne sur qui compter, plus personne pour la prendre dans ses bras, Ah !… Elle mettait ses poings sur ses yeux comme pour ne pas voir cette horreur qui l'attendait, l'effrayante et sèche solitude, et elle étouffait un sourd cri de terreur.

Cela dura une semaine. Les nuits furent fort longues, sur la banquette de la salle d'attente. Elle s'était organisée pour n'être pas trop inconfortablement couchée, avait recomposé une valise de vêtements passe-partout dont elle pouvait rapidement changer, un sac pour le linge sale en attendant – elle éludait la question : en attendant quoi ? – quelques affaires de toilette dans le coin lavabo, des repas rapides ici ou là, ça lui suffisait, en attendant…

En attendant quoi ?

Par trois fois, elle avait failli appeler Denis, le soir, au plus fort de sa peur. Elle avait résisté. Pétrifiée, d'abord, à l'idée de ne savoir que lui dire et lui expliquer, dans le trouble où elle était elle-même. Honteuse, aussi, de chercher à se raccrocher à un homme que son départ avait très certainement blessé, peut-être même désespéré. N'était-ce pas la pire inconvenance, et mal-honnêteté, de chercher un contact avec lui sachant, et c'était là sa seule certitude, qu'IL N'Y AVAIT PAS DE RETOUR POSSIBLE ?

Au fil des jours, la peur reflua, ses pensées devinrent moins confuses et elle songea à leur couple. Elle se remémora leur vie commune, depuis le début de leur mariage, tenta d'avoir une vision d'ensemble de leur relation, et à l'aube du septième jour elle eut une étrange idée.

Elle se dit – et ces mots lui vinrent très précisément en tête – que leur union avait été « un long temps immobile ». Il lui sembla ahurissant de penser une chose pareille. En fait, ce n'était pas une pensée, encore moins une déduction ou un jugement. Cette phrase lui avait sauté à l'esprit sans raisonnement préalable, si nettement qu'elle aurait pu la lire, comme sur un panneau d'affichage.

Elle tenta de contrer cette définition qui résumait avec un laconisme désespérant plus de quinze ans de vie en couple, appelant à elle tous les souvenirs heureux ou riches d'émotions – leur installation ensemble, les quelques beaux voyages qu'ils avaient faits, leur complicité, l'entente presque parfaite qui régnait entre eux. Elle appela aussi à la rescousse les heures plus graves, émouvantes, qu'ils avaient vécues à deux – quelques deuils, la dure période pendant laquelle elle avait appris qu'elle ne pourrait pas avoir d'enfant, le soutien et la tendresse sans faille de Denis en cette occasion. Ils avaient partagé des heures graves, certes, mais pas de mésentente entre eux, pas de tromperies, pas de déchirements suivis de réconciliations, d'embrasement renouvelé des sentiments, pas de… Non, pas de drames. Était-ce cela qui manquait à leur temps commun ? De ces contrastes forts et vivants, pics de tristesse ou d'exaltation, qui ponctuent un mariage, l'ancrent dans une réalité âpre ou joyeuse, le structurent dans le temps, dans les cœurs, en font un paysage unique et partagé ? Trop de douceur, trop d'harmonie, aurait donc abouti à cette impression d'avoir vécu avec ce mari parfait un long temps sans aspérité, plat, tranquille, si tranquille qu'il pouvait s'apparenter à une immobilité ?

Florence creusa l'idée, scruta l'impression, la rejeta, puis l'étudia de plus près, sous tous les angles. Elle se battait, révoltée. Elle ne pouvait admettre que toutes ces années avec Denis puissent se résumer en quelque chose d'aussi déprimant. Quinze ans immobiles ? Quinze ans de temps protégé, étale, comme une parenthèse dans la vie ? Comme une parenthèse dans SA vie ?

Arrivée à ce point, tout se bloquait en elle et elle tombait dans la sidération. Impossible d'aller plus loin. L'esprit, les sentiments se figeaient, et le temps, pour le coup, coulait sur elle, écrasée sur sa banquette, sous les canards bleus et les poussins roses pendus au bout de leur fil à l'extrémité des branches du mobile, et qui semblaient pouvoir tournoyer indéfiniment, mollement, image même de l'ennui.

Au lendemain de cette nuit, pourtant, elle se sentit mieux. Elle commençait à comprendre pourquoi le retour de Romain avait été une bombe dans cette vie qu'elle menait avec Denis. C'était vague encore, mais elle entrevoyait l'essentiel : avoir été dépendants de la décision d'un autre, avoir obéi aux circonstances, les avait empêchés de prendre en main ce temps à deux, de véritablement se l'approprier. Malgré l'amour, malgré leur bonne volonté, quelque chose leur avait échappé dès le début de leur union. Il ne s'agissait pas d'ennui, ni d'insincérité, mais d'une perversion autrement plus subtile : un état d'obéissance induisait cette impression de parenthèse, d'un temps immobile qui pouvait voler en éclats faute d'avoir été engendré par eux-mêmes.

Dans les vingt-quatre heures suivantes, Florence

trouva pour se loger deux chambres contiguës, qui s'étaient inopinément libérées, dans une petite pension meublée. Elle ne disposait que d'un cabinet de toilette avec douche, d'un réchaud à gaz pour se faire un petit déjeuner le matin, mais cela lui suffirait pour cette parenthèse nouvelle.

Avant de partir s'installer dans cet endroit, elle s'offrit un petit plaisir : sur le point de sortir ses bagages sur le palier, elle revint dans la salle d'attente où elle avait passé de si pénibles nuits, arracha le mobile du plafond et le réduisit, littéralement, totalement, en bouillie.

Cela lui fit du bien.

Denis, pour sa part, lorsqu'il fut de retour à Paris, appliqua à la lettre le programme établi par Romain, à ceci près qu'il se sentit incapable de se reposer quelques heures avant de ressortir travailler. De trop sombres pensées auraient eu raison de son courage s'il était resté immobile dans la chambre, au salon, ou en tout autre endroit de l'appartement déserté par Florence. Il ne devait pas trop présumer de ses forces et l'action lui semblait le meilleur moyen de lutter contre la déprime.

Dès son arrivée, il appela sa secrétaire pour lui annoncer sa venue à l'hôpital. Elle n'avait annulé que trois rendez-vous qu'elle pourrait reprogrammer l'après-midi. Denis, par prudence, vu son état nerveux, préféra maintenir le report des opérations qu'il devait effectuer le lendemain. Il ne savait si cette première nuit seul dans le lit conjugal – sa première nuit d'homme abandonné – le laisserait en état d'assumer des interventions si délicates.

Il projeta, aussi, de réorganiser son cabinet privé, dans l'appartement. C'était un travail, jusque-là toujours remis au lendemain, qui lui paraissait aller de pair avec le contrôle de ses émotions. Trier, classer, sélectionner les dossiers importants, jeter ceux qui n'étaient plus d'actualité, épousseter les fonds de tiroir, seraient une saine occupation. Puisqu'il était l'heure de clarifier bien des choses dans sa vie, autant commencer par les papiers. Il s'y attaquerait peut-être le soir même, en rentrant de l'hôpital. Certaines femmes nettoient leur maison de fond en comble quand elles ont le cafard, Denis avait une réaction du même ordre. Il s'attaquait au tangible en espérant contrer le flou dangereux de ses états d'âme.

Puisqu'il était d'humeur à se lancer dans un grand ménage, il décida d'appeler Pierre le jour même, pour liquider le sujet de la nouvelle clinique. Sa décision étant prise, il devait assainir la situation au plus vite, éliminer ce projet de sa vie, de sa tête, afin que cette perspective inenvisageable ne lui encombre plus l'esprit. Comment avait-il pu s'embarquer dans cette histoire ? Quelle étrange part de lui-même s'était laissé séduire, détourner de ses véritables aspirations ? Il n'en revenait pas. Il était bien loin, encore, de penser que Florence avait eu raison de quitter un type capable de se trahir lui-même à ce point, mais l'idée l'effleura...

Or la matinée passa, et une partie de l'après-midi, sans qu'il ait le courage d'appeler Pierre. Il allait falloir résister, argumenter, décliner une probable invitation à dîner car Estelle se mettrait sans doute de la partie pour tenter de l'enjôler et l'amener à changer d'avis – Denis en était écœuré à l'avance ! Enfin, vers dix-sept heures, s'étant préparé à rester fermement sur ses positions, Denis prit son courage à deux mains et décrocha le téléphone.

Il fut cueilli par un Pierre à la voix coupante, sèchement mesurée, qui prit acte de la démission de son ex-futur associé sans un commentaire, sans un reproche, avec une froideur terriblement distante. Pas un mot personnel, pas un frémissement de colère ou de regret, un constat sans émotion d'homme d'affaires qui a déjà trouvé le moyen de se retourner. Il fut évident pour

Denis qu'il était déjà remplacé sur le projet ou sur le point de l'être.

Avant de raccrocher, et sans se fendre de la moindre formule de politesse, Pierre demanda d'un ton encore plus glacial si Denis avait l'intention de continuer à assumer chez lui ses opérations esthétiques pour les semaines à venir. C'était presque un congé.

Denis sentit son sang refluer, ses mains se mirent à trembler et il contrôla sa voix pour qu'elle paraisse – si possible – aussi froidement neutre que celle de Pierre. Il répondit que, pour le moment, il ne pouvait annuler les interventions prévues, mais qu'il comptait arrêter d'ici peu cette activité. Pierre réclama une estimation de temps. « Deux mois », répondit Denis tout à trac, trop choqué pour prendre le temps de réfléchir. Il y eut le bruit du téléphone raccroché par Pierre et ce fut tout, sans un au revoir, sans un mot de plus.

L'échange avait été d'une brutalité inouïe, sous des dehors feutrés. Denis en resta sonné, pétrifié derrière son bureau de l'hôpital. Il lui fallut un long moment pour se reprendre. Il ne s'était pas attendu à ça. Il s'avoua être terrifié, absolument, littéralement terrifié par ce qui venait de se passer. C'était comme un meurtre. Il se dit qu'on pouvait tuer quelqu'un avec une voix aussi froide, en quelques mots, au téléphone… Il savait que ça existait, mais il n'avait jamais été confronté à cette violence-là, d'autant plus efficace qu'elle n'a l'air de rien.

Denis assuma ce qu'il avait à faire comme un automate, sans parvenir à se défaire de cette impression de terreur, de glace, qui lui courait dans les veines. La voix meurtrière lui restait dans les oreilles. La journée se termina qu'il en avait encore froid dans le dos.

Il se dit qu'il devait faire attention, très attention à lui. Il était en état de faiblesse. Des hommes comme Pierre, des fauves sous leurs allures de nounours, allaient le sentir. Au moindre faux pas, ils ne le rateraient pas, ce serait la curée. Et pas seulement les fauves, tous les animaux humains ordinaires allaient flairer la faille, la blessure chez lui, et auraient tendance à en profiter – l'odeur du sang… Il se promit d'être vigilant, d'une prudence extrême, pour ne prêter le flanc à aucune attaque. Voir le moins de monde possible en dehors de son travail, peut-être. Ne pas sombrer dans la paranoïa, mais ne pas s'exposer, offrir peu de prise aux autres, du moins pendant quelque temps – le temps de reprendre des forces, d'être moins douloureux et sans défenses.

Sur le chemin qui le ramenait rue de Varennes, il se calma un peu, sans parvenir toutefois à se défaire de cette peur viscérale. Il tenta de relativiser ce sentiment en se disant que tout ce qu'il avait vécu depuis quarante-huit heures pouvait être assimilé à une immense raclée. De quoi, tout de même, être traumatisé moralement et physiquement.

Il songea à s'arrêter dans un bistrot pour manger quelque chose, puis s'aperçut que cette crispation au ventre qu'il ressentait n'était pas due à la faim, mais à cette peur qui ne le quittait pas – peur, faiblesse, état de choc, qu'importait le nom qui pouvait qualifier ce qu'il éprouvait, qui lui laissait les mains moites, froides et tremblantes, la bouche sèche, cette vague impression d'être en danger, l'irrépressible envie de se terrer quelque part. Sensation si forte à cette heure qu'elle repoussait la tristesse, les questions, l'angoisse de la solitude au second plan, et qu'il se hâta de rentrer chez lui, poussé par un besoin animal de se mettre à l'abri. Pierre aurait, bien malgré lui, rendu service à Denis ce soir-là, en annihilant sa crainte de se retrouver seul dans l'appartement.

Il y entra, effectivement, avec assurance, ne regarda pas la chambre, le lit conjugal, les placards vides, et fonça directement vers les rangements et les tiroirs de son bureau qu'il commença à vider de leur contenu, empilant tout ce qu'il en tirait sans se soucier d'une méthode de classement quelconque puisqu'il avait l'intention de tout trier.

En l'espace d'une heure, il créa dans la pièce un bordel indescriptible. Des classeurs et papiers épars débordaient de sa table de travail, des chaises, s'étalaient jusqu'au milieu de la moquette. Il contempla son œuvre un court instant, les poings sur les hanches, et s'en fut dans la cuisine au pas de charge pour quérir une éponge et un produit nettoyant. Fouillant sous l'évier – endroit où il ne s'était jamais hasardé – il ne dénicha qu'un produit pour les vitres, qu'il décréta être un dépoussiérant parfait pour les meubles, et un grand sac-poubelle pour jeter ce qui était inutile. En deux heures, trois tout au plus, il se faisait fort d'achever le travail, et s'autorisa trois minutes de pause pour engloutir, debout, une boîte de sardines et trois biscottes qui traînaient au fond d'un paquet.

Deux heures après, pourtant, il n'était pas beaucoup plus avancé dans son œuvre de clarification, d'autant qu'ayant sorti tous les tiroirs pour mieux les nettoyer il ne pouvait quasiment plus bouger dans la pièce. Une bassine et quelques chiffons étaient venus compléter son attirail. La bombe pour les vitres l'ayant lâché au quart, à peine, du boulot, il avait dilué du produit à récurer dans de l'eau et cela donnait, ma foi, un résultat satisfaisant : l'eau devenait noire, donc les meubles étaient moins sales.

Vers une heure du matin, il jeta l'éponge, au propre comme au figuré, sans avoir rangé encore un seul papier, et laissant la catastrophe en l'état il s'en fut, titubant et hagard, se jeter sur le lit pour s'endormir comme une brute, incapable – ô miracle de l'activisme ménager – du moindre état d'âme.

L'occupation frénétique de tout son temps jusqu'à ce qu'il tombe de fatigue lui permit d'échapper trois jours à la déprime, mais le jeudi soir, l'opération rangement de son bureau étant terminée, il fut dépourvu d'activité et son moral s'écroula en même temps que ses nerfs.

Il entendit le silence.

Il vit les placards vides.

Il trouva le lit, dont il n'occupait que la moitié, froid et immense.

Il enfouit son visage dans un peignoir que Florence avait abandonné dans la salle de bains, le respira puis le jeta au sol avec un gémissement furieux.

Il avait mal jusqu'au bout des doigts.

Même s'il n'avait pas été un mari parfait, qu'avait-il fait pour mériter ça ?

Denis n'était pas très doué pour l'introspection. Son intelligence ne trouvait pas son chemin dans les méandres psychologiques, il y perdait ses forces. Beaucoup plus instinctif qu'il ne le pensait, il procédait par passions, rejets, intuitions, virages sensitifs. Une fulgurance clairvoyante, parfois, l'avait aidé à passer des caps, à résoudre des problèmes. La solution lui apparaissait d'un coup, en raccourci, sans emprunter les chemins du raisonnement. Mais il se trouvait très démuni quand il devait s'aider de la réflexion pour appréhender les agissements des autres – en l'occurrence comprendre, ou au moins tenter de deviner, le pourquoi du départ de sa femme.

Sa seule certitude était simple : il aimait Florence. Il l'avait toujours aimée et voulue. Fort de cette évidence, l'esprit pour ainsi dire barricadé derrière elle, il lui serait difficile de voir que son bonheur conjugal avait été conditionné, dix-huit ans auparavant, par le départ de Romain, comme son malheur actuel l'était par celui de Florence. Tout son amour, sa sincérité, sa bonne volonté n'empêchaient pas qu'il soit, dans un sens comme dans l'autre, dépendant de leurs décisions, et qu'il endosse le plus mauvais rôle, car le plus inactif, de leur histoire.

Dépendant et impuissant – c'est bien ainsi qu'il se sentait, errant misérablement dans son appartement vide, déchiré par une rupture dont il n'était pas responsable, qu'il n'avait même pas vue venir. Et quand bien même aurait-il voulu amorcer une réflexion – sur lui-même, au moins, sur ce qu'ils s'étaient dit avec Romain – cela lui était impossible. Il était à présent pieds et poings liés dans l'attente, l'attente d'une explication, d'un coup de fil, d'un signe de Florence. Il demeurait totalement à sa merci, bloqué, tout son être paralysé dans l'attente, sans pouvoir réagir, ni avancer, ni se battre, sans savoir contre quoi se révolter, même pas quoi accepter ou refuser.

Denis avait beau se raisonner, s'exhorter à la patience, faire des efforts surhumains pour se calmer, il attendait.

Il attendait en travaillant. Il attendait en mangeant, en marchant. En essayant de penser à autre chose, il attendait. Il tenta de se distraire et attendit en croyant ne pas attendre. Il attendait même en dormant, quand il parvenait à dormir après avoir attendu toute une soirée.

Une nuit, il lui fut insupportable d'attendre plus longtemps. Il irait surprendre Florence à son travail, il forcerait sa porte au besoin, il la suivrait, lui arracherait un mot, un regard, n'importe quoi, il ne pouvait pas se consumer dans l'attente plus longtemps. Au matin il fut écrasé de faiblesse et se dit qu'il allait attendre d'avoir plus de courage pour violer son silence.

Il attendit encore un peu, avec rancœur, avec rage. Puis il se dit qu'il allait sortir, voir des gens, pour en finir avec l'attente. Une femme capable de laisser un homme dans cette torturante incertitude ne méritait pas qu'on l'attende. Il l'insulta, il la piétina en pensée.

Ses efforts portèrent leurs fruits, au bout de quelques jours il se persuada qu'il n'attendait plus, ou qu'il n'en avait rien à foutre. Il attendait toujours, bien sûr, mais il s'en rendait moins compte. Il devenait sec et irritable. Une sourde colère ne le quittait pas, qu'il jugeait bien préférable à la douleur de l'attente.

À certaines heures, il était bien obligé de s'avouer avec amertume qu'il attendait encore. Alors il se détestait lui-même de continuer à attendre, et c'était pire.

Un jour, enfin, il crut sincèrement avoir cessé d'attendre. La douleur, l'incertitude s'étaient comme éloignées, mises à distance. Il agissait, pensait plus librement. Il ne ressentait plus grand-chose mais c'était un moindre mal. La soirée au cours de laquelle sa vie avait basculé lui semblait lointaine, si lointaine…

Il allait s'installer dans l'insensibilité, la froideur de cette non-attente quand, un soir, vingt et un jours exactement après son départ, Florence appela. L'échange fut maladroit, ponctué de lourds silences, aussi douloureux pour l'un que pour l'autre.

— Allô, Denis ?

— Oui.

— Denis, c'est moi.

— Comment ?

— C'est moi. Florence.

— ...

— Tu m'entends ?

— Oui. Oui... J'entends.

— Pardonne-moi de ne pas t'avoir appelé plus tôt, mais j'étais... j'étais...

— Oui ?

— Pas bien. J'étais pas bien.

— Ah.

— Tu dois m'en vouloir.

— ...

— C'est normal que tu m'en veuilles.

— Oui.

— ...

— ...

— Ce n'est pas à cause de toi que je suis partie, Denis. J'avais... J'ai besoin de réfléchir.

— De réfléchir...

— Oui.

— Et ça t'a pris en pleine nuit ? Ça n'aurait pas pu attendre le matin ? Je veux dire que tu aurais pu décider de partir réfléchir d'une manière CORRECTE.

– …

– Non ?

– Je n'aurais pas eu le courage si je t'avais vu.

– Ah, le courage ! Je t'aurais empêchée de réfléchir… À quoi ?

– …

– À QUOI ?!

– Je ne sais pas. Pas vraiment. Je cherche… Rien n'est clair pour moi, encore. Je ne…

– Après vingt et un jours d'absence, tu ne peux pas me livrer le fruit de tes réflexions ? Au moins l'amorce du début du quart de tes réflexions ?

– …

– Pourtant, pendant vingt et un jours de silence TOTAL, sans me donner AUCUNE nouvelle, tu as dû pouvoir réfléchir intensément. Je ne t'ai pas beaucoup gênée, non ?

– …

– NON ?!

– Bon. Denis, je crois…

– Non ! Ne raccroche pas ! Je t'en supplie, ne raccroche pas… Où es-tu ?

– Ça n'a pas d'importance. Dans un petit truc provisoire.

– Où ?

– …

– Tu ne veux pas me le dire ? Tu te méfies de moi à ce point ? Incroyable… Je veux te voir.

– Il NE FAUT PAS que je te voie, Denis.

– Incroyable… Incroyable…

– …

– …

– Je suis désolée. Si tu savais comme… comme je suis désolée.

– C'est cocasse à entendre.

– Pardon. Pardon. Je ne voulais pas…

– Me faire du mal, je suppose ?

– Oui. Enfin, non… Non, je ne voulais pas…

– Tais-toi. C'est écœurant.

– …

– Tu es seule ?

– Bien sûr que je suis seule. Tu sais bien…

– Je ne sais plus rien, Florence.

– Je ne suis pas partie avec Romain, si c'est ce que tu as pu croire.

– Je sais. J'ai été le voir.

– Tu as vu Romain ?

– À Dakar.

– À… à…

– J'ai été le voir à Dakar.

– …?!

– J'avais besoin de lui parler.

– Et qu'est-ce que…

– Ça ne te regarde pas.

– …

– …

– Je dois lui écrire.

– Fais donc ça, il voulait de tes nouvelles, lui aussi.

– …

– …

– Je vais partir, Denis.

– ENCORE ? !

– …

– Excuse-moi, c'est de l'humour. Dans ma situation, c'est de très mauvais goût. Un mari plaqué ne doit pas faire de l'humour, hein ? HEIN ?

– Denis…

– Je ne le ferai plus. Je ne peux plus rien faire, d'ailleurs, ça tombe bien.

– …

– Et où pars-tu ?

– Je ne sais pas encore.

– Décidément !

– Oui. Je ne sais pas grand-chose… Je suis désolée.

– Florence, si tu me dis encore une fois que tu es désolée, où que tu sois je te retrouve et je te colle ma main sur la figure.

– …

– Est-ce que tu reviendras ?

– …

– Je veux dire, quand tu auras bien réfléchi ?

– …

– Oh, c'est pas pressé ! Au train où tu vas je comprends que ça peut prendre un paquet de temps. C'est juste pour savoir. Tu te rends bien compte que ça peut changer des choses pour moi… Est-ce que tu reviendras ?

– Je ne sais pas. Je… je ne crois pas.

– Tu ne sais pas ou tu ne crois pas ?

– …

– Ne me fais pas le coup de la réflexion, là-dessus. Ne me prends pas pour un imbécile à ce point-là, s'il te plaît ! C'est quelque chose qu'on SENT, que tu dois savoir, déjà, j'en suis sûr… Est-ce que tu reviendras ?

– …

– Même dans six mois ? Même dans un an ?

– Je… Je ne crois pas.

– …

– Denis, Denis, je suis… je suis dé… Pardon !

– …

– Est-ce que je peux te rappeler d'ici quelque temps ?

– Pourquoi ?

– Pour te dire où j'en suis. Pour savoir comment tu vas. Oh… pardon… Pour discuter avec toi mieux que ça. On a des choses à comprendre, peut-être…

– Avant que tu reviennes ?

– …

– Parce que si tu sens que de toute manière tu ne reviendras pas, je ne suis pas sûr que ça m'intéresse.

– …

– Florence ?

– Oui.

– Si tu n'étais pas déjà partie, je te dirais de foutre le camp.

Romain, qui était toujours au Sénégal, eut ensuite Denis au téléphone, un Denis triste et amer qui lui relata cette catastrophique conversation. Peu de temps après, il reçut une lettre de Florence, maladroite, brouillonne, qui trahissait une grande agitation et beaucoup de culpabilité.

Il répondit, réconforta l'un et l'autre de son mieux.

Il était conscient que ce qui s'était passé lors de cette soirée de juin où il avait retrouvé Florence avait bouleversé un équilibre instable, fait ressurgir des questions, des irrésolutions latentes. Il ne se sentait pas fautif, mais profondément étonné que son retour, son propre déchirement, ait eu de telles conséquences. Malgré toutes les années passées, la divergence de leurs vies, leurs destins à tous trois restaient décidément liés.

Pour sa part, Romain avait à faire un deuil : il ne vivrait jamais avec Florence. Il le savait, à présent. Il travaillait à l'accepter. L'amour se transformerait – se transformait déjà – en amitié.

Puis son grand projet d'hôpital itinérant requit toute son attention, son énergie, occasionna de longs déplacements en divers pays d'Afrique. Il travaillait d'arrache-pied. Tous les jours, malgré tout, il avait une pensée pour Denis, il songeait à Florence. Il se faisait du souci pour eux.

L'été passa.

De loin en loin il recevait un signe de Denis, qui avait accepté un poste de professeur. Il disait peu de ses états d'âme, ne parlait jamais de Florence qui, de son côté, ne donna plus de nouvelles. Romain respectait son silence. Il sentait qu'il fallait, pour les uns et les autres – comme le disent joliment les Italiens – « laisser le temps au temps »…

L'automne passa à son tour.

Et un Noël.

Romain le fêta au Burkina Faso, où il séjourna deux mois entiers. Il ne savait toujours pas ce que devenait Florence. Denis, de son côté, ne donnait plus de nouvelles non plus.

De retour à Dakar, inquiet, alors qu'il se promettait de reprendre contact, il trouva une lettre qui l'attendait à son hôtel depuis quelques jours – une épaisse lettre de Florence qu'il emporta comme un trésor dans sa chambre, et qu'il lut, ému, avant d'aller, comme chaque fois qu'il revenait là, se réchauffer le cœur chez Demba.

Cher Romain,

Pardon de ce long silence. Mais qu'aurais-je pu te raconter, en ces temps bien troublés pour moi ? Te faire la liste de mes incertitudes, de mes peurs ? Te décrire mes errements ? Je n'allais pas t'imposer tout cela, après avoir été si dure avec toi. D'ailleurs, à ce propos, je te remercie (bien tard !) de ta gentille lettre qui m'a rassurée et un peu apaisée. Tu ne me tenais pas rigueur de mes mots terribles. Tu me pardonnais. Ouf ! Pour toi, au moins, je n'étais pas un monstre…
Je ne peux guère te parler de mon moral actuel. Je le laisse en paix ! C'est le meilleur moyen que j'ai trouvé pour ne pas aller trop mal : arrêter de me torturer la cervelle pour chercher le pourquoi du comment de mes actes, ne pas vouloir à tout prix trouver des réponses aux questions que je me pose (et il y en a !). J'admets donc que, pour le moment, il y a des tas de questions sans réponses, des problèmes irrésolus, et qu'il faut vivre avec, au jour le jour, le plus simplement possible. Et sais-tu que ça va mieux ? Il est parfois urgent de cesser de penser…
J'ai quitté Paris. Je le souhaitais, et il s'est présenté une occasion sur laquelle j'ai sauté sans trop réfléchir, dans l'urgence. Décidément, il semblerait que même

les circonstances me poussent à ne pas trop m'appesantir dans la réflexion ! J'ai repris le cabinet d'un pédiatre qui prenait sa retraite, dans une toute petite ville à l'est de Paris. À trois quarts d'heure du périphérique, ce n'est pas la « vraie » province dont je rêvais, mais c'est un endroit qui a son charme, presque un village. (T'ai-je jamais dit que j'avais toujours rêvé d'exercer dans une toute petite ville loin de Paris ? Que veux-tu, il y en a qui veulent aller au bout du monde, en Asie ou en Afrique – j'en connais… – moi, je rêvais de province. Chacun ses envies d'exotisme !) Malgré sa proximité, on n'y « sent » pas trop la capitale. Les gens sont simples, plutôt accueillants. La campagne est toute proche.

J'y ai loué une maison avec un minuscule jardin. (Mais j'ai tout de même un tilleul devant ma porte.) Après avoir campé assez inconfortablement pendant quelques semaines, j'ai maintenant à peu près ce qu'il me faut. Je m'y sens bien. Enfin… les jours où ça va bien. Les soirées sont un peu dures, tu t'en doutes, et j'avoue me demander souvent, encore, ce que je fais là.

Mais chut ! Chut ! J'ai dit qu'on laissait les questions et les doutes tranquilles !

Je pense beaucoup à toi, à tout ce que tu m'as raconté de ton grandiose projet. Même si j'ai refusé de le partager avec toi, même si ce n'était pas MA vérité (Oh ! Que je me retiens de te dire ma peur que cette « vérité », que je recherche douloureusement, pour laquelle je t'ai rejeté, qui m'a poussée à quitter Denis, ne soit qu'illusion, lâcheté… Rien, en somme. Peur qu'au bout de toutes ces douleurs je ne trouve RIEN !), je t'admire d'oser te lancer dans une entreprise d'une telle ambition. Les difficultés doivent être terribles, mais ta force et ta foi en ton métier en viendront à bout, j'en suis sûre. Je t'admire, oui. J'aimerais tant savoir comment tout cela progresse. Auras-tu un peu de temps pour me le raconter ? Ça me ferait tellement de bien que tu m'écrives de temps en temps... Dis, accepterais-tu que l'on s'écrive ?

Ne t'inquiète pas, je ne veux pas te coller mes soucis sur le dos, te raconter par le menu mes difficultés, ni pleurer dans ton giron en t'assommant avec mes états d'âme. J'aurais honte de t'infliger cela. Je ne le ferai pas, ne crains rien. Mais j'aimerais, oui, que tu me dises comment tu vas, ce que tu fais, si ton projet avance comme tu veux. Si tu as le temps...

Moi, j'ai beau être le seul pédiatre à trente kilomètres à la ronde, j'ai un emploi du temps beaucoup moins chargé qu'à Paris. Des trous, souvent, entre les consultations. Je suppose qu'il faut que je gagne la confiance des gens, petit à petit. «L'esprit de village» dans lequel je souhaitais vivre implique aussi une certaine réserve vis-à-vis du nouveau venu! Tout ça pour dire que, de mon côté, j'aurais le temps de t'écrire, si tu le souhaites.

Ah! À propos, je voudrais te demander quelque chose... Et voilà que je suis restée une demi-heure le stylo en l'air, pétrifiée par l'audace de la demande que je vais te faire, par son inconvenance. Oui, je pense que le mot n'est pas trop fort. Mais tant pis, je m'y risque tout de même.

Je sais que tu es resté en contact avec Denis, que vous vous téléphonez, peut-être, de temps en temps. Pourrais-tu me donner de ses nouvelles? Oh, je ne te demande pas de trahir ses confidences, s'il t'en fait, ni de me dire ce qu'il pense ou... Non, surtout pas! Je voudrais juste savoir s'il ne va pas trop mal.

Je me rends compte, en traçant ces mots, que te demander ça, à toi, est non seulement inconvenant mais pourrait paraître, vu de l'extérieur, du plus haut comique. Révoltant, aussi...

Depuis que je suis partie, les quelques contacts que nous avons tenté d'avoir, Denis et moi, ont été terriblement difficiles. Il nous est à présent impossible de nous parler. À tel point que, depuis près de trois mois, je ne sais pas ce qu'il devient. M'étant éloignée de Paris, je ne rencontre plus personne qui le connaisse, ou qui travaille avec lui, donc personne qui puisse me dire quoi que ce soit à son sujet.

Je suis inquiète. Je lui ai fait tellement de mal…

Si tu pouvais me rassurer, ne serait-ce que par quelques mots, je serais très soulagée. Ça m'aiderait à avoir l'esprit plus libre. Est-ce trop te demander ?

Je te donne ma nouvelle adresse. Un numéro de téléphone aussi, au cas où tu n'aurais pas le temps d'écrire. Mais je suppose qu'en brousse, téléphone et courriers peuvent parfois être impossibles ! Je serai donc patiente.

Pardonne-moi d'avoir été si longue. Et je m'aperçois que j'ai bien de la peine à me décider de terminer cette lettre ! C'est que je ne connais pas grand monde ici, encore. Je n'ai pas eu le temps (ni le cœur) de me faire de nouveaux amis et je me trouve assez isolée. Je ne parle à personne, ou presque… Alors tu vois, je me venge sur le papier !

Je me permets de t'embrasser très fort,

Florence

PS : Ah ! j'ai envie de te raconter une anecdote (décidément, je n'arrive pas à me taire…), quelque chose qui est arrivé pendant une de mes consultations et qui m'a beaucoup frappée.

On m'avait amené à soigner (pour une broutille) un enfant de sept ans atteint d'autisme – un autisme relativement léger qui lui laissait la possibilité d'un mini-

mum de communication et l'usage de quelques mots. Il m'a regardée intensément tout le temps qu'il a passé dans mon cabinet. Difficile de décrire un tel regard, d'un sérieux impressionnant, mais il ne m'a pas quittée des yeux un instant.

Alors que je rédigeai l'ordonnance, il a tout à coup sauté dans mes bras, bousculant tout ce qu'il y avait sur mon bureau. (Il a littéralement sauté AU-DESSUS du bureau pour m'atteindre !) Il s'est mis à pleurer, à gémir, en me prenant le visage à deux mains. Il était collé à moi, je voyais ses yeux pleins de larmes à dix centimètres des miens. Entre ses gémissements, il a prononcé ce mot, sur un ton interrogatif : « ... Mal ? » Tout cela a été extrêmement subit et rapide. Sa maman, qui l'accompagnait, est vite venue l'arracher à moi, et tout en tentant de le calmer elle m'a expliqué qu'il avait habituellement cette réaction quand il voyait quelqu'un souffrir. Il ne supportait pas de voir une personne pleurer sans pleurer aussi et crier de douleur. Comment cet enfant a-t-il vu que je pleurais tout au fond de moi ?

Le printemps prit Denis à rebrousse-poil.

Jusque-là, il était assez fier de lui. Il se félicitait de réagir plutôt bien depuis quelques mois. Au cours de l'hiver, il avait stoppé les antidépresseurs pris sur les conseils d'un collègue. Il ne voulait pas donner dans ce piège. Quelques sorties par semaine, des conversations avec des personnes cultivées et intelligentes valaient mieux qu'une pilule tous les matins. Il avait donc renoué des relations suivies avec deux ou trois connaissances avec lesquelles il se trouvait en confiance.

Vraiment, oui, il ne se sentait pas trop mal.

Puis le soleil revint, et, vers la mi-mai, une période caniculaire embrasa Paris. Les cafés ouvrirent leurs baies vitrées, leurs terrasses mangeant les trottoirs, des gens y buvaient, en tenue légère, des boissons rafraîchissantes, certains se vautraient sur les pelouses, des filles se trempaient les jambes dans les bassins des squares, s'éclaboussaient en riant, des couples se promenaient bras dessus, bras dessous, hanche à hanche...

Insidieusement, les nerfs de Denis s'en trouvèrent exacerbés. L'insouciance ambiante, la gaieté qui s'affichait partout dans la ville, cette façon qu'avaient les Parisiens de se prélasser béatement l'agaçaient. Un ciel bleu, quelques degrés de plus, et tous ceux qui faisaient

221

la gueule habituellement souriaient aux anges. C'était horripilant.

Les bouilles joyeuses des jeunes avec leurs casquettes à l'envers l'horripilaient. Ceux qui jouaient au ballon dans les jardins publics aussi. Et les filles, avec leurs petites fringues et leurs rires idiots. Quant aux bonnes femmes à lunettes noires, assises aux terrasses jambes haut croisées et déjà bronzées, elles l'horripilaient encore plus.

Et plus encore ceux qui parlaient déjà de leurs vacances !

La joie, le bonheur des autres, le renouveau de la nature, tout le foutait en rogne.

Cet état d'ébullition intérieure alla grandissant, jusqu'au jour où il se surprit à penser : « Si je n'étais pas seul, je m'attarderais bien au soleil couchant avant de rentrer… », puis : « Ce week-end, j'aurais bien été voir la mer avec Florence… »

Il se rendit compte, atterré, que le regret de cette femme lui interdisait toute détente, tout plaisir, le maintenait à l'écart du monde, totalement séparé de ses semblables. Tout ce qui pouvait rendre les autres joyeux, vivants, lui était inaccessible. Il était exilé, tel un sinistre petit prince, sur une planète morte appelée « Absence de Florence » – et personne pour lui dessiner un mouton…

Il imaginait encore où ils auraient pu aller, ce qu'ils auraient fait ensemble. Elle n'était pas là, et pourtant toujours omniprésente dans sa vie, puisque rien n'avait d'intérêt sans elle.

Et il l'attendait…

Il n'était pas parvenu à tuer l'espoir. Il l'attendait encore, quoi qu'il fasse pour se prouver le contraire.

Alors une colère, une colère immense, se mit à remplacer l'agacement diffus. Elle enfla en lui, se densifia.

Les jours passant, elle l'emplit tout entier. Le soir, il en étouffait. Il aurait tapé sur n'importe quoi, n'importe qui, sous n'importe quel prétexte. Parfois il se sentait prêt à exploser de colère. Il devenait injuste. Il devenait idiot. Il allait attraper un accident, devenir fou, à force de se cogner à l'intérieur de sa colère.

Un matin, son regard s'attarda sur son agenda. Il relut plusieurs fois la date de ce jour-là : 13 juin.

Ça lui rappelait quelque chose…

13 juin ?

Et l'illumination : la soirée chez Pierre ! La soirée mémorable, flamboyante ! La dernière sortie conjugale, l'unique ! Une soirée comme une bombe ! Un an exactement que tout avait explosé en cette soirée du 13 juin, ça valait le coup de fêter ça !

Au cours de cette journée, la colère de Denis se ramassa, se précisa, trouva sa cible, se transforma en jubilante détermination. Il allait sortir de là. Il allait zigouiller une bonne fois pour toutes l'espoir, l'attente qui l'entravait, le tuait à petit feu. Tout serait plus simple, APRÈS.

En rentrant chez lui, il acheta une bouteille de scotch, bien décidé à la vider tout entière, méthodiquement.

Ensuite, il appellerait Florence.

— Allô ?

— Oui ?

— Allô-allô-allô, Florence ?

— Qui est-ce ?

— Haaaaaaa, elle ne me reconnaît pas… Merde, alors.

— …

— C'est ton mari, ma chérie.

— Denis ?!

— Ouiii, c'est son nom ! Bravo.

— Qu'est-ce qui t'arrive, Denis ?

— Je t'ai réveillée ?

— Oui.

— Oh…

— Pourquoi est-ce que tu m'appelles à cette heure-là ?

— Pourquoi est-ce que je l'appelle… Voyons, pourquoi est-ce que je l'appelle ?

— Tu as bu ?

— Nooon ! Non, non…

— Mais si, tu…

— Erreur ! Je n'ai pas « bu », je me suis noyé. Noyé dans l'alcool !

— Tu es complètement ivre.

— Ivre mort, oui. Bourré ! Pété ! À tomber. À mourir… C'est chouette.

— Qu'est-ce que tu veux ?

– Je veux... je veux... Je ne sais plus ce que je veux...

– Denis...

– Ah si! Je veux te chanter une chanson: JOYEUX ANNI-VER-SAIRE, JOYEUX ANNI-VER-SAIRE! JOOOYEUX AAANNI-VER-SAIIIRE, FLORENCE...

– Arrête! Arrête de hurler comme ça!

– ... JOOOYEUUUX AAANNIVEEEERSAIRE!!!

– Arrête! Ce n'est pas mon anniversaire.

– Mais si, ma chérie. C'est TON anniversaire! Celui de ta prise de liberté! Voilà un an jour pour jour, mon amour, que tu me plaquais comme une malpropre, que tu abandonnais le domicile conjugal sans tambour ni trompette. Et sans sommation: BOUM, direct, en plein dans la gueule! C'est pas un... un... un nanniversaire, ça? Un BEL anniverzaire pour toi?!

– Arrête, Denis. C'est pas drôle.

– T'as aucun sens de la fête, toi. T'es vraiment chiante...

– Je vais raccrocher, Denis.

– Non, non! Tu aurais tort! J'ai une surprise, un cadeau d'anniversaire pour toi!

– Ça suffit, Denis.

– ... Un beau cadeau, que tu apprécieras, j'espère: Je veux divorcer.

– Qu'est-ce... Qu'est-ce que tu dis?

– Ah! Tu vois que ça valait le coup d'être réveillée à trois heures du matin, de supporter le mec bourré, et de patienter un peu pour apprendre cette bonne nouvelle: JE VEUX DIVORCER!

– Vraiment, Denis?

– Et je veux un divorce à TES TORTS EXCLUSIFS. Tu m'entends?

– ...

– TU M'ENTENDS?!

– J'entends.

– Et qu'il n'y ait pas un enfoiré d'avocat qui me parle d'amiable. Y a pas d'amiable dans cette histoire ! C'est d'accord ?

– …

– C'est d'accord ?!

– …

– Qui ne dit mot consent. Bonsoir, madame.

Trois mois plus tard, le divorce était prononcé.
Denis et Florence n'étaient plus mari et femme.

Mali. Saison des pluies. En brousse.

Cher Denis,

Tu ne peux savoir à quel point la nouvelle de votre divorce m'a bouleversé. Je ne m'en remets pas. C'est vous qui vous séparez et c'est moi qui fais une dépression. Je n'ai plus de goût à rien. Une horrible tristesse m'habite.
Peut-être est-ce si incongru que tu ris en lisant cela ? Certes, il y a de quoi rire, j'en conviens. Moi-même, à certaines heures, j'essaie de trouver ça drôle. Je n'y parviens pas. L'humour ne m'est d'aucun secours. Je suis triste. Je suis triste… Votre couple n'est plus et une partie de moi est brisée du même coup. La joie a disparu. Tout m'est lourd. Je n'arrive pas à comprendre pourquoi je suis si profondément affecté.
J'ai même perdu des forces pour mon travail. J'assume sans véritable cœur les tâches si lourdes que nous accomplissons ici et je me le reproche amèrement. Oh, je fais tout ce qu'il faut pour donner le change ! Nul ne me prendra en défaut de vigilance, avec dix-huit heures de labeur acharné par jour pour compenser mon manque d'allant ! Tu nous connais…

Denis, ne réussirons-nous dans la vie que notre travail ?

Ne sommes-nous bons, véritablement bons, qu'à ça ? Cette question m'obsède.

Mais pardon de te mettre dans le même sac que moi. Toi, tu as vécu avec Florence, tu as eu une vie de couple, tu aimeras sans doute encore. C'est moi l'imbécile, avec ma force imbécile, dissimulant une épouvantable impuissance à construire une vie personnelle en dehors de mon métier. Handicapé de la vie, de l'amour. Pardon, oui, d'être injuste avec toi. Je sais que tout cela n'est pas de ta faute. C'est elle qui est partie. Tu n'as pas demandé à être si malheureux. Et je n'avais pas vu, ou pas voulu voir jusqu'à présent, que j'avais une part de responsabilité dans cette rupture. Cette culpabilité est venue s'ajouter à la tristesse. J'ai été le déclencheur de la catastrophe, le briseur d'équilibre. Mes gros sabots imbéciles, toujours…

Florence m'a assez bien expliqué cela dans une lettre qu'elle m'a écrite voilà quelques mois. Mon retour aurait brutalement fait réapparaître des questions restées sans réponse depuis dix-huit ans, une indécision latente qu'elle gardait depuis mon départ en Asie, un flou qui couvait, sournois, une petite poche de doute, refoulée, bien cachée sous votre bonheur, et qui lui a explosé à la figure.

Je comprends, oui.

Je ne pense pas qu'elle ait eu le loisir de t'expliquer cela, tu étais si en colère que tu n'aurais pu l'entendre…

Je te comprends, aussi.

Et moi je suis au milieu, à pleurer comme un con. À pleurer quoi, au juste, puisque je reste irrémédiablement à part ?

Car je peux me rassurer sur un point, qui allège un peu

ma culpabilité : ma folle proposition de l'emmener vivre enfin avec moi n'est absolument pour rien dans cette catastrophe. Elle n'a pas pesé un gramme dans sa décision de te quitter. Irrecevable. Elle n'y fait même pas allusion dans ses lettres. C'est à se demander si elle a écouté un seul mot de ma déclaration d'amour éternel ! Ma présence seule et les questions qu'elle a fait ressurgir ont compté. Un problème pas réglé entre elle et elle… Mais moi ? Ma réalité à moi est demeurée si inconsistante qu'elle ne pouvait être prise en compte. Cela me conforte dans cette impression que j'ai toujours eue, qui a conditionné en partie mon départ en Asie et dont je t'ai parlé lorsque tu es venu à Dakar : c'est toi qu'elle préférait, c'est avec toi qu'elle devait vivre. Si forte et réelle qu'ait été son affection pour moi, jamais elle ne m'aurait suivi, ni il y a dix-huit ans ni maintenant. J'en ai la preuve éclatante.

C'est toi qu'elle aime vraiment, je l'ai toujours su. Elle non. Et maintenant vous êtes divorcés. C'est un épouvantable malentendu. Un vrai malheur. Du moins, c'est ainsi que je le ressens.

Voilà trois mois que cette nouvelle m'a atteint et je repoussai jour après jour l'idée de t'écrire. Je me disais que j'étais ridicule (peut-être le suis-je), que ça allait passer, que je n'avais aucune raison de… Que ce n'était pas mon histoire… Que le temps… que la raison… que le travail…

Avant-hier, nous avons eu à faire face à un problème qui a tenu toute l'équipe éveillée pendant deux jours à suivre : nos deux groupes électrogènes ont lâché en même temps. La panne du premier nous a surpris en pleine opération, le second une heure après. Je te laisse imaginer la nuit que nous avons passée, à surveiller nos trente-quatre patients dont six opérés à la lueur des lampes à gaz, sans aucun appareil de contrôle en fonctionnement. Au sortir de cette épreuve, après deux nuits sans sommeil, j'aurais dû m'écrouler de fatigue sans plus penser à rien. Or je me suis retrouvé assis sur le bord de mon lit de camp, à penser à vous, le cœur serré, le chagrin au ventre, me disant : « Je ne m'y fais pas... Je ne m'y fais pas... »

J'ai dit plus haut que je tentais de me convaincre que je n'avais pas à être si concerné, que votre divorce n'était pas mon histoire. Et pourtant si, c'est MON histoire. VOUS ÊTES mon histoire.

Cet amour pour Florence que je n'ai jamais pu m'arracher du cœur, c'est toi qui en étais le gardien. Je savais la femme que j'aimais en sécurité, en solide affection, avec un homme que j'estimais et qui l'aimait autant que moi.

Je ne m'étonne plus de n'avoir jamais cherché à interférer dans votre vie, à vous rencontrer, à revendiquer quoi que ce soit (jusqu'à cette fatidique soirée où il aurait été préférable que je me casse une jambe). Vous étiez les dépositaires de notre histoire, elle continuait à vivre à travers vous. D'une certaine manière, et si malheureux que je sois d'être seul, vous viviez l'amour à ma place, et je respectais cela.

La stabilité de votre couple était la preuve que ce que nous avions éprouvé dans notre jeunesse était vrai. Nos sentiments n'étaient pas des chimères, des mirages qui s'évaporent à l'âge adulte. Ils étaient une réalité qui pouvait grandir, se déployer, sur laquelle on pouvait bâtir une vie. J'étais profondément rassuré par la solidité de votre amour. Moi, je n'avais pas de vie de couple, j'en souffrais, mais CELA EXISTAIT, par vous. Je ne m'étais jamais rendu compte jusqu'à ce jour à quel point ce sentiment m'a tenu debout, a compensé ma solitude.

Vous étiez les gardiens de la partie la plus précieuse de

moi, d'une intimité secrète jamais partagée depuis Florence, de mon plus pur espoir. Quel sens tout cela a-t-il maintenant ? À quoi bon cette vie solitaire, sans amour, si l'amour n'existe plus par vous, si vous trahissez la foi de notre jeunesse commune ?

L'espoir est anéanti et le dérisoire est partout…

«Est-ce ainsi que les hommes vivent… » chantait Léo Ferré l'autre jour sur la radiocassette d'un collègue médecin. Et j'ai quitté la tente pour fuir les mots de cette chanson que je trouvais la plus triste du monde. Je n'ai pu supporter d'entendre que nous errions tous vers le néant, traînant après nous les cadavres de nos amours, de nos illusions, de nos sincérités inutiles, inutiles…

Vous habitiez la part faible en moi, noyau de certitude, de rêve intact, qui soutenait ma part forte (si forte, n'est-ce pas ? !). Ma part faible pleure et la part forte s'écroule. Je fais ce que j'ai à faire, ce que je sais faire, comme un automate vidé d'espoir.

Tu vas me dire, Denis, que ce n'est pas ta faute, que je n'ai qu'à crier vers celle qui est partie. Peut-être le ferai-je aussi… Ou peut-être voudrai-je l'épargner, parce que je la crois plus faible, mon cher amour perdu, seule dans le grand monde, sans plus de bras autour d'elle pour la protéger.

Le ciel commence à peine à s'éclaircir sur la brousse. Les moustiques ont fait un festin de ma personne, car je ne pouvais pas rester enfermé. J'avais besoin de l'immensité du ciel, des étoiles au-dessus de ma tête pour te dire mon désarroi.

C'est une lettre de nuit.

Quand le jour sera là, je sais que je la trouverai grandiloquente, exaltée et un peu puérile, comme le sont souvent les lettres de nuit.

Pourtant je n'en changerai pas un mot. Aucune pudeur,

aucune honte ne me feront renier ces paroles qui sont l'expression de ma vérité la plus intime.
La vie continue. Me reste à donner, donner sans relâche mon temps et mon savoir. Mais vous êtes séparés et plus grand-chose n'a de sens.
Je suis orphelin de votre amour.
Qu'avez-vous fait ?

Romain

Le divorce ne changea pas grand-chose pour Florence. Il ne fut ni un choc ni un soulagement. Il n'était après tout que la conséquence logique d'une rupture qu'elle avait initiée. Elle se dit simplement que c'était mieux pour Denis. Il serait à présent tout à fait libre. Il avait besoin de cette déclaration officielle de leur séparation pour s'autoriser à l'être, sans doute.

Elle eut un pincement au cœur le jour où ils furent bien obligés de se rencontrer pour signer les papiers. Elle le vit amaigri, avec un durcissement du regard et des traits qu'elle ne lui avait jamais connu. Il avait vieilli. Cela, oui, lui fit mal.

Pour elle, tout continua comme auparavant, aussi péniblement, lentement, douloureusement. À pas de fourmi, elle allait vers son autonomie – jamais, au grand jamais, elle n'aurait osé le mot « liberté » ! – et craignait tous les jours qu'elle ne soit qu'un leurre. Petit à petit, pourtant, elle avançait et se sentait moins perdue. Sans qu'elle s'en aperçût vraiment, une assise intérieure s'affermissait.

D'abord, elle avait vaincu ces crises d'étouffement, cette spasmophilie angoissante qui la saisissait dès qu'elle était seule – surtout la nuit, allongée dans son lit. Elle avait failli appeler à l'aide trois fois. Se coucher devenait une terreur. Elle savait qu'elle allait retrouver ce poids sur la poitrine, la respiration bloquée, avec cette pénible impression qu'il n'y avait plus d'oxygène dans la pièce. Et le cœur qui s'emballe… Elle sut très vite qu'il était inutile d'aller chercher de l'air frais au jardin, le malaise était en elle.

L'inscription à un cours de yoga eut un double avantage : elle apprit à maîtriser ses accès d'angoisse, à les désamorcer, et elle fit la connaissance de deux ou trois personnes chaleureuses qui devinrent des amis. On s'invita les uns les autres. Florence organisa une virée générale pour aller au théâtre à Paris.

En leur compagnie, elle rit un jour jusqu'à en perdre haleine. Ses compagnons la regardèrent s'étouffer, attendris et un peu craintifs – ils savaient assez d'elle, déjà, pour comprendre que cette crise inextinguible était celle d'une femme qui n'avait pas ri depuis trop longtemps.

Ainsi, étant moins isolée, elle se sentit peu à peu chez elle dans la petite ville. Cela se fit si doucement qu'elle eut à peine conscience de cette évolution. Les rues, les gens lui devenaient familiers. Elle pensait naturellement « Je rentre chez moi », dans une maison qui ne lui était plus étrangère.

Mais de grands moments de doute la saisissaient encore…

Un jour, par l'intermédiaire de ses nouveaux amis, elle rencontra un homme. Il se mit à lui faire la cour. Elle s'avoua qu'elle le trouvait charmant. Elle résista, pourtant. Elle n'arrivait pas à se laisser aller, quelque chose en elle se bloquait irrésistiblement. Elle se disait : « Tu as peur, ma vieille. » C'était sans doute vrai.

Il insista, obstiné, proposa une sortie à deux.

Elle se morigéna, se raisonnant comme une gamine : « Allez ! Il faut sauter le pas, ma grande, c'est maintenant où jamais ! »

Ils sortirent donc. Puis ils rentrèrent. Chez elle.

Elle avait un trac fou.

Avant de passer à l'acte, elle tint à prévenir honnête-
ment son partenaire : elle avait fait l'amour avec un seul
homme pendant dix-huit ans, autant dire que, comme
tous les gens hyperspécialisés, elle n'avait aucune
expérience générale, il existait sans doute des tas de
trucs qu'elle ne connaissait pas, elle allait être nulle,
elle ne saurait pas…

Il éclata de rire et lui clôt la bouche d'un baiser. Ce
type-là était irrésistible quand il riait. On eût dit un
môme gourmand devant un gâteau.

Elle eut, lors de cette première expérience, quatre
orgasmes d'affilée, l'impression d'être électrique de partout, le corps et l'esprit délicieusement sens dessus dessous. Florence était une femme saine, qui aimait l'amour
– après trois ans d'abstinence, le corps se vengeait.

Cet effet « bouchon de champagne » s'estompa assez
rapidement et après quelques semaines les étreintes de
son amant lui tirèrent un unique et très classique soupir.
La griserie qui résultait de l'exultation retrouvée de ses
sens s'étant calmée, certains détails triviaux la frappè-
rent : ils se rencontraient toujours chez elle, ils allaient
toujours dîner en dehors de la ville – il connaissait
nombre de petites auberges discrètes vachement sympa
– son adresse restait mystérieuse…

Elle apprit vite qu'il était marié, bien sûr, et papa de
deux jeunes enfants.

Florence rompit le lendemain même, sans l'ombre
d'une hésitation. Elle n'avait pas choisi le chemin de la
lucidité, payant le prix fort de la solitude, pour s'em-
bourber par personne interposée dans les mensonges et
le semblant ! La clarté de cette décision, sans regret et
sans appel, lui fit prendre la mesure de sa force nouvelle et la rassura sur son devenir. Elle tiendrait le cap

qu'elle s'était fixé : être elle-même, entière et sans concessions, même si le plaisir devait être absent de sa vie pendant un bon bout de temps. Elle n'était plus à un sacrifice près ! Elle se dit avec humour que trois mois de vie sexuelle pour trois ans d'abstinence, ce n'était pas si mal – la proportion n'était pas énorme, certes, mais il y avait plus pauvre qu'elle !

Son cabinet de pédiatrie marchait plutôt bien. Les parents trouvaient toujours chez elle une bonne écoute et elle mettait les enfants en confiance. Sa clientèle s'élargit donc rapidement.

Elle avait revu deux ou trois fois la maman de l'enfant autiste. Celui-ci, à un moment ou à un autre de la consultation, sautait toujours sur ses genoux à l'improviste, mais il ne pleurait plus, ne la regardait plus avec ce regard déchirant qu'il avait eu la première fois. Si elle avait été aussi malheureuse qu'à son arrivée ici, l'enfant l'aurait senti et se serait mis à crier. Son calme prouvait sans doute qu'elle souffrait moins.

Pensant cela, Florence n'était pas dupe et savait qu'elle cherchait à se rassurer à propos des terribles crises de cafard qui la saisissaient encore parfois. Mais, ayant reconnu qu'il n'y avait rien de positif, aucun enseignement à tirer de ces moments de déprime, elle réagissait avant de sombrer en appelant un ami – puisqu'à présent elle avait des amis – ou en sortant pour chasser ses idées noires.

Un jour, la maman du petit vint rendre visite à Florence hors des heures de consultations et lui demanda d'aller voir avec elle une jeune mère qui vivait tout à fait isolée dans un village voisin, s'occupant seule d'un enfant atteint d'un autisme plus profond. Celle-ci n'avait pu continuer d'amener son fils au seul centre d'accueil spécialisé, situé à quatre-vingts kilomètres de son domicile, faute de moyens suffisants. Sans travail à présent, elle vivait quasi cloîtrée avec lui, dans une grande misère morale et physique.

Florence, touchée, voulut bien se rendre chez elle en sa compagnie. Elle examina l'enfant – du mieux qu'elle le put car il était craintif et se roulait en boule au moindre contact – et repartit bouleversée.

Dans les semaines qui suivirent, elle se renseigna. Il n'existait effectivement aucun centre d'accueil, aucune possibilité de garde de jour dans les environs. Elle eut connaissance d'un autre cas. Puis deux parents d'enfants victimes de handicaps mentaux qui leur interdisaient d'être scolarisés la contactèrent. Son intérêt pour le problème s'était su et l'information faisait boule de neige. Florence découvrait l'impuissance de ces pères et mères, le peu d'assistance qui leur était offert. Beaucoup, lourds d'une sourde culpabilité d'avoir engendré un enfant anormal, douleur qui s'ajoutait à leur souffrance quotidienne, n'osaient réclamer de l'aide. Il leur aurait fallu un porte-parole…

En quelques semaines, Florence eut connaissance de treize cas – treize familles dans la détresse qui ne trouvaient pas de solution. C'était suffisant pour partir en guerre…

Florence s'accorda du temps, réfléchit, laissa l'évidence prendre corps en elle, et un matin elle se réveilla avec un plan de bataille en tête : créer une association, contacter le ministère de l'Aide à l'enfance, talonner le conseil général pour arracher des subventions, impliquer la préfecture, obtenir un local de la municipalité… Elle n'avait jamais fait ce genre de chose, mais pour une cause pareille elle apprendrait vite. On allait voir ce qu'on allait voir !

De ce jour, elle enracina son devenir dans l'action. Au fur et à mesure de ses démarches, elle allait découvrir en elle des ressources d'obstination, de culot, d'habileté diplomatique – voire de ruse – d'inébranlable fermeté, et même une capacité de séduction toute politique qu'elle n'aurait jamais soupçonné posséder.

Elle n'eut plus une seule crise de cafard.

Denis, quant à lui, vit son humeur radicalement transformée par le divorce. Un soulagement miraculeux, immédiat, le saisit presque du jour au lendemain. Il n'était plus la victime du départ de sa femme, le laissé-pour-compte incapable de vaincre sa rancœur, subissant l'humiliation de l'attente, réduit à la merci du vouloir de l'autre. Il avait à son tour pris une décision forte, tranché, tordu le cou à l'espoir. Ouf !

Il s'avoua après coup avoir douté du succès de l'entreprise et craint que ce divorce ne le libère pas. Ô miracle, ça marchait ! Un poids énorme avait quitté ses épaules. Le soulagement était peut-être illusoire, mais toujours bon à prendre. Il suffisait, tant que cette euphorique impression de légèreté durait, de ne pas trop aller gratter les zones qui risquaient de demeurer douloureuses.

Par prudence, il se mit à beaucoup sortir pour éviter de rester trop longtemps seul avec ses pensées. Un concert avec des amis lui fit redécouvrir les bienfaits de la musique, qu'il adorait autrefois. Le trop-plein de travail, la vie de couple l'avaient peu à peu, naturellement, éloigné de cette passion. Plus de temps pour elle. Mais la musique était comme une vieille amie perdue de vue. Il suffisait de renouer le contact pour la retrouver, fidèle.

Elle emplissait à présent le grand appartement vide, dès que Denis rentrait – à tel point que la concierge lui souffla, un jour, qu'on l'entendait jusqu'au rez-de-chaussée... Denis était un homme courtois et un bon voisin : il tempéra les décibels.

Puis l'appartement commença à lui peser. Maintenant qu'il avait rompu définitivement les liens qui l'attachaient à Florence, il n'en pouvait plus de vivre là où il avait été heureux avec elle. Tout lui rappelait cette vie de couple perdue, les souvenirs étaient partout. Puisqu'il respirait plus librement, il fallait changer ça aussi, bon sang, que ça bouge ! Il en avait marre d'être confiné dans le décor d'un amour mort !

Il rêva de vendre cet endroit pour s'installer ailleurs, mais la chose était compliquée sur plusieurs plans. Il avait là son cabinet de consultation privé. Changer d'adresse professionnelle n'était pas évident. Puis une autre raison, plus importante, le freinait : cet appartement lui avait été donné par ses parents, ils y avaient eux-mêmes vécu autrefois. Son départ d'un lieu qu'ils chérissaient, lourd d'une histoire familiale, les eût blessés. Cela, surtout, le retint.

Qu'importe, il allait tout changer à l'intérieur ! Il engagea le mari de la concierge – Paco, un costaud espagnol d'une serviabilité admirable et d'une capacité de réflexion minimale – et pendant deux bonnes heures tous les soirs, Denis tenta avec son aide de bousculer l'ordonnance des pièces, de créer une harmonie nouvelle. Mais, comme chacun sait, il n'est pas aisé de faire du neuf avec du vieux...

Ils changeaient chaque meuble de place au moins cinq fois, puis Denis jaugeait longuement le résultat, l'œil plissé « à l'artiste », sous tous les angles. Paco attendait le verdict, les bras ballants, l'œil bovin, la sueur au front. Il risqua une ou deux fois un timide :

« Yé vous assoure, cé très yoli… », puis il se tut, définitivement, et se borna à suivre les instructions de Denis.

Au bout d'une semaine, Denis était toujours insatisfait du résultat, Paco commençait à se lasser – il avait raté, pour faire faire le tour de la pièce à une commode, un match Espagne-Pays-Bas et sa bonne volonté en avait pris un coup… – quand jaillit l'illumination : c'était la destination des pièces qu'il fallait changer ! En fait, ce que Denis ne supportait vraiment plus, c'était de dormir dans la chambre anciennement conjugale. Qu'à cela ne tienne, le petit salon deviendrait chambre à coucher. De toute façon il n'avait pas besoin de salon, il sortait sans arrêt et ne recevait plus personne.

Le déménagement prit cette fois toute la soirée – il n'y avait, fort heureusement, pas de match de foot ce jour-là – le lit se coinça entre les portes, il fallut démonter et remonter un meuble, mais à onze heures du soir, Denis avait une nouvelle chambre.

Le seul véritable problème fut la table monumentale – la fameuse table à cinq briques – au piétement en acier en forme d'araignée sur le dos, soutenant le plateau en verre de cinq centimètres d'épaisseur. À deux, ils eurent toutes les peines du monde à la pousser de deux mètres vers les fenêtres, pour laisser la place du lit contre le mur opposé. Le reste émigra dans la pièce désertée, rebaptisée « dressing-room ». Denis n'y passerait plus que pour se changer.

Petit à petit, il amena dans sa nouvelle chambre les objets qu'il aimait le plus, la musique, ses livres préférés, et ne mit quasiment plus les pieds dans le reste de l'appartement. Il s'était constitué un cocon, intime, où il ne sentait pas trop le vide, avec tout ce qui lui était nécessaire à portée de la main – un vrai studio de célibataire.

Il ne regrettait absolument pas d'avoir abandonné la chirurgie esthétique et les paquets de fric qu'elle lui aurait rapportés, et se passionnait de plus en plus pour l'enseignement. Il se disait bien que, de quelque subtile manière, le départ de Florence et le choc qui s'était ensuivi avaient clarifié des choses importantes dans sa vie, l'avaient en quelque sorte «réveillé» et lui avaient permis d'éviter le piège de la facilité, un certain avilissement de sa vocation – mais il préférait ne pas trop y réfléchir, du moins pour le moment. Il savourait, en se posant le moins de questions possible, cette sensation de légèreté qui lui rendait la solitude supportable.

Parfois, il s'étonnait de ce soulagement si brusque, craignait de bénéficier d'un trompeur effet-rebond du divorce – ça n'allait pas durer, il allait replonger dans les affres, l'attente douloureuse, perdre ce détachement délicieux. Pourtant non, cela continuait. Il se demandait simplement si ce détachement ne frisait pas l'insensibilité : en dehors de son métier, il se foutait de tout...

Il faisait de temps à autre quelques courses rapides. Un paquet de biscottes, un pot de café soluble, un morceau de fromage dans le frigo lui suffisaient, puisque, chez lui, il se nourrissait surtout de musique.

Un jour, sortant de chez le fromager avec un petit pochon de plastique à la main, il fut abordé par une fort jolie femme blonde. Elle se campa hardiment devant lui et demanda :

– Comment me trouvez-vous ?

Décontenancé, Denis la fixait sans répondre. Elle fit alors un curieux petit ballet de la tête, lui présentant ses deux profils, puis offrit de nouveau à Denis son regard effronté.

– Alors ! ? Comment me trouvez-vous ?

– Mais… bien. Tout à fait bien. Qu'est-ce que…

– Vous ne me reconnaissez pas ?

– N… non.

– Vous m'avez refait le nez, il y a cinq ans. Comment le trouvez-vous ?

– Parfait. Et vous ?

– Oh, moi, il me plaît. Mais je voulais l'avis du professionnel. Après tout, c'est votre œuvre !

Ils étaient plantés tous deux face à face au milieu du trottoir. Elle continuait à le regarder dans les yeux, un sourire frondeur aux lèvres. Il y eut un temps, que Denis meubla d'un sourire un peu gêné, ne sachant qu'ajouter. Alors elle dit, d'un ton coquin :

– Vous m'avez refait les seins aussi. Mais ça, je ne peux pas vous le montrer ici.

Pour le coup, Denis éclata franchement de rire. Jamais on ne lui avait fait un rentre-dedans aussi éhonté. Celle-là, il allait la coller dans son lit le plus vite possible, c'est tout ce qu'elle demandait et elle tombait à pic – et puis il était rare, pour un chirurgien, d'avoir l'occasion de profiter de son boulot, l'occasion était à ne pas manquer, même par intérêt professionnel !

Ce qui fut fait, dès le lendemain, après ce qu'on a coutume d'appeler un « souper fin ».

Cette nuit ne mérite aucun commentaire spécial. La jeune femme s'appelait Béatrice, ses seins étaient charmants, c'était une vraie blonde, vive et un peu cochonne, et son allant amoureux semblait ne s'encombrer d'aucun sentiment – juste ce qu'il fallait à Denis.

Toutefois, au réveil, alors que le jour pointait aux fenêtres dépourvues de doubles rideaux, le regard de Béatrice – qui n'avait prêté aucune attention au décor qui l'entourait la veille au soir – tomba sur la fameuse table qui faisait face au lit, et elle eut un cri du cœur qui blessa Denis :

– Haaa ! Quelle horreur !

Il se dit instantanément que cette dévergondée était une idiote dépourvue de tout sens artistique. D'autant qu'à présent elle tournait, à poil, autour de l'œuvre d'art, s'esclaffant, détaillant les pattes de l'insecte avec de révoltantes moues de dégoût.

– Putain, c'est atroce, ce truc… !

Mais elle avait, dans le contre-jour, un cul admirable, et Denis la reprit un bon coup, par-derrière, à la hussarde, les seins – les si beaux fruits de son travail – écrabouillés sur la table, rien que pour lui faire payer son manque de goût pour l'art moderne.

Curieusement, cette aventure qui aurait dû s'arrêter là devint une vraie liaison. Car Denis s'amusait beaucoup en compagnie de Béatrice.

Elle s'occupait « d'événementiel ». C'est-à-dire qu'elle trouvait le moyen, pour un événement futile créé de toutes pièces, d'associer une marque de parfum, un grand cuisinier, des gens du monde de la mode, quelques vedettes, afin de récolter quelques articles – donc de la pub – dans la presse people. Denis se retrouva un jour, par inadvertance, en photo dans le journal *Gala* aux côtés d'un chanteur célèbre. C'était à crever de rire ! Il nageait en plein exotisme. Jamais il n'aurait imaginé qu'on pût dépenser tant d'énergie, de fric, de temps, juste pour du vent.

Six mois après, il était encore avec elle. Il s'étonnait lui-même de ne pas se lasser, mais Béatrice semblant se contenter de sortir, boire un coup, rentrer, baiser et repartir, ça lui convenait parfaitement. Il aurait fui, sans doute, une femme qui aurait réclamé un investissement sentimental qu'il était incapable d'offrir.

L'été arriva. Béatrice concocta des vacances dites « de rêve ». Denis lui avait donné carte blanche. Il entendait vaguement parler location de yacht, hôtel les pieds dans l'eau, jet-set... Il se préparait, pour la première fois de sa vie, à connaître le mythique Saint-Tropez. Il s'en tapait les cuisses à l'avance !

La veille du départ, les valises étaient posées dans l'entrée. Béatrice était venue dormir chez Denis, puisqu'ils partaient ensemble tôt le matin.

Mais, en pleine nuit, le téléphone sonna...

– Allô, Denis ! Denis ? !

– Oui, c'est moi...

– Ah, quelle chance de t'avoir ! Cinq heures que le téléphone ne passe pas ! C'est Romain.

– Romain ? Mais qu'est-ce qui...

– Je t'appelle au secours, mon vieux ! J'ai besoin de toi. Il nous faut d'urgence un chirurgien plasticien, on n'a personne pour ça ici.

– Mais, Romain, je...

– Écoute-moi ! Je suis au centre du Sénégal. Tout un village a brûlé. Les gens sont restés coincés dans les cases et les toits de paille en feu leur sont tombés dessus. On a quarante brûlés et onze personnes défigurées, dont cinq enfants. Viens, Denis, je t'en supplie !

– Je viens. Comment je fais ?

– T'as un avion à six heures du matin à Orly Sud. C'est un charter du Club Med, je les connais bien, ils sont prévenus.

– Après ?

– À Dakar, tu demandes Joseph, le chef d'escale. Un hélicoptère de l'armée t'amènera ici immédiatement. Prends tout le matos que tu peux, on n'a pas grand-chose.

– T'inquiète pas. Je passe par l'hôpital, je racle ce

que je trouve aux urgences et le concierge a un passe pour le reste.

– De la morphine ! Prends de la morphine, des calmants, n'importe quoi. Les gens souffrent le martyre et on est au bout de nos réserves.

– OK. À tout à l'heure.

– À tout à l'heure. Merci, Denis ! MERCI !

L'échange avait été si rapide que Béatrice avait juste eu le temps d'émerger, en entendant la voix sourdement précipitée de Denis. Aux derniers mots, elle écarquilla les yeux, et son expression atteignit le comble de la stupéfaction quand elle vit Denis jaillir du lit comme un diable.

– Mais… où tu vas ?

– Opérer. Au Sénégal.

– C'est pas possible, voyons, on part tout à l'heure.

Denis filait dans la pièce-dressing, ouvrait des placards à la volée, faisait un bagage express, attrapait son passeport, tout en expliquant à Béatrice le village brûlé, les enfants défigurés…

Elle le suivait pas à pas, stupide, ahurie, et continuait à parler «bateau loué», «réservations», «invitations mondaines impossibles à décommander», c'était insensé, il ne pouvait pas lui faire ça.

Alors la colère le prit. Terrible. Il se tourna vers cette femme, pour qui Saint-Tropez était le nombril du monde, et lui dit son fait d'une manière horriblement brutale, terminant par une phrase aussi sèchement assassine qu'une rafale de mitraillette :

– J'ai honte d'avoir baisé pendant six mois une conasse pareille. Tire-toi.

Deux minutes après, la porte claquait sur Béatrice et sa valise.

Encore trois minutes et elle claquait sur Denis et son sac.

Il ne connaîtrait jamais Saint-Tropez.

Tout se passa ainsi que Romain l'avait prévu. À Dakar, Denis fut conduit immédiatement à l'héliport, où l'attendaient un médecin et trois infirmiers sénégalais qui partaient aussi avec lui en renfort.

Pendant tout le trajet, qui survolait, en plein midi, les forêts de baobabs et la savane, Denis ramassait ses forces, malgré les quelque quarante degrés dans l'habitacle de l'hélicoptère. Tout en se concentrant sur la tâche qui l'attendait, tentant de se préparer à ne pas se laisser désarçonner par tout ce qui allait le surprendre – il n'avait jamais travaillé ailleurs que dans de confortables salles d'opération parisiennes – il comprenait que Romain venait de mettre un terme à une période tout à fait imbécile de sa vie. Sans son appel, Denis aurait risqué de s'y complaire trop longtemps.

Dieu sait que Romain n'était pas responsable de l'incendie de ce village, qu'il ne savait rien des vacances ridicules que Denis s'apprêtait à passer ! Et pourtant il était tombé pile au moment où il fallait pour pulvériser, en quelques minutes, la fausse légèreté, la bêtise. C'était ça, le génie de Romain, un génie qui dépassait sa volonté : il déboulait dans votre vie – en passant, en partant, pour une simple visite, un coup de fil – et RIEN ne pouvait plus être pareil qu'avant. Il était un déclencheur, un révélateur de vérité. Aucun faux-semblant ne tenait après son passage.

Lorsque Denis arriva sur place, il y eut, au sortir de l'hélicoptère, un intense regard entre eux, une rapide accolade, puis quatre jours de lutte acharnée, de corps à corps, de cœur à cœur, pour soigner, réparer, soulager, sans avoir le temps d'une conversation privée.

Denis supportait mal l'infernale température. Pendant les interventions, il fallait lui enturbanner la tête et le cou pour que sa transpiration n'inonde pas les opérés. On lui changeait ses gants chirurgicaux toutes les dix minutes, car la sueur qui s'accumulait entre sa peau et le caoutchouc rendait ses gestes moins précis.

La nuit, avant de s'écrouler quelques heures pour reprendre les soins dès l'aube, il y avait un moment de détente autour du plat de riz commun, avec toute l'équipe. Ils n'échangèrent pas, avec Romain, plus de trois mots personnels, et ça n'avait aucune importance. Plus tard, par lettre ou par téléphone, ils évoqueraient l'intensité de ce qu'ils avaient vécu – qui resterait pour Denis une expérience inoubliable – mais pour l'instant ils étaient dans l'urgence et l'action.

Denis, ayant assumé ce qui réclamait ses talents particuliers, repartit, aussi rapidement qu'il était venu. Il ne pouvait abandonner son travail à l'hôpital plus longtemps. Il reviendrait pour un court séjour dans trois mois, puis encore deux mois après, car l'état de certains opérés nécessitait deux ou trois interventions espacées de quelques semaines. Romain organiserait cela le plus efficacement possible, pour déplacer Denis un minimum de temps.

De retour à Paris, Denis s'aperçut que ce voyage avait radicalement transformé son état d'esprit. Cette fameuse légèreté, dont il s'était si stupidement grisé depuis des mois, avait disparu. Pourtant, ce n'était pas pénible à vivre. Ni triste, ni lourd, ni angoissé, il pesait à nouveau son poids d'homme lucide, avec une largeur de pensée, une disponibilité neuve. S'il n'était pas question de bonheur, il se sentait VRAI – ce n'était déjà pas si mal.

Un matin, il se réveilla, comme d'habitude, en face de la table-araignée-sur-le-dos, et se souvint du cri spontané de Béatrice. Il détailla la chose d'un regard nouveau… et la chose lui parut effectivement horrible ! Il vit, tout d'un coup, l'affreux symbole que cette encombrante, inamovible, œuvre d'acier et de verre représentait dans sa vie : l'insecte de l'ambition et de l'orgueil, dévorant, froid, mais impuissant et voué au néant car sur le dos, condamné à soutenir le miroir lisse, pesant et stérile, d'un ego tout-puissant.

Puis il se souvint de ce cauchemar qu'il avait fait, au cours duquel on allait lui arracher son âme, couché sur cette table-symbole, et le sens lui en apparut évident. À ce moment-là, sur le point de s'associer avec Pierre, son orgueil et une vénale ambition étaient sur le point de le perdre… Il avait fallu le départ de Florence pour le forcer à ouvrir les yeux, redresser le cap – cette séparation, dont il avait cru être la victime, aurait-elle donc été nécessaire, bénéfique pour lui ? Son esprit rechignait, encore, à l'admettre… Mais à présent qu'il s'était retrouvé, il était temps de réfléchir à tout cela.

Il vendit presque tous les meubles et les objets que cet ego-là, cette part faussée de lui-même, avait désirés et voulus. Il mit l'argent qui lui en revint de côté, pour l'employer à bon escient, en faire une belle chose, plus tard. Il ne savait pas quoi encore. Il ne fallait pas se presser, il trouverait.

La vie de Denis reprenait sens.

Pendant tout ce temps, Romain œuvrait secrètement…

Il maintenait un lien entre Florence et Denis. Il donnait des nouvelles de l'un à l'autre, et inversement, afin
qu'ils ne se perdent pas de vue, ne serait-ce qu'en pensée, et par personne interposée. Mois après mois, il
continuait à tisser entre eux le fil d'une relation – souvenirs, sujets de réflexion, bulletin de santé moral et
physique – qu'il était le seul à pouvoir entretenir. Obstinément, patiemment, via Dakar et par voie postale, il
tissait, il tissait…

Au début, ce fut tout à fait inconscient de sa part.

Quelques semaines après sa grande lettre d'après-
divorce, où il livrait à Denis sa douleur de les savoir
définitivement séparés, il se laissa aller, lui écrivant de
nouveau, à reparler de Florence. Sachant que Denis
souhaitait la chasser de ses pensées pour mieux se libérer, Romain faillit déchirer cette lettre-ci pour en écrire
une autre, dans laquelle Florence ne serait pas mentionnée. Puis il se ravisa. Après tout, il avait spontanément
éprouvé le besoin de parler d'elle, si cela déplaisait à
Denis, celui-ci le lui ferait savoir. Il s'attendait donc, en
réponse, à quelque formule du genre «Je te prie de ne
plus me parler de cette femme qui m'a tant fait
souffrir», ou «Je t'interdis de me raconter quoi que ce
soit à propos de Florence, je l'ai rayée de ma vie».

Or, rien.

Une lettre de Denis lui parvint quelques semaines après, parlant de sa légèreté retrouvée, du fait qu'il sortait beaucoup, qu'il s'amusait – mais pas un mot, pas une réaction au sujet de ce qui lui avait été dit de Florence.

Il fallait tester la chose de l'autre côté…

Romain envoya alors à Florence une grande lettre où il parlait assez longuement de Denis. Il confiait notamment à cette ex-épouse qu'il craignait que l'humeur de Denis, en réaction au divorce, ne vire à une «dangereuse superficialité».

Aucune réaction de Florence, non plus, à ces propos. Elle répondit à son tour en parlant abondamment de ses projets, des nouveaux amis qu'elle s'était faits, et pas un mot, aucun commentaire sur Denis.

Romain continua donc.

Prudemment, au début…

Dans les premiers temps, il s'agissait, il est vrai, de se soulager lui-même, de combler un peu par la parole ce puits de tristesse qu'avait creusé en lui le divorce. À quoi bon sa si longue solitude, son propre renoncement à vivre son amour pour Florence, si tout cela aboutissait à un aussi désespérant néant? Tout son être – égoïstement, peut-être – le refusait. Il ne voulait pas que leur histoire finisse, il devait à tout prix sauver quelque chose. Les deux principaux protagonistes s'étaient arrêtés de jouer leur partie, mais lui, le troisième larron, le hors-jeu, NE VOULAIT PAS que l'histoire s'arrête.

Parfois, lorsqu'il se laissait aller à s'épancher trop abondamment au sujet de l'un ou de l'autre, il craignait un retour négatif et corrigeait le tir, prudemment, dans la lettre suivante, se bornant à un concis «Denis ne semble pas se porter trop mal», ou «Florence paraît s'en tirer plutôt bien en ce moment» – point.

Il n'osait encore rêver de transformer l'amour de ces deux-là en amitié – comme il transformait en lui-même, peu à peu, l'amour qu'il portait à Florence. Pas encore, non. Juste ne pas rompre le lien. Juste ça, pour l'instant...

Quand il appela Denis pour qu'il vienne opérer après l'incendie du village, il craignit – bien que l'urgence et le dramatique de la situation rendent une telle conversation quasi hors de propos – qu'à un moment ou un autre, à l'improviste et en quelques mots brefs, Denis ne tue son espoir en lui enjoignant de s'abstenir de lui parler de Florence dans ses lettres. Jusqu'à son départ, devant l'hélicoptère, sous les pales de l'appareil déjà vrombissant, avant que la porte de l'habitacle se referme, Romain eut peur d'un mot négatif à ce sujet... qui ne vint pas, Dieu merci !

Alors l'espoir se fit plus précis.

Leur silence à tous deux, leur absence de réaction n'étaient pas hasard, négligence ou indifférence. C'était un consentement. Il en était certain à présent. Les nouvelles qu'il donnait étaient écoutées, reçues. Et le silence qui s'ensuivait prouvait qu'on en écouterait – qu'on en attendrait ? – d'autres.

Romain s'enhardit. Allant même parfois jusqu'à trahir – sans le moindre état d'âme – quelques confidences. Il affina ce qui devenait une véritable stratégie.

Il tissait, il tissait...

À Florence, il écrivait :

Denis a été d'une efficacité admirable ici. Trois enfants au moins lui devront d'avoir visage humain après cette catastrophe. Tu l'aurais vu au travail, on aurait dit Lawrence d'Arabie ! Quel charme il a, ce bougre. En vieillissant il est de plus en plus beau...

Denis va revenir opérer une deuxième fois. La lettre qu'il m'a envoyée entre-temps m'a eu l'air d'un esprit plus posé. Il y a quelques mois, j'étais carrément inquiet pour mon seul ami. Il devenait idiot, je t'assure! Je suppose qu'une femelle de peu de cervelle l'entraînait dans toutes ces mondanités. Certains s'y perdent... Que veux-tu, la solitude n'est pas facile. Et va-t'en remplacer une femme comme toi!

Ça y est, j'en suis certain, les écervelées sont définitivement proscrites de sa vie! Il lit beaucoup, il retourne au concert. Il a accepté une charge de cours supplémentaire car il se découvre une passion et un grand talent pour enseigner. Il est de nouveau lui-même, je suis rassuré. Il ne semble pas y avoir de nouvelle amourette en vue...

Romain tentait ainsi de susciter la curiosité de Florence, voire de piquer quelque reste de jalousie – sait-on jamais... Les ficelles étaient grossières mais, venant de lui, elles pourraient passer pour d'involontaires maladresses. Pour une fois que ses «gros sabots imbéciles», comme il disait lui-même, pouvaient servir d'alibi et être utiles à quelque chose!

Denis est revenu en Afrique pour la troisième et dernière fois. Je l'ai trouvé un peu triste, le regard très grave. Nous n'avons pas eu le temps de parler. Je ne sais ce qui l'assombrit en ce moment... Me le confiera-t-il?

Pas de lettre de Denis depuis plusieurs semaines. Je me fais du souci pour lui...

Parfois, Romain écrivait en ne disant rien ni de l'un ni de l'autre. Pas un mot. Il espérait provoquer quelque inquiétude, voire une frustration… Mais ni Florence ni Denis, jamais, ne réclamaient de nouvelles de leur ex-conjoint lorsqu'il utilisait ce stratagème.

Ce mutisme obstiné, des deux côtés, finissait par amuser Romain. Florence et Denis étaient comme deux gamins butés qui ont décidé, coûte que coûte, de garder bouche cousue. À la longue, cela devenait presque puéril – et cette puérilité semblait de bon augure à Romain : elle prouvait que ces deux amis gardaient une part d'enfantine fraîcheur… Or, l'avenir appartient aux enfants !

J'ai enfin reçu des nouvelles rassurantes de Denis. Il ne traversait pas une mauvaise période, non. Il réfléchissait, figure-toi ! Si profondément qu'il ne pensait plus à écrire, même à son vieux copain isolé dans la brousse ! Je l'ai engueulé. Réfléchir n'a jamais empêché personne de prendre le stylo…

Denis m'a dit une chose très émouvante : il ne t'en veut plus d'être partie. C'est étonnant, non ? Il lui a fallu toutes ces années pour se rendre compte que ce choc lui a permis de reprendre pied dans la vérité de son métier, de remettre en cause de fausses ambitions, certains défauts de son caractère, et même, la souffrance passée, de mieux s'ouvrir aux autres. Il n'a plus de colère contre toi. N'est-ce pas extraordinaire ? Je suis heureux de pouvoir t'écrire cela, car tu t'es sentie si coupable de l'avoir rendu malheureux en le quittant. Sois rassurée. Et tranquille. Enfin.

Pendant tout ce temps, parallèlement, il écrivait à Denis :

Florence semble avoir beaucoup de mal à trouver sa place, dans cette ville où elle ne connaît personne. Était-ce le bon choix, une rupture aussi radicale? Tu sais que je ne peux prendre parti... Mais elle paye le prix fort pour ce caractère si entier. Était-ce nécessaire de s'arracher de TOUT à ce point?

Sa clientèle s'élargit. Elle s'est fait des amis. Ouf! enfin! Elle paraît plus calme. Quoique toujours torturée de doutes...

Me semble qu'un type lui tourne autour... Je le sens à son ton, car tu sais comme elle est discrète! J'essaie d'enquêter subtilement (tu connais ma finesse...) mais elle ne veut pas cracher le morceau. Je n'aime pas la savoir entre n'importe quelles mains...

Ça y est, j'en suis sûr: elle a quelqu'un! Si une femme, dans l'état moral où elle était il y a encore peu de temps, se met à acheter robes et bijoux (eh oui, on parle chiffons, elle et moi) c'est qu'il y a un homme dans sa vie. Après tout, elle est belle. Une femme comme elle ne peut pas rester indéfiniment seule...

Après ceci, malignement, Romain envoya deux lettres sans dire un mot de Florence. Denis pouvait donc supposer qu'il passait pudiquement sous silence une véritable idylle, ou que Florence elle-même, trop occupée par le «quelqu'un» en question, n'avait plus la tête à écrire. D'une manière ou d'une autre, cette absence de nouvelles serait interprétée – Romain en riait sous cape...

Puis, ayant laissé passer ces deux lettres, comme on lâche deux mailles dans un ouvrage d'aiguilles, il se remit à tricoter les liens, régulièrement, patiemment.

Florence se lance dans un projet merveilleux : faire une maison d'accueil pour enfants handicapés mentaux légers. Une entreprise d'une telle hardiesse va la remettre sur pied ! Je n'entends plus du tout parler de frivolités…

Son projet avance. Elle a organisé une fête pour ces enfants, une occasion de poser le problème au grand jour. D'autres médecins, les élèves d'une école sont venus participer et soutenir le projet. Elle a réussi à déplacer le préfet ! Elle vise à présent le député… Son aplomb et sa force m'estomaquent.

Ça y est ! La municipalité a donné une maison, en plein centre-ville. Les travaux commencent. Florence m'envoie une photo d'elle sur le seuil avec les petits : une demi-page dans la presse locale. Elle s'est laissé pousser les cheveux. Ça la rajeunit. Si tu voyais son regard, serein et hardi à la fois…

Six mois plus tard, Romain annonçait à Denis l'inauguration du centre d'accueil. Florence était fière de son œuvre, trouvait enfin une vraie raison d'être là.

Il pouvait aussi donner à Florence des nouvelles rassurantes de Denis. Celui-ci semblait de plus en plus épanoui, assumant sa solitude avec humour et philosophie.

Ils semblaient, l'un et l'autre, bénéficier d'un apaisement parallèle durable.

Romain se dit qu'il était temps de faire quelque chose…

Pourtant il attendit prudemment encore un peu, s'assurant, en lisant bien les lettres qu'il recevait, qu'il ne décelait entre les lignes aucune rancœur mal digérée, aucune aventure amoureuse en cours, ni pour l'un, ni pour l'autre.

Puis un événement important bouleversa sa propre vie, il décida d'en profiter. Il allait saisir cette occasion pour tenter un coup – un gros ! – avec, comme toujours, la complicité de la Poste.

Il attendit encore un peu. Il avait le trac. Le subterfuge était énorme. Allait-on le gober ?

Un matin il se dit : « Allez ! Ça passe ou ça casse ! », et il empoigna, comme il l'avait si souvent fait ces dernières années, son stylo et le bloc de papier à lettres…

Dakar. Avant départ urgent.

Chère Florence, cher Denis,

Pardon de vous envoyer une lettre commune, mais je dois m'en aller très vite, et je ne peux prendre le temps d'écrire deux fois la même chose.
J'ai une grande nouvelle à vous annoncer. Une nouvelle si importante pour moi que je répugne à vous la dire, en vitesse, au téléphone. Ce serait du gâchis.
Voilà : Votre vieil ami Romain va se marier.
(Vous seriez charitables, s'il vous plaît, de ne pas vous étouffer de rire ni tomber par terre de stupéfaction...)
Oui, je vais me marier, avec une jeune veuve, Katy, que j'ai rencontrée voilà quelque temps déjà. Elle a deux enfants de son mari défunt : un garçon de onze ans et une petite fille de sept ans. C'est une femme douce et intelligente, que vous aimerez, j'espère, quand vous la verrez un jour.
Pourquoi cette urgence, me direz-vous ?
Je vous explique, le plus brièvement possible, la situation : rien ne nous pressait, quant à nous, de contracter une union officielle. Mais nous voilà presque obligés à un mariage précipité, car les traditions d'ici pèsent

lourdement sur Katy, menacent sa liberté de femme et notre avenir commun.

Katy, issue d'une famille catholique, a épousé un musulman, qu'elle aimait sincèrement, et est venue vivre dans la famille de son mari. Celui-ci disparu, il est d'usage que son frère épouse la veuve et élève ses neveux comme ses propres enfants. Katy a résisté de toutes ses forces. D'abord ses convictions religieuses lui interdisent de consentir à être la troisième épouse d'un homme, et – plus grave raison encore – parce que cet homme lui déplaît fortement. Puis nous nous sommes rencontrés, la tendresse a grandi entre nous, et Katy a résisté de plus en plus obstinément à cet arrangement traditionnel. Or, la puissance de la famille est énorme, en Afrique. La vie de Katy est devenue un enfer. Elle craint une séquestration, un mariage contraint...

C'est difficile à comprendre pour nous, Occidentaux, mais une femme d'ici ne peut rester seule, surtout avec des enfants à charge. Il FAUT qu'elle soit rattachée à une cellule familiale. Si ce n'est dans la famille où elle était déjà, elle doit en créer une autre, pour donner un nouveau père à ses enfants. Voilà pourquoi nous nous marions au plus vite, pour fonder un foyer et couper court aux pressions et harcèlements.

Mais ne croyez surtout pas que je me sente « obligé », ni que ce mariage soit une sorte de convention pour aider cette femme ! Non. Je suis profondément heureux d'unir ma vie à la sienne. Me voilà chef de famille, nanti de deux enfants tout faits... Ne suis-je pas incorrigible ?

Je dois, d'extrême urgence, je vous l'ai dit, partir pour le Mali. Mon sac est à mes pieds. J'emmène Katy et les enfants, par prudence, et nous convolons au plus vite. Je ne voulais pas me sauver sans vous annoncer cela. J'avais BESOIN de partager cette grande nouvelle avec vous, mes deux amis les plus chers...

Pile ou face, au jugé : j'envoie cette lettre à Denis. Je lui donne ton adresse et ton téléphone, Florence (peut-être les a-t-il déjà ? Je ne sais), et il te la fera parvenir comme bon lui semble. Enfin, vous vous débrouille-rez…

Je pense que vous ne me tiendrez pas rigueur de cela. Vous êtes gens intelligents et voilà plus de trois ans que vous êtes divorcés. Il y a prescription, non ?

Mon amitié est à vous.

Et celle de Katy, déjà, qui me charge de vous dire qu'elle a hâte de vous connaître.

Romain

PS pour Denis :

J'ai, malheureusement, une autre nouvelle, un peu triste. La petite Fatou, que tu avais rencontrée chez Demba, a disparu. Une nuit, sans rien dire, elle est partie avec son baluchon. Demba m'a dit qu'elle usait trop légère-ment de son corps, avec un peu n'importe qui. Après tout, ce corps était tout ce qui lui restait, la seule chose vraiment à elle. Un margoulin sera passé par là et l'aura enlevée. Son extrême fragilité en faisait une proie facile pour le sida et la prostitution. Il est terrible de se dire que certaines misères morales vont irrésisti-blement vers une plus grande misère encore, comme s'il fallait se punir du malheur par un autre malheur… Mais nous le savons bien, nous, médecins : on ne peut tout soigner. Il est d'horribles plaies qui ne guérissent pas.

Estimons-nous chanceux d'être épargnés. Et tâchons d'être heureux.

Romain plia les deux pages de sa lettre, les mit dans l'enveloppe déjà préparée, et s'en fut la poster dans la boîte prévue à cet effet dans le hall de l'hôtel.

Ceci fait, il resta pensif un instant, inspira largement, satisfait, et s'en fut fêter son initiative en buvant un verre au bar – un verre qu'il sirota en prenant tout son temps, puisque nulle urgence ne l'appelait, ni au Mali ni ailleurs.

Pourtant, tout était vrai dans ce qu'il avait écrit. À quelques détails près...

Il allait vraiment se marier avec Katy et en était heureux. Il élèverait vraiment ses enfants, car elle était vraiment veuve. Si elle n'avait pas rencontré Romain, elle aurait vraiment dû épouser son beau-frère. Toutefois, celui-ci n'était pas méchant homme, et il était plutôt soulagé de voir Katy épouser quelqu'un d'autre – il lui était ainsi épargné le devoir de nourrir trois personnes de plus, lui qui avait déjà deux femmes et six petits !

Romain devrait prendre patience, maintenant, en attendant le résultat de son innocent stratagème épistolaire...

Un peu plus tard, il sortit de l'hôtel pour rejoindre sa future épouse et, traversant le hall, il tapota d'un geste encourageant le flanc de sa vieille copine la boîte aux lettres.

– Allô, Florence ?
– Oui.
– C'est… C'est Denis.
– Oooh… Denis ?
– Oui. Moi.
– …
– Pardonne-moi de te déranger, je…
– Mais tu ne me…
– Si, si, je…
– Non, non.
– …
– …
– Romain m'a envoyé une lettre pour toi.
– Pour moi ? À toi ? !
– Oui. Enfin, non… C'est une lettre qui nous est destinée à tous les deux et qu'il m'a chargé de te remettre.
– …
– Romain m'a donné ton adresse. Je peux te l'expédier ?
– Oui, bien sûr…
– À moins que… Tu ne passes pas par Paris, de temps en temps ?
– Pas vraiment, mais je peux…
– Ou je pourrais venir te la donner ?
– Oui. Oui, avec plaisir. Si ça ne te gêne pas…

263

– Non. Au contraire.
– …
– …
– Tu veux dimanche, vers deux heures ?
– Oui. Très bien.
– À dimanche alors ?
– À dimanche.

Le dimanche venu, Florence tourna et retourna dans sa maison, incapable de rien manger ni rien faire avant que Denis arrive.

De son côté, il tournait et retournait dans la petite ville où Florence habitait, car il était arrivé en avance et ne voulait pas sonner à sa porte avant l'heure prévue.

Enfin il sonna.

Elle ouvrit.

Ils se regardèrent intensément quelques secondes, sans un mot. Puis les yeux de Florence se mouillèrent d'une irrépressible montée de larmes. Elle mit la main sur sa bouche, pour dompter son émotion, fit deux pas en arrière et se détourna vers l'intérieur de la maison.

Denis, de son côté, sous le choc de ces retrouvailles, les yeux également embués et la gorge nouée, s'était détourné, lui aussi, mais vers le jardin.

Ils restèrent ainsi un bon moment, à quatre pas l'un de l'autre, de chaque côté du seuil. Sans oser se regarder encore. Florence balbutia :

– Pardon. Pardon, je…

– Non, non, je t'en prie.

– Je… je ne m'attendais pas à être émue comme ça.

– Moi non plus.

Ils reniflèrent, s'épongèrent en silence, chacun de son côté, se tournant toujours le dos. Se tapotant les joues,

Florence murmurait «Ça alors, ça alors… » – «Oui, hein ?» articulait Denis en écho.

Puis il sortit la lettre de Romain de sa poche, la tendit à Florence.

– Tiens, voilà la lettre. Veux-tu que je revienne un autre jour ?

– Oh oui, ce serait mieux, parce que là…

– Oui. Pour moi aussi.

– Dimanche prochain ?

– Très bien.

– Tu veux venir déjeuner ?

– Avec plaisir.

– Alors à dimanche.

Il s'enfuit très vite. Elle ferma la porte.

Ils ne s'étaient pas touchés et à peine regardés de nouveau.

Le dimanche suivant, leur rencontre fut plus déten-
due. Ils avaient eu toute une semaine pour s'y préparer.

Dès l'ouverture de la porte de Florence, Denis
s'écria :

– Zut ! Je voulais t'apporter des fleurs. J'ai oublié !

– Pas grave. Entre. J'ai fait du lapin.

Le déjeuner se passa bien. Dans une certaine réserve
toutefois. Pas d'émotion intempestive, pas trop de
confidences…

Denis revint le dimanche suivant.

Puis le suivant encore, pour un déjeuner qui devenait
traditionnel.

Un jour, en évoquant un souvenir commun, ils rirent
– un vrai fou rire qui les plia en deux sur leurs assiettes,
de part et d'autre de la table. Florence hoqueta :

– Ah, dis donc, qu'est-ce que ça fait du bien ! Ça fait
une paye que je n'ai pas ri comme ça !

– Et moi donc… Ça fait même une paye que je n'ai
pas ri du tout !

Et ils s'en repayèrent une tranche, pour rattraper le
temps perdu.

Au fil des rencontres, et se racontant de plus en plus
librement, ils s'aperçurent, éberlués, qu'ils savaient
tout l'un de l'autre – absolument tout, jusqu'aux états
d'âme qu'ils avaient traversés, leurs tentatives amou-

reuses ratées, leurs projets, l'évolution de leurs pensées… Ils commençaient à comprendre ce que Romain avait fait.

Ils n'osaient croire, tout de même, qu'il s'agissait d'un vrai plan de bataille contre l'oubli, d'une œuvre de rassemblement.

Puis Denis soupçonna la lettre commune d'avoir été une ruse…

— Plus j'y réfléchis, plus je suis certain qu'il a fait ça uniquement pour nous remettre en contact.

— C'est bien possible, oui.

— Mais, le connaissant, il ne l'avouera jamais.

— Jamais !

Ils songèrent en silence à Romain, plein de reconnaissance pour une telle preuve d'amour et d'amitié.

Puis Florence dit :

— À moins que…

— Quoi ?

— Les yeux dans les yeux, Romain n'a jamais su mentir. Si nous allions le voir, il nous le dirait.

— « Nous » ?

— NOUS. Oui. Si tu veux bien…

Il y eut un silence.

Un merveilleux silence, plein d'un chant muet, d'un battement frémissant, doux comme l'aile du pardon. Et Florence, fermant les yeux, murmura :

— … Parce qu'à présent je suis certaine que c'est avec toi que j'aurais choisi de vivre.

Florence et Denis se remarièrent, cinq ans exactement après leur séparation, un 13 juin, pour que la date anniversaire de la terrible soirée s'efface et devienne celle de leur nouvelle union.

La Paillote
Cap Skirring, le 6 novembre 2004.

COMPOSITION : PAO EDITIONS DU SEUIL

GROUPE CPI

Achevé d'imprimer en février 2006 par
BUSSIÈRE
à Saint-Amand-Montrond (Cher)
N° d'édition : 84950. - N° d'impression : 60327.
Dépôt légal : mars 2006.
Imprimé en France

Collection Points

DERNIERS TITRES PARUS